Ami亞海——著
藍聖傑BLUE——繪圖

拼裝家庭

目次

楔子

晚上九點多，何篤行抱著女兒走出南勢角捷運站，望向人聲鼎沸的興南夜市，他想起上次來這裡時，妻子還在自己身邊。

「對！就是這個味道！」

明明怕燙的妻子卻一刻也等不及地猛吹麵條，吃了好幾口後，心滿意足地閉上眼。

那時她懷胎三月，害喜得厲害，一頓飯吃不了多少，連喝白開水都嫌有怪味，讓何篤行很擔心。某晚，躺在沙發上看電視的妻子卻神來一筆，說想吃興南夜市的刀削麵。

孕期以來，她難得有想吃的東西，何篤行風風火火地就要出門買回來，但妻子覺得，就算湯跟麵分開放，帶回家冷了也不好吃，堅持要過來吃現做的。

孕婦的要求總是不合邏輯亦不容置喙，他只得幫妻子披上外套，招呼計程車過去。

妻子把麵吃得碗底朝天，心滿意足，但就是吃得有點飽了，她提議到附近散散步再回家，何篤行當然護妻到底。妻子拉著他輕鬆地穿梭在複雜巷弄裡，聊天時提及自己以前就住在附近，還蠻熟這邊的路。

「這裡住很多緬僑，你看！泰國緬甸料理店也很多，每年還會辦潑水節，我們那次只是來吃飯經過，參加活動的人都瘋了見人就潑，最後我們也溼答答回家——」

關於妻子的事，何篤行總是腦細胞集體動員，對任何風吹草動都特別敏感，聞言就聯想到一二，從中抓出關鍵句：她曾住在附近，她曾享受這裡的生活。

嘴裡原本齒頰留香的刀削麵湯味，瞬間變得油膩起來，直讓人想灌一大口水。

——原來她的前夫就住在附近啊。

現在，何篤行重回現場，想起這件往事，覺得人生全是始料未及。

他不知道妻子那天懷念的是刀削麵的滋味，還是懷念前任的形影，但此時，自己對那位前夫的妒嫉早已消失無蹤，甚至還覺得對方可能是全世界最能理解自己的人，所以他來到此地。

何篤行穿過興南夜市，經過那間依舊坐無虛席的刀削麵店，憑著稀薄的記憶與曾看過一眼就牢牢記住的地址，他東張西望一下，總算走到目的地附近。

走在狹窄且違停了整排機車的巷弄裡，身後一臺電動摩托車冷不防地接近，按了一聲喇叭，害他嚇得急護住懷中女兒，貼牆讓機車先行。

電動摩托車旁若無人地往前行，往左一彎就消失在中永和複雜的巷弄裡。

何篤行原以為女兒會被吵醒，但懷中的她只蹭了幾下又繼續夢鄉，讓他鬆了口氣。不過，方才這段插曲，卻嚇掉了他所剩無幾的勇氣。

他抬起頭看著那幢舊公寓，目標就在眼前，卻舉步維艱，各種自問自省在耳邊吵個不停。

你來這邊做什麼啊？帶著女兒來找老婆的前夫？你到底想幹嘛啊？

何篤行一向不是個意志堅定的人，就算沒有他人左右，自己也會再三煩惱，連出門點個菜吃飯都優柔寡斷老半天。這樣的他此生做過最武斷的決定，就是跟妻子結婚這件事。

腳步後退三步又往前進兩步，如此來回數次，直到被公寓鐵門的開門聲打斷，他嚇得連抬起的腿都忘了放下。

大叔牽著一隻嬌小可愛的博美狗，連看也沒看他一眼就從旁走過。

目送大叔離開後，他緊繃的神經忽地放鬆，背也弓了起來，自嘲方才的失態，就在此時，身後一名男子提著兩袋食材日用品接近。

「借過一下。」他語氣平板地道。

何篤行反射性地往旁邊閃，看到男子的側臉時，他即刻認出對方是誰。

實際上他們才見過一次面，但何篤行卻對他的側面輪廓印象深刻。幫妻子整理物品時，曾看過他們的婚紗照，寥寥數張都在棚內拍攝，從髮型到禮服都看得出他們當時大概預算有限，成果比證件照好不了多少。

唯有一張兩人面對面，相機從旁取景拍側臉，不用看著相機與攝影師，少了尷尬多了真情流露，雙方眼裡只有彼此，何篤行在這張照片裡看到了他們的愛情。

他與妻子出國上山下海外拍，近十幾套禮服、數百張照片裡，也選不出這麼一張。

「裴先生！」當記憶中的側臉與現實疊合時，何篤行反射性地喚住對方。

裴承飛轉過頭，堆滿疑惑的臉上寫著：我認識你嗎？

何篤行貿然開口，後悔不已，自己什麼腹稿都沒準備，只能支支吾吾地說話。

「那個……我……」

有別於何篤行的不乾不脆，裴承飛倒往前跨了一大步，憑著巷內暈黃的街燈，瞇起眼仔細觀察，終於從人名列表裡篩出這麼一號人物，但是，他來找自己做什麼？

「何先生。」裴承飛的語調平淡，雙手卻不自覺地抓緊購物袋，「找我什麼事？跟馥純有關嗎？」

他跟眼前這名男子唯一的交集，是他的前妻，男子的現任妻子，蘇馥純。

「你、你怎麼知道我的？」

何篤行猛地直起身子，雖然跟裴承飛曾見過一次面，但他不覺得在那種狀態下，裴承飛能記住他的臉。

裴承飛無奈地道：「在FB上看到你們的結婚照。」

離過婚後，他才明白婚姻關係要斷得乾乾淨淨沒那麼容易，就跟不小心沾上口香糖的鞋底一樣，走到哪都藕斷絲連。尤其現在是網路世代，不想看到的訊息也會蹦到眼前，前妻的同學、不知道什麼時候加的前妻親戚、完全不認識的人，全都轉發過一次前妻與這位何先生的結婚照，不想看到也難。

而且，眼前這個男人實現了前妻的小小心願，帶著她到國外拍婚紗照，山明水秀，錦衣紈褲，無不諷刺著——他辦不到的事，這個男人辦到了。

「那也是一年多前的事了……。」他的語氣活像在哀悼。

裴承飛沒什麼耐性，語氣有點衝地說：「你找我有事嗎？如果沒有的話我要走了，家裡還有小孩子。」

何篤行瞬間驚慌，挽留的話還沒說出口，懷中的女兒就代位抗議似地發出咿呀咿呀的聲音。

「繆繆醒了嗎？乖喔乖喔。」

因為何篤行是先綁背巾再穿外套，而且還拉上拉鏈把懷中的嬰孩護得緊緊，裴承飛到現在才發現他帶著小孩出門。這個人有沒有點常識？都十點多了，還帶著小嬰兒在外面遊蕩，他到底想做什麼？

何篤行發現女兒仍只是蹭一蹭，沒有要醒來的意思，放下心抬眼看向裴承飛時，卻在對方的眼裡看到責備與不解。

這反而讓何篤行的提心吊膽全都灰飛煙滅，裴承飛會為了他在這時間帶小孩出門而面露慍色，表示他是個會關懷別人家小孩的人吧。

「不好意思，我女兒……」

「快帶你女兒回家吧。」

「我、我跟你一樣！」

原本轉身要離開的裴承飛再次被對方喚住，但回頭再看，這男人又畏縮得像顆煮不開的蛤蜊。

不過，這次他總算接著說話了。

「我……我跟馥純……」

何篤行像是忽然忘了怎麼呼吸，話到嘴邊噎住，雙眼睜大，面部漲紅，用盡全身氣力才把後半句說出口。

「馥純她……跟我離婚了。」

靠著僅僅兩句資訊，裴承飛總算知道對方的來意，一聲冷笑。

「你是不是覺得，我跟你一樣都離婚了，還同樣帶著小孩，所以我們兩個是同類？」

何篤行才要否認，裴承飛的情緒卻越發張揚。

「你是不是覺得我們應該同病相憐？」

簽下離婚協議書時，何篤行的世界傾頹崩壞，沒有人能理解他的感受、沒有人能體會他心口的破洞。就在那時，「裴承飛」這個名字跳了出來，如果是他的話，說不定能明白自己的心情……但現在回想起來，這與「同病相憐」確實無異，人在遭逢不幸時，會不自覺地想找同伴，或是比自己更慘的人。

何篤行沒有否認並感到羞愧，他的雙手發冷，雙頰卻發熱，想轉頭逃離這個地方，但懷裡的女兒蹭動了一下，提醒他，就這麼離開的話，一切都徒勞了。

「我……」

他開口後才發覺自己因過度緊張口乾舌燥，聲音都不像自己，但他仍撐著把話說完。

「我只是想問你，你是怎麼辦到的？你是怎麼……一個人養孩子？」

裴承飛聽了這話直覺得好笑，他離婚之後，每天工作之外的時間都被占滿了，煩小孩、被小孩煩、家裡長輩的病痛、各種家務事，就連抽根菸喘息的時間也幾乎沒有。

一個人怎麼帶孩子？這煩惱對他來說太過奢侈。

「我沒有時間想這種事。」

裴承飛看著何篤行那副被拋棄似的窩囊樣子就心煩，也不知道前妻跟他結婚時怎麼想的，跟他離婚時又是怎麼想的。

不過，這都不關他的事。

裴承飛這次的離開沒再被對方喚住。

■

裴承飛拖著沉重的腳步爬樓梯，手指被日用品與食材的重量勒出紅痕，但他毫不在意，腦中仍是門外那個男人的事情。

那個人抱著嬰孩，畏畏縮縮，卑微到土裡去的模樣，他看了心中便升起無名火，鄙視對方也有，但更多的可能是他從對方身上看到了自己。當年與蘇馥純離婚時，裴承飛都還沒開口，她就放棄扶養權，瀟灑地離開，孩子活像是從石頭裡冒出來似地，與她這個母親完全沒有關係。

怎麼一個人養孩子？裴承飛現在想到答案了，當前妻毫不留戀地丟下他與女兒時，心中的怨懟便成了支撐他的養分。但那個男人不可能照他的方法如法炮製吧，聽他提到馥純時的語氣就知道了，滿滿的留戀不捨，提到「離婚」兩個字時根本要了他的命似地。

裴承飛想到這裡，忽然對那個人的未來感到好奇，他真的有辦法獨立扶養孩子嗎？

再走兩階就要抵達家門口時，窗外傳來一記悶雷聲，緊接著大雨毫不留情地傾倒而下。

「下雨了。」

裴承飛喃喃自語，原來方才兩人站在門外對談時感受到的悶熱煩躁，並非全是對何篤行不耐而產生的厭惡。雨聲的音量一口氣開到最大，窗外的雨水濺到裴承飛臉上，感受到幾滴冰涼。

那個無論外表或內心都弱不禁風的男人，應該不會還在外面吧？他懷裡還有個未滿週歲的孩子……。

此刻，裴承飛似乎聽到了什麼，在門前停下腳步。

1.

「妹妹，妳喜不喜歡吃肉肉？還有蝦蝦跟筍筍耶，看妳喜歡吃什麼阿姨夾一些給妳吃好不好哇？」

何芸繆，今年七歲，大家都叫她繆繆，喜歡粉黃色跟草莓，討厭的東西是苦瓜、茄子，還有裝幼稚對自己講話的大人。

「還是阿姨夾腿腿給妳？」

見她噘嘴扭玩著桌巾的垂穗裝飾不理人，一旁戴著眼鏡的男子才要出聲提醒，坐在他身旁另一個年紀稍長的女孩卻先開了口。

「繆繆，有涼拌竹筍耶，妳不是最喜歡吃這個？」

繆繆嘟嘴點點頭，阿姨便見獵心喜。

「妹妹喜歡吃涼拌竹筍啊，」她親切地夾了幾塊竹筍到繆繆碗裡，「來，給妳，要吃什麼再跟阿姨說喔。」

繆繆沒回應就要開動時，眼鏡男便低聲喚了句。

「繆繆。」

聽到爸爸的語氣，繆繆很有眼色地點頭道謝。

「謝謝阿姨。」

繆繆綁著辮子公主頭，眼睛大而圓潤，睫毛又長又翹，五官立體精緻，已看得出美人胚子的雛形。

而且，長得可愛的小孩，很早就知道怎麼利用自身優勢討好大人。

她轉瞬間就被繆繆可愛的笑容迷惑，忘了方才她態度不佳的事，接連稱讚她的髮型、連身的粉黃色洋裝跟亮晶晶的紅皮鞋。繆繆被稱讚得揚起下巴，也早就忘了對方把她當小小孩看待的事。

眼鏡男這才放下心來，轉頭問另一個女孩。

「看來還要等一陣子婚禮才會開始，淇淇先吃點東西吧。」

她搖搖頭，「我等著吃紅蟳米糕，它是第五道菜。」

喚作淇淇的女孩全名叫裴沛淇，今年十二歲，喜歡看書跟紅蟳米糕，討厭的東西是隱藏在話裡的惡意。

「何股長的兩個女兒都好可愛懂事喔。妳是姐姐嗎？」坐在對面另一位女子詢問道。

她遵守家規，與人說話時雙眼直視對方，自然坦率。

「我是繆繆的姐姐，但何叔叔不是我爸爸。」

此話一出，圓桌上原先各自閒聊、用餐的人全像定格似地停頓，且不約而同地把目光緩緩移動到他身上。

對於射向自己的狐疑、猜測、誤會各種交錯的視線，他已經駕輕就熟了。

「淇淇是我朋友的女兒，我之前應該有講過吧？我們住很近，就剛好一起帶淇淇來吃喜酒。」

恍然大悟後，眾人或微笑、或點頭、或說些客套的話，沒有勁爆八卦的話，大家便不怎麼在意何股長。

何篤行臉上掛著淺笑，低頭再吃幾口開胃菜。

何篤行的長相說好聽是斯文，說難聽是沒存在感，臉上最顯眼的東西是年初配的粗框眼鏡。他的身形跟五官一樣單薄，看起來很沒力氣、沒擔當的模樣，就連他年初升股長時，大家也不覺得他可以勝任職位，只是運氣好罷了。

他今天兩手各拉著一個女孩來到同事的婚宴，從進門就被繆繆拖著跑來跑去，幸好淇淇懂事乖巧，成功用新人婚紗照吸引繆繆的注意力，他才能喘口氣。

他剛剛對同桌大家說的話都是真的，只是稍微模糊了一點。說是朋友，其實是前妻的前夫；說住得近，其實根本就在同一屋簷下。但這些話解釋起來實在太花力氣，而且，這幾年下來他花的力氣也夠多了。

他瞥見淇淇低頭繼續閱讀電子書，回到自己的世界裡，彷彿剛剛餐桌上發生的小插曲都與她無關。淇淇的頭髮及肩，額前的瀏海總是整齊地用小黑夾夾起，相較於他人會稱讚繆繆可愛，對淇淇的評語只有文靜清秀而已。不過，跟淇淇相處久了，便會發現她有一股難以言喻的氣質，無論待在何種場合都不會改變她。

「紅蟳米糕」是淇淇跟著何篤行參加婚宴的理由，她小時候曾跟著奶奶去南部吃流水席，當時吃到的紅蟳米糕至今仍回味無窮。

上禮拜，何篤行問繆繆週末要跟爸爸去吃喜酒呢，還是跟淇淇姐姐去裴奶奶家。繆繆此生還沒參加過喜宴，有點好奇，正猶豫著要不要放棄在裴奶奶家可能會吃到麥當勞的機會，一旁淇淇聽到，便推她一把。

「喜宴上可以看到穿禮服的新娘子喔，她們都穿得像公主一樣，繆繆妳應該會想看。而且還有很多好吃的東西，佛跳牆、紅蟳米糕、富貴雙方……。」

繆繆聽著淇淇唸菜名，像魔法咒語似的，她雖然一個字也聽不懂卻被蠱惑，「好！那我要去！」

「我最喜歡的紅蟳米糕妳不能吃喔，不過其他的菜妳要幫我多吃一點。」

何篤行從淇淇的話中聽到些許失落，才發現自己又做錯了。從繆繆出生、四人同住以來，他就常常做錯事，總是急忙補救。

唯一慶幸的是，即使不道歉，兩個孩子也都會原諒他。

他小心翼翼地詢問淇淇，願不願意跟他們一起去喝喜酒，淇淇對這遲來的詢問毫不介意，欣然點頭答應。何篤行看著認真讀書的淇淇，正要提醒她至少吃點東西墊墊胃時，喜宴會場的燈光轉暗，悠揚的樂曲響起。

「爸爸，婚禮要開始了嗎？」

「對呀，妳坐這邊看得到嗎？還是要坐爸爸腿上？」

繆繆點點頭，何篤行將女兒抱到大腿上坐著，淇淇見狀側身靠在她身旁講悄悄話。兩個小女生唧唧喳喳地聊天，因為參雜了太多只有她們才聽得懂的「行話」，何篤行完全不知道兩人在聊些什麼。不過，光看她們親比姐妹的模樣就十分欣慰，雖然，她們的確是對同母異父的姐妹。

■

婚禮主持人朗聲歡迎新娘新郎入場後，會場大門緩緩打開，新郎牽著新娘的手走進場中，長及三尺的裙襬由後方兩位可愛的男女花童拎著。

「她好美喔！我都認不出來了！」

「那件婚紗太漂亮了，她節食大半年果然值得。」

同桌的同事們看到新娘後接連驚呼，新娘是何篤行所屬市政府都市計劃科底下的科員，到職兩年後經介紹與任職於外商的新郎相識相戀，最終步入禮堂。未婚的同事都覺得他們從認識、交往到結婚，過程順利得像童話故事，但在場已婚的人都明白，這中間冷暖只有過來人才懂。

兩位新人笑得落落大方，走到臺前的途中還不時停下分發小禮物，或跟親友們來個快速自拍。臺灣的婚禮沒有固定形式，有時候像西式，新娘由父親牽著進場，有時候則像這樣兩位新人一同進場。

何篤行八年前結婚時則是前者，前妻說，她的第一段婚姻並沒有舉行婚禮，其實她父親一直希望能牽她走這一段路，這次終於能實現了。他永遠記得，前岳父把前妻的手放在他手上時，同時緊握著他另一隻手，用略重的力道表達那些傳統爸爸說不出口的話。當時，他天真又輕率地回握住前岳父的手作為約定，卻不知前岳父之所以不說話，可能就是因為這託付太重了，重到不知道該如何說出口。

何篤行輕握著繆繆的小手，現在他知道那份重量了。

待新娘與新郎終於走到臺上，主持人簡單的開場後便直接上菜。何篤行要把繆繆抱回一旁座位上，卻發現她癟著嘴，明顯地不開心，雙眼直盯著身穿粉紅色蓬蓬裙禮服的花童，散發出濃濃的妒意。

何篤行急忙設法轉移繆繆的注意力，以防她鬧起脾氣吵著說要當花童，或要那件粉紅色蓬蓬裙。幸好菜上得很快，接連來了幾道繆繆喜歡的料理，她吃了又笑逐顏開。再一道菜之後就是紅蟳米糕，總是穩重的淇淇難得露出期待的表情，看著後方的服務生上菜時，口袋裡的手機倏地震動。

淇淇拿出手機，何篤行問道：「妳爸爸打來的？」

淇淇點頭，但接起後卻因為宴廳內太吵，聽不太清楚，她連著喂了好幾聲。何篤行見狀便跟繆繆說要帶姐姐去外面接電話，並拜託一旁的同事幫他看著女兒。

兩人一同走到婚宴會館的走廊上，淇淇這才聽清楚爸爸那邊的聲音。

「嗯，對，我跟何叔叔還有繆繆在吃飯了。

「還沒吃到紅蟳米糕。

「嗯，何叔叔在我旁邊，我叫他聽？」

淇淇把手機拿給何篤行，他接起電話後，沒想到對方那邊的雜音也很吵。

「你在哪啊？」

「火鍋店，跟朋友來吃飯，你那邊還好吧？」

「還好。」

「繆繆沒吵著要當新娘子還是當花童嗎？」對方笑道。

「還真的被你猜中，不過被我混過去了。」

「她爸爸還是有一套啊。沒事就好，我明天晚上回去。」

何篤行掛斷電話後，轉身要把手機還給淇淇，卻看到淇淇連這一點點零碎時間都拿出閱讀器看書。

「淇淇真的很愛看書啊。」

「不做點事的話，會覺得時間過很慢啊。」

淇淇偶爾會像這樣說出超齡又富含哲理的句子，何篤行每次都不知道她是否別有深意，也不知道該怎麼回答才不會顯得自己是個笨大人，思考再三後，總只能回廢話。

「說得也是呢。」

■

「沒事就好，我明天晚上回去。」

裴承飛掛斷後順手點開工作群組，確定沒什麼事之後，才心安理得地收起手機準備開動。

在裴承飛二十三歲以前就認識他的人，如今都會驚訝他的外貌氣質轉變之大。原本尚算白皙的肌膚因長年在工地走動而變得黝黑，手臂甚至還因為過度曝晒而冒出白斑，經女同事提醒後才開始注意穿長袖防晒。在大學稱得上是班草的他，斯文容貌早已不復當年，還渾身帶著草根性。「過勞」兩字像紋身似地死死刻在他的臉上，相較之下，黑眼圈還只是個裝飾品。不過，即使每天都處於睡不飽的狀態，他也撐了十一年，這就是為父則強吧。

他從滾燙的紅鍋裡撈出一大塊鴨血，放到碗裡習慣性地切成小塊，切完後才意識到女兒不在身邊，而且也已經長大會自己吃飯了。他只得把切到一半的鴨血全掃進口內，咀嚼品味的同時不經意地抬起頭，發現坐在正對面的Kevin沒動筷，正饒富興味地看著自己。

「看啥？」裴承飛回瞪，不曉得對方又有什麼歪想法。

Kevin的眉毛靈活地挑了挑，「如果不知道你們家詳情的話，還真會以為你是個愛家好男人咧。」

口中的鴨血頓時變得索然無味，他囫圇吞下後沒勁地說：「我實在很懶得解釋。」

「我知道啦，你也不算算我們都認識多久了。」

「這要怎麼算啊？」

他們雖是大學同學，但在校時其實兩人不太熟，再加上裴承飛大三休學，中途空白十年，在四年前裴承飛到臺中短期派駐時，意外相認，交情才逐漸回溫。

Kevin拉開嘴角，臉上劃出深刻的笑紋，他有些原住民血統，五官立體，但缺點是老起來放，直到最近年紀才追上長相。

「你剛剛的語氣、還有講話的樣子，真的很像跟老婆講話。」

裴承飛深知對方是拿他取笑，便反擊道：「我看你跟你男朋友講話更肉麻。」

「那當然，男朋友又不是老公。」

看到天大健身，體脂肪低標，留著山羊鬍的Kevin故作嬌嗔的樣態，他手臂還是不適應地起了雞皮疙瘩。兩人雖是大學同學，但裴承飛是在兩年前與Kevin相認，並知道對方的性向後，才認識真正的他。交換祕密是人與人之間增進感情的方法之一，雖然兩人的情況其實都不算是祕密，但意外地比一般朋友還要熟稔，彼此也擁有只能跟對方講的話題，Kevin會找他談自家的父子難結，裴承飛則向他傾訴家裡的事。

Kevin是裴承飛唯一一個可以坦言自己家中特殊情況的朋友。擁有火眼金睛般Gay雷達的Kevin不像其他異性戀男，因為裴承飛跟另一個男人住一起養孩子就大驚小怪、誤解他是Gay，頂多像這樣嘲笑他幾句。

兩人邊吃麻辣鍋邊聊些垃圾話，服務生來加過幾次湯後，Kevin沒頭沒尾地開口：「你真的很怪耶，這邊服務生這麼正，你都沒多看幾眼。」

「你才怪吧，明明是Gay還那麼愛看。」

「美麗的東西不分男女，但你卻連看都沒看一眼。」

「等你有了小孩你也會這樣，對很多事都不太在意了。」裴承飛現在看似放鬆地在吃火鍋，但仍不時會擔心家裡的事。

「喔！拜託，」Kevin大翻白眼，「別跟我那賤人前男友講一樣的話好嗎？吃飯吃飯！」

裴承飛笑著邊吃麻辣鴨血，邊想著淇淇是不是吃到了她心心念念的紅蟳米糕了？

■

何篤行帶淇淇回到座位時，坐在繆繆身旁陪著她的人卻不是剛剛拜託的女同事，而是同桌另一科他不認識的女性。

兩人不知道在聊什麼，十分融洽的模樣讓何篤行很意外。繆繆雖然不算怕生的小孩，但得順著她的毛摸，她才會跟第一次見面的大人講話。像剛剛同事要接觸繆繆，也得靠他提醒一聲繆繆才願意釋出善意。

「那個阿姨很厲害。」就連淇淇見狀也下了評語。

何篤行聞言暗吞了口口水走向前，「真不好意思——」

「何股長你回來了，」她回頭微笑道：「梅娟她去洗手間，請我跟繆繆聊聊天。」

這名女性留著俐落及耳短髮戴無框眼鏡，身穿條紋罩衫及褲裝，打扮猶如樣版職業女性般精明幹練，但聲音卻意外的溫柔悅耳。

「爸爸、姐姐！」繆繆見兩人回來，急拉著何篤行的手分享剛剛得到的資訊，「阿姨跟我講了花童還有新娘子的事情，還有還有——」

她看到繆繆回到爸爸身邊，便悄悄起身，待何篤行回頭要重新打招呼時，她已回到自己的座位上，微笑點頭。

何篤行呆然微笑回敬時，淇淇忽然輕拍他的手臂。

「叔——」淇淇私下叫喚何篤行時，總喜歡單字拖長尾音，「臺上好像在叫你的名字。」

「什麼？」

何篤行回頭望向臺前，仔細一聽，主持人還真的在叫他的名字。

「何篤行先生，何先生在現場嗎？」

為什麼叫我？我要上去嗎？繆繆跟淇淇怎麼辦？

何篤行一頭霧水地陷入慌亂時，去上廁所的梅娟恰巧回來推了他一把。

「股長，他們在叫你上去耶，我幫你顧小孩，你趕快過去啦。」

不知為何其他人也跟著起鬨，要他趕緊過去，何篤行被趕鴨子上架似地草草對兩個孩子交代幾聲，便匆匆走向臺前。

何篤行上次參加婚宴已是好幾年前，因此失了戒心完全忘了婚禮常有的「餘興節目」，走進陷阱後才察覺事態詭譎。站在臺上的他，駝背比平常更彎了點，還突然很介意臉上眼鏡的位置，連推了好幾次。

主持人抽了十位來賓，包含何篤行有五男五女，年紀偏輕，他應該是裡面最年長的一位，女性們半掩興奮正互鬧著私語，男性各個故作鎮靜但難藏心中期待。唯有他呆然看著臺上的三把花束——原來是抽捧花配對。

其實，不只何篤行本人意外，就連一旁的新娘亦大感意外，對新郎竊竊私語。

「你怎麼把我們股長的名字丟進籤筒裡了！股長他離婚了啊。」
「離婚也算是單身吧？」
「離過婚還有小孩算是單身嗎！小孩都上小學了！」
在新郎與新娘的議論造成婚姻的禍端前，即被臺上的活動打斷。婚禮主持人熱情地裝熟訪問被抽上臺的人。輪到何篤行時，臺下他們那桌還傳來陣陣加油聲，雖然他完全不知道要加什麼油。
主持人識相地跟著喚他的頭銜，「股長，看起好年輕喔，該不會才二十出頭吧。」
對方過度誇張的表情讓何篤行苦笑，「我三十五了。」
「看不出來啊！三十五也還年輕啊，在場未婚女性同胞要好好把握這個年輕有為的股長！」
主持人叫賣功力不輸電視購物，努力把場子炒到最高潮，要大家各拉著一段象徵紅線的大紅緞帶。緞帶的集結處有三束捧花，一同拉開時，若緞帶一端繫著一束棒花，便可與另一個緞帶也繫著該捧花的人各自帶開「共享喜悅」。
「大家都拉好緞帶了嗎，那我開始倒數囉，三、二、一，拉！」
原本站在臺上羞怯的男男女女，聽到指令後，拉扯緞帶的力道倒十分堅定，可能是承認自己有勇於追求的東西，在東方社會中並非美德，但能利用集體行動掩飾時，人還是不自覺地露出本性。
何篤行也用力拉下緞帶時，隨即發現對向有個相同抗力，將緞帶連著花束繃緊浮在空中呈一條線。何篤行抬頭，跟那位捲髮女子對上了眼，卻也同時間鬆開了手。
主持人眼明手快地接住花束，「好不容易配對成功了，怎麼可以隨便放手呢？」兩人尷尬一笑，主持人隨即抓緊機會，順水推舟，說你們真有默契，快下去交換聯絡方式。

跟在捲髮女子身後走下臺，何篤行看著她的背影，猜想她可能不到二十五歲，正是花漾年華，前妻跟他離婚時也是這個年紀。還以為對方會頭也不回地離開時，她忽地轉頭，輕鬆平常地開口。

「剛剛聽主持人介紹，說何先生是新娘的長官？」

何篤行頷首，覺得自己不問個什麼好像不太禮貌，便開口：「那您是？」

「我跟新郎Daivd是同事，聽說你們在市政府工作很辛苦哦？」

「不不，你們也辛苦了，而且工作哪有不辛苦的，我覺得就算是看起來輕鬆的工作，都還是有辛苦的地方。」

人在展現與自己外貌特質完全相反的行為時，總會給他人留下特別的印象。何篤行這番言論雖似是而非，但與他文弱的外表相襯顯得十分強硬，讓捲髮女子眼前一亮。

「我叫Vivian，您怎麼稱呼？」

何篤行才要自我介紹時，右腿冷不防地受到一陣熟悉的衝擊，回頭看，繆繆正抱著自己的大腿。

「爸爸！」

■

「爸爸你看我像不像新娘子——」

站在月臺等車時，繆繆拿著捧花轉了好幾圈，粉黃色的裙襬翩翩飄起，天真可愛的模樣讓路人臉上的表情變得柔和。

何篤行瞇起眼睛，看女兒從這頭舞到那頭，毫無規則的腳步輕盈地跳著，時而奔過來抱住他，影響他的平衡，正如影響他的人生，但他即使被力道震得一時腳步踉蹌，也甘之如飴。

他沒能把名字告訴那位Vivian，她在看到繆繆、聽到稱謂後，社交溫度明顯地降了幾度。不過，也許是在外商公司見過很多大場面，她仍能保持笑容。

何篤行尷尬地解釋自己離婚有小孩，Vivian亦客套地回應。然而，兩人此時都明瞭，他們之間的緣分就像車歪的縫線，順暢而不可逆地錯開了。

隨後，Vivian看到繆繆直盯著她手上的捧花看，便豪爽地把象徵下一位新娘的捧花送給繆繆。

「爸爸你都沒聽人家說話！」繆繆生氣地走到他身旁。

何篤行蹲下來說：「有啊，很漂亮很像新娘子啊。」

「我不是問這個！剛剛姐姐說拿到捧花的人會是下一個新娘子，是不是真的啊？」

女兒出嫁——是何篤行完全不敢想像的事。繆繆是他的心肝與一切，他總是逃避著自己某天要放手這件事，繆繆還小，能逃一天是一天。

「繆繆想當新娘子嗎？」

「想！」

淇淇冷不防地出聲，「那誰要當新郎？」

「當然是——」繆繆戲劇性地頓了一下，雙頰瞬間開滿粉色花朵，「蘇哥哥！他好帥。」

何篤行對自己竟然期待著女兒會回答「爸爸」的事，感到淡淡哀傷，也許那一天並未像自己想像中的那麼遠。女兒口中的蘇哥哥是附近公園認識的小男孩，跟淇淇同班，喜歡玩滑板，滑得順的時候真的頗帥。

淇淇不以為然地噗哧一笑，繆繆臉上的花兒都萎了。

「姐姐妳笑什麼！」

「沒什麼。」她笑得更開心了。

繆繆纏著淇淇，一路逼問到家門口。一個不答，一個不放棄，這是個性迥異的兩個女孩唯一的共同點，固執。

「繆繆，準備洗澡了。」何篤行捧著換洗衣物催促著還死纏不放的繆繆。

「可是姐姐還沒跟我說——」

「繆繆。」他提高尾音。

何篤行的口氣淇淇也聽得出來，她便釋出利多，「繆繆，妳要不要一起洗澡，也許我會在浴室跟妳說喔。」

淇淇畢竟大了繆繆四歲，玩弄文字遊戲比較厲害。

繆繆歪頭想了一下，決定先跟姐姐去洗澡。因為讓爸爸洗的話都洗好快，而且不能玩水，但跟姐姐一起洗的話，爸爸就不會進來，兩人可以玩很久直到爸爸敲門趕人。

何篤行苦笑著看兩個小女孩高高興興走進浴室，還偷渡了一堆有的沒的進去玩。

「妳們不要洗太久，待會有布丁喔。」

聽見女孩們齊聲應好後，他坐在餐桌旁等待，拿出手機打發時間。

何篤行登入FB隨意滑滑，同事在喜宴上打卡，新娘PO自拍照，當室內設計師的姐姐放了幾張工作照，裴承飛拍了一張不明所以的鴨血照，世界還是一樣和平。

他登出後，用另一組帳號再登入，頭像從女兒側臉照變成風景照，就連身分也從男性市政府公務員，變成女性上班族。

這個帳號有一些朋友，還有幾篇意義不明的文章配風景照，全都是煙霧彈，何篤行沒有機靈到可以用雙重身分過活，他用這帳號只為了追蹤前妻近況。

點開前妻的頁面，並沒有新的貼文，時間還停留在她的公司聚餐日，貼了一張眾人合照，她就坐在右下角，身披滑稽的「最佳業務員」背帶，與同事們開心合照。

前妻的老家是間自助餐店，她幫忙家業時總是臭臉，何篤行便以為她不喜歡直接面對客人的工作，因此很難想像前妻當業務舌燦蓮花向人介紹產品，還拿到業績冠軍的樣子。

顯然他還是不夠了解她。何篤行看得出神時，驀地聽到淇淇的叫聲。

「叔叔！」

他立即衝向浴室，差一步就要開門時，與裴承飛約定的事項像道無形令牌阻擋在面前，縱然再急也只得先敲門。

「淇淇怎麼了？妳們沒事吧？」

「繆繆她……全身過敏紅紅的！」

「過敏？怎麼會？」

何篤行指示浴室裡的淇淇幫繆繆包好浴巾、穿好自己的衣服後，他才打開門走進。繆繆看到爸爸後，傻笑指著手臂，「紅紅的。」

他仔細一看，果真跟三年前繆繆發生過的過敏一樣，那次是吃到姐姐旅遊帶回來的蝦仙貝。他接著檢查繆繆身體各處，除了四肢有些紅腫外，其他地方尚無異狀，問繆繆會不會癢，她也搖搖頭。

何篤行決定先觀察看看，快速幫繆繆洗完澡後，用毛巾沾冰塊水幫她冰敷，回想今天的喜宴菜色，出現過敏源的只有一開始的冷盤，跟——他眉頭皺起，似乎找到凶手了。

「爸爸說過，螃蟹、蝦子，有殼的妳都不能吃，會起疹子。」

繆繆嘟著嘴，「我又沒有吃。」

「那米糕好不好吃？」

「好吃！」

「米糕好吃，但妳不能吃啊，上面有螃蟹。」

「可是姐姐說過米糕好吃啊。」

淇淇聞言往後退了半步，剛洗完澡的臉上竟毫無血色，但何篤行全心全意放在女兒身上，沒意識到她的變化。

「爸爸有沒有說過，跟螃蟹、蝦子放在同一個盤子上的也不能吃。」

「我又不會癢。」
「繆繆，爸爸有沒有說過？」
繆繆別過頭，「有……。」
之後繆繆沒鬧發癢，也沒有其他症狀出現，但何篤行仍擔心了一整晚，半夜還到小孩房查看。他一走進房間，就聽見還沒入睡的淇淇用氣音說話。
「繆繆沒有喊癢，她睡著了。」
夜燈照映著淇淇臉上的擔心，何篤行先到她的床邊。
「謝謝妳幫叔叔注意，妳也早點睡吧。」
他幫淇淇把棉被拉到下巴，最後再輕輕地拍兩下被子。淇淇不知道這是爸爸跟叔叔講好的動作，還是他們無意識下的默契，不管是誰走進來查房都會這麼做，她很喜歡，有時候還會裝睡悄悄期待這個儀式。
何篤行接著來到女兒床邊，相較於淇淇的床上只有一顆地球抱枕，繆繆的床上根本是動物園加公主嘉年華派對，從北極到赤道再到南極，各類動物靠著牆排排站好，公主們則身穿華服坐在床頭櫃上，微笑守護著正熟睡的小公主。
淇淇抱著她最喜歡也是年資最長的布偶兔寶，鼓著腮幫子熟睡，他每次看到這一幕，都不會後悔自己做的任何決定。
他輕掀開棉被，確認紅腫沒有蔓延開來，鬆了口氣。就像剛剛一樣幫她把棉被拉好，輕拍兩下。

隔天起床後，何篤行還是不放心，便請假打算送淇淇上學後帶繆繆去看醫生。可是，要帶女兒去看醫生不是件易事，繆繆小時候體弱多病常出入醫院，因此留下了陰影，隨年紀增長有了自主權後，便使出各種手段拒絕就醫。就連今天要去看醫生的事，也是何篤行像平常一樣帶她出門讓她以為只是上學，直到校門口前才吐實。

「我不要看醫生！」繆繆雙手抱胸大發脾氣。

他蹲在地上耐心講道理，「妳手上的紅點點還沒有消，等下會痛還會癢喔，所以我們先去看醫生——」

「我不要我不要我不要——」

繆繆任性地大叫甩頭，全身抖動，就連何篤行也治不住她。然而，淇淇就像個法力高強的驅魔師，一句話就鎮住了像被邪靈附身般抓狂不已的繆繆。

「繆繆，妳不去看醫生的話，可能會變成花花臉喔。」

何篤行這時才想到還有這招，繆繆天生愛漂亮，任何事都阻擋不了她愛美的心。他在心中讚嘆淇淇冰雪聰明，總能看穿事情的本質。這下子縱使繆繆百般不情願，最終還是點頭答應看醫生。

一大一小轉身離去前，站在不遠處的淇淇喚住何篤行。

「叔叔，你可以過來一下嗎？」

他走近淇淇身邊，「怎麼了，有什麼事？」

淇淇踮起腳在他耳邊說了一句話，聲音很輕，情緒很重。

「對不起，繆繆會過敏都是我害的。」

2.

何篤行在電梯裡看手錶，盤算著自己應該趕得及十點到辦公室。今早他過得漫長而忙碌，先是忙女兒的事，緊接著是淇淇的事。

「怎麼會是妳害的，淇淇，這當然不是妳的錯啊！」

雖然急忙安慰她，但這些話好比微風吹過樹梢，起不了任何作用。淇淇勉強撐起笑容轉身進學校後，何篤行只能呆滯地看著她的背影，無法減輕這些不該在她身上的重量。

他駝著背思索半晌，還是拿出手機，點開與裴承飛的對話框。上方的歷史對話還停留在裴承飛提醒他淇淇禮拜三要上珠算課的事，再往上翻也盡是日常生活的柴米油鹽，但兩人的生活默契很好，有時候一段話打到一半，另一個人就能接著補上了。

何篤行在對話框裡打了幾個字又刪掉，決定還是等人回來當面說比較清楚。

乍然聽見電梯抵達樓層的鈴聲，他不作二想就邁步前進，卻差點撞上來者。

「不好意思！」他側身讓對方走進電梯，卻聽見那人開口。

「何股長。」

何篤行細看認出對方，她工作時跟參加喜宴時的打扮沒什麼兩樣，墨綠色襯衫及黑長褲，乾淨俐落。

「昨天謝謝妳照顧我女兒。」

抱著一疊文件的短髮女子回道：「沒什麼的，股長不用客氣。」眼見電梯門就要關上，她再補了一句：「這邊是三樓喔。」

何篤行望向電梯外的樓層標示，驚呼一聲，急忙側身滑壘進電梯，他的辦公室在六樓。他苦笑道謝後，頓時電梯裡只剩機械運作聲。

一股混雜著影印紙墨水味與清新薄荷洗髮精味飄來，跟他們家用的味道很像，四人之中只有繆繆嫌這款洗髮精很臭，他只好買別的牌子給她用。

何篤行側頭看去，兩人幾乎是同時對上眼。

「股長早上公出？」

「我帶女兒去看醫生，她昨天不小心吃到海鮮鬧過敏。」

「還好嗎？她過敏很難過吧？」

「還好，醫生說可能因為只吃了沾到一點點紅蟳的米糕，不太嚴重，塗個皮膚藥應該很快就可以消腫。」

「那就好。」她斂了斂眼神，「我兒子過敏發作的時候全身都癢，整夜哭個不停。」

「那真的很嚴重，我女兒小時候也發生過一次。」原來對方結婚有兒子了，但何篤行並不覺意外。

「看來我們都是過來人呢。」

「後來只好全面禁止她吃有殼的海鮮，但這次還是破功。」他回頭問道：「妳兒子對什麼過敏啊？」

「對他爸爸過敏。」

她看著愣在當下的何篤行，笑得燦爛。

「還好已經遠離過敏原了。」

鈴聲再次響起電梯門大開，他卻還站在原地，只聽見她輕快的聲音迴盪。

「股長，我家也是單親，也許以後我們可以多多交流。」

■

「姐姐，紅蟳米糕真的那麼好吃嗎？好想吃吃看喔。」

「好吃啊，我以前跟奶奶去參加喜宴時吃過一次，可是妳不能吃喔，會過敏。」

「為什麼妳可以吃我不能吃！」

淇淇像個壞掉的人偶，歪著一邊肩膀靠椅子上，雙眼無神，忍不住一遍遍回想自己做了什麼，丟了餌釣繆繆，害她掉進陷阱裡。即使知道這前因後果很牽強，繆繆也說自己偷吃了不該吃的東西，而且過敏並不嚴重……但她仍覺得是自己的錯。要是她沒有說就好了，要是她不跟去就好了，要是她那時候不在就好了，要是她……。

「淇淇，這真的不是妳的錯，妳不要怪自己。」何篤行溫暖的嗓音是她的浮木，是除不掉的腦內噪音裡唯一的不協調音。

淇淇靠著它找回一點理性，她從書包裡拿出一本厚厚的青少年小說，她已經看完了，這是第三次重看。不做點什麼的話，時間會過得很慢，腦袋會飛速運轉，重複放送噪音。她努力看進一字一句，在腦中構築幻想世界。還差一點淇淇就能全神投入書中的世界時，老師的聲音將她拉回現實。

老師走進教室說要上課了，同學們紛紛安靜下來，淇淇失落地闔起書本。黑板上過於簡單的授課內容無法讓她專注，腦中的雜音蠢蠢欲動。她告訴自己，沒關係，還有最後的絕招。

淇淇深吸口氣，眼神盯著黑板上的某個點，開始默背質數。

2、3、5、7、11……。

坐在前座的黃若真轉頭遞考卷時，看到淇淇彷彿老僧入定般的專注表情，即使曾經看過幾次，還是覺得可怖。她曾問淇淇上課時都在做什麼，淇淇說她有時候背圓周率，有時候背質數，破記錄的時候還會開心一下。

雖然兩人是同年紀的小孩，又稱得上是好朋友，但黃若真還是完全不懂她在想什麼。

「淇淇，要考試了。」

出神狀態的淇淇立刻清醒，伸手接過考卷。黃若真怕淇淇數數兒數到忘記，再次轉頭提醒。

「別忘了考卷上要寫我的名字喔，我會寫妳的名字的。」

■

裴承飛與同事開公務車回到臺北，照內規可以不用進公司，但他討厭隔天早上開車塞在市區，所以送同事回家後還是進公司還車，再搭捷運去母親家。

他與淇淇原本跟母親一起住在中和，隨後為了長輩就醫及小孩就學的問題搬離原址並分開住。雖然母親住在文山區，他與淇淇、何篤行父女四人住在大安區，不過公寓就位於交界處，兩地走路十分鐘內可到。

裴承飛原本想與母親同住就近照顧，可是為了學區問題不得不分開。當時他們在大安區找了很久才找到願意讓小孩掛戶籍的房東。然而，房東出租的房子只有兩房兩廳，住不下第三個大人，他與母親再三權衡才出此下策。不過，裴承飛現在回想起來，沒住在一起也許才是最好的選擇。

他兩手各拎著一大袋臺中名產，用手肘按下電鈴，不一會兒，裴母打開內層木門，隔著鐵門欄杆看到兒子還有點驚訝。

「你什麼時候回來的啊？」裴母邊打開鐵門邊問。

「剛到臺北，不是有傳訊息給妳？」裴承飛先前才幫裴母換了智慧型手機，也裝了通訊app。不過裴母還不太會用，只有看孫女相片時比較熟練。

他走進屋裡把兩袋名產放在餐桌上，聽見客廳裡的唸佛機仍盡責地播放，沙發上放著翻閱到一半的佛經。母親這次熱衷的興趣是佛法，已一頭熱大半年了，猶記得先前是精油療法，這次不知能持續多久呢。不過，只要不是太奇怪的興趣，作兒子的他都會支持。

「手機放在房間，沒注意到啦。」

裴母跟在他身後拖著腳步走進，她身形瘦小，臉頰像是被挖了兩塊肉似地凹陷，幾年前一場大病後就再也吃不胖了。她隨意綁在身後的馬尾有一半是白髮，以前總是定期去補染，但這幾年大概覺得年紀到了，就連裴承飛說要出錢讓她上美容院，她也懶得出門。

裴母翻看桌上的袋子，「檸檬蛋糕喔，這你帶回去給淇淇跟繆繆吃啦，她們喜歡吃甜的。」

裴承飛暗自搖頭，喜歡吃甜的人是何篤行，兩個小女孩意外地都不愛吃甜的，不過，正因為這家檸檬蛋糕不太甜他才買了。

「放心，這袋是家裡的，這袋是給妳的，我都分好了。妳還可以拿去送抄經班的朋友，這家挺有名的，還有豆干跟牛舌餅喔。」

裴母應聲後繼續翻看袋中物，裴承飛把背包丟在一旁，進廚房開冰箱拿青草茶，正要直接猛灌時，被她輕拍手臂。

「用杯子喝啦，沒衛生。」

裴母瞥了兒子一眼，仍有點感慨，明明到大學都還白白淨淨、斯斯文文的，怎麼現在又黑又粗魯，像個彪形大漢似的。裴承飛歪著嘴乖乖把青草茶倒進杯子裡，也幫母親倒了一杯。母子倆坐在餐桌旁喝茶，還拆了豆干來吃。

「你不是換了工作嗎？現在還要到處去工地喔。」

兒子以前在現場工作，裴母每次看到工安意外的新聞，心頭都要一驚。去年聽他說換了個坐辦公室的工作，才完全放下心來。

「偶爾還是要出差啦，營造業都這樣。」

裴母點頭要兒子注意安全等等老生常談後，過了半晌，她忽然想到什麼似地雙眼發亮。

「跟你說，我今天早上去菜市場，買菜時跟幾個太太聊天。」

豆干比他想像中的硬，用門牙還咬不太動，裴承飛吃得呲牙裂嘴。

「她們在說同性戀都可以結婚了教壞小孩，全都亂了套，我就好好地跟她們說同性戀跟我們一樣，都是正常人，他們天生就是這樣。」

裴承飛聽了一用力，終於把豆干咬斷。

「我是不是幫你們出了一口氣啊？」裴母得意地向兒子邀功。

不管解釋幾次，裴母始終都誤認為他跟何篤行是一對。有時候說到嘴破，甚至還邀請她來家中同住幾天，讓她搞清楚狀況，但下回見面她又故態復萌，以為兒子是怕她不能接受，不敢「出櫃」。

這件事一直讓裴承飛很頭痛，如果是別人誤會也就算了，但卻是自己的母親，他有理說不清，又怕她會影響淇淇與繆繆。

「媽，我跟何篤行不是妳——」

裴母搖搖手，「我知道啦，你們只是剛好湊一起，互相幫忙照顧。淇淇跟繆繆這對小姐妹感情也不錯，你們也不想分開她們就一起住，這我都知道啦。只是，你們也要想想以後的事啊，不然要是生病了或分財產，法律上都站不住腳。」

裴承飛撫額心中暗道：不，妳什麼都不知道。

裴母看向時鐘道：「差不多該去接淇淇跟繆繆了。」

送小孩上學是何篤行的工作，接她們放學則由裴承飛負責，不過若是加班或出差了，就由裴母代勞。

「媽，我回來了就我去接吧。」裴承飛離開公寓走到樓下，其實時間還早，只是為了不讓話題繼續而逃開。

■

一年級學生按照規定一週只上一天全天班，其餘四天中午就放學。有些學生直接回家，有些則去私立的安親班或才藝班，還有一些則留在學校的課輔班，跟高年級一起放學。

當初何篤行讓繆繆選，看是要去裴奶奶家，還是上才藝班，繆繆毫不猶豫地選擇留在學校上課輔班，因為可以跟姐姐一起回家。接近放學時間，課輔老師叫大家準備收拾書包，繆繆把作業簿與文具一一收進書包裡。

懂事以來，繆繆即展現與生俱來的美感。她畫圖時常把喜歡的元素加在主題上，且毫不在意他人目光或合不合乎常理。圖畫裡的屋頂上繫著巨大的蝴蝶結，樹上掛滿亮晶晶的珠寶飾品，五顏六色的草地上，意外地開滿單調白色的小花。何篤行的姐姐看到她的畫稱讚上了天，說她是未來的草間彌生，但繆繆看到點點圖就頭暈，覺得自己跟她一點也不像。

繆繆對衣服用品亦有一套獨特的品味，若是爸爸隨便買的東西，她打死不用。而何篤行寵著掌上明珠，總是帶她逛街買她真正喜歡的東西。開學前為了買書包，何篤行帶她逛了好幾間店，何大小姐卻沒有一個看得上眼，最後連裴承飛都看不下去，忍不住說何篤行幾句。

「就一個書包是要挑到什麼時候啊，你太寵她了。」

一旦關係到女兒，個性軟弱的何篤行就變得異常堅持。

「這算寵嗎？她也沒特別找貴的啊，只是真的沒找到喜歡的罷了。」

書包還算是小事，在何篤行學會編出美美的公主編髮髮型之前，繆繆每天都板著臉不開心。所幸，挑書包這件事靠什麼都賣的「網路」及時在開學前解決了。雀屏中選的書包為上掀式，粉紅色合成皮製，正面是繽紛的花卉圖案佐以亮片水鑽，旁邊勾著花朵形狀的小吊飾與小鈴鐺，兩條肩帶還車上蕾絲。如此有「個性」的書包，繆繆背起來卻不顯突兀，不但整個人像封面時尚女郎般高調而自信，旁邊彷彿打上了大大的標題字——這就是我的包。

鐘聲響起，大家背起書包魚貫而出，繆繆開心地排隊時，覺得身後有異動，整張小臉瞬間垮了下來。

「你不要拉我的小花啦！」她轉過身對排在她身後的小男生怒吼。

小男生名叫陳俊禾，跟繆繆平常不同班，但課輔是同一班，再加上他家也住在同一幢大樓，上學出門三不五時就會遇到。陳俊禾有著幼稚小男生的通病，不知道怎麼表達自己的心情，所以總喜歡捉弄在意的人，吸引對方的注意。

「它就搖來搖去看了很煩啊。」陳俊禾歪著嘴，說得好像是那朵小花吊飾的錯似地。

繆繆哼了一聲，把書包反過來背，不讓他拉。

「何芸繆。」

「不想理你。」

「何芸繆，今天誰會來接妳啊？」

繆繆連應聲都懶，不理他。

「是妳另一個爸爸來接妳嗎？」

「何芸繆，妳是不是有兩個爸爸啊？」

「我媽說妳們家這樣很奇怪。」

繆繆倏地轉身，雙手扠腰，理直氣壯地說：「就算我有十個爸爸，也不關你的事！」

陳俊禾被嗆得往後退一步，而且因為背著書包的關係，失去平衡跌倒在地。

繆繆沒取笑他也沒幫助他，冷淡地瞥了一眼。

關於自己家庭的組成，繆繆早在何篤行用拙劣的自編童話故事說明之前，就察覺到哪裡不一樣了。

雖然人人都當過小孩，但總會低估孩子們的洞察力。關於家庭，他們遠比大人想像中的，還要知道得多。

繆繆沒再理會陳俊禾，轉過身欲往前走時，看到前方熟悉的身影，笑逐顏開飛奔上前。

「姐姐。」繆繆甜甜地笑著。

「妳又跟陳俊禾吵架啊。」淇淇遠遠就看到兩人在拉扯。

「沒有啊。」繆繆口是心非地搖頭，拉著淇淇的手，說起今天在學校發生的趣事，早把那個討厭的小男生甩到腦後去。

不管別人說什麼，她有最疼她的爸爸，還有最聰明的姐姐，跟有點兇的叔叔，就像她總是自信地背起書包一樣——這就是我的家。

■

若是沒有天塌下來的大事，何篤行向來準時下班，就算升任股長也不改初衷。在相對保守、只能量化評估工作能力的政府單位裡，他的行為並非值得稱讚的榜樣。

即使如此，何篤行仍從幾位同期之中脫穎而出，獲得晉升。因工作上無特別成績，大家私下說他運氣好，但只說中了一半，另一半是他優柔寡斷的個性意外帶來的好處。

局內劃分派系，原本以局長為首的派系占上風，有志向上者自然趨炎附勢，就算對升遷沒興趣，也會為了工作方便靠齊隊形，唯有何篤行聞風不動。然而，政局瞬變，局長因都更拆遷風波中箭落馬，某處長被拉拔上去擔任新局長。但新局長為人特別小心眼，曾挺過舊局長的人他都看不上眼，何篤行未表態的行為卻獲得讚賞，年初升官便少不了他。

有些同事因此覺得他心機重、牆頭草，另有些人因為他升任股長後做事仍躊躇不決，還喜歡壓公文搞得雞飛狗跳而討厭他。種種因素之下，何篤行在同事之間有了「盆栽股長」的外號，平常像個盆栽沒存在感，遇事時左右搖擺沒主見。

「我先走了。」

兩位女同事看著何篤行打聲招呼後閃人，低頭開始耳語。

「妳知道隔壁科的美君嗎？」

「她昨天不是也有去婚禮嗎，怎麼了？」

「我中午看到她跟股長兩人在茶水間聊天耶，昨天婚禮上我請美君幫我照顧一下股長他女兒，會不會是這樣他們牽上了線啊？」

「股長雖然沒跟男方那邊的正妹牽上線，但還是接到捧花有正桃花，我記得美君是單身——」

「她是不是也離婚有小孩啊？」

「對耶，跟股長一樣，說不定剛好能湊成對呢！」

「能湊成也是好事，但有小孩總是考慮得比較多，也要看小孩跟大人合不合啊。」

「反正，我們就等著看八卦吧。」

■

何篤行對照手機中的清單，熟練地把蔬果肉類一一挑進菜籃裡。他的廚齡與繆繆的年紀相同，磨鍊至今，獨自做出四菜一湯沒問題，而且，他的廚藝全向裴承飛學的。

裴承飛是單親家庭，小時候因母親忙於工作，他就拿著板凳墊腳站在流理臺前洗米洗碗，因此對家事樣樣精通。只是，他教人沒什麼耐性，當初不得不指導何篤行做家事時，因對方戰戰兢兢過了頭，兩人還曾經幾次爭執。最後怎麼和解的何篤行倒也忘了，可能還是為了孩子吧。

如今何篤行已掌鍋鏟好幾年，若真要比廚藝，他暗自認為應該不會輸給裴承飛。繞了超市一圈，菜籃也已經八分滿，何篤行正準備去排隊時，忽地想起中午討論的食譜。在茶水間洗便當盒時，他再次巧遇美君，兩人因為小孩不吃菜的事打開話匣互換心得，十分愉快。

雖然早上在電梯裡，於美君的最後一句話讓他有些介懷。

——我家也是單親，也許以後我們可以多多交流。

他覺得強調單親很奇怪，當然，單親家庭深知彼此的難處，針對這點的確可以多交換心得。但若只是家長間的交友，就算他不是單親父親、於美君不是單親母親，難道兩人就不能交流嗎？

何篤行思索半晌，覺得有可能是自己多想了，搞不好對方只是想找個共通點罷了。他回到冷藏區，拿了一袋繆繆與淇淇都不喜歡吃的胡蘿蔔放進菜籃，打算照著於美君提供的食譜做成奶油甜蘿蔔。

回到家後，何篤行三兩下變出四菜一湯，炒菜時旁邊煮湯，電鍋裡也熱著週末做好的焢肉。真正進了廚房後，才知道能堅持天天自家開伙的祕訣，就是效率兩字，別無他法，這遠比追求美味還重要。何篤行把筍湯端上桌的同時，玄關也傳來開門聲，時間算得比捷運到站還準，他在心裡默默給自己按了好幾個讚。

「爸爸，我們回來了！」繆繆蹦蹦跳跳跑到餐桌旁。

「回來啦，去把東西放一放準備吃飯吧。」

繆繆離開後，裴承飛接著走進廚房，把那一大袋臺中名產收好，以免兩個小的看到惦記住了反而不吃正餐。繆繆、淇淇走進廚房，把手洗乾淨後，何篤行也幫大家盛好飯了，每個人都有專屬顏色的碗跟筷子。

「繆繆、淇淇妳們吃吃看這個紅蘿蔔，是甜的喔。」

「不要。」繆繆一秒否決。

淇淇看著那紅通通的塊狀物，面有難色，「我也不想……。」

「沒嘗試過的東西沒有理由拒絕。」裴承飛語氣重了點，「至少兩個人都吃一塊吧。」

「吃吃看嘛，我弄小塊一點給妳們。」

何篤行拿湯匙把一塊胡蘿蔔切成兩半，直接放在女孩們的碗裡。淇淇與繆繆互看了一眼，再看向兩位大人，自知逃不過只得乖乖吞下紅蘿蔔。繆繆一鼓作氣丟進嘴裡，淇淇則是謹慎地對半再對半切小塊，雖然面對討厭事物的作法不同，但結果卻是一樣的。兩人瞬間苦著臉，表情如出一轍，繆繆還差點吐出來。

「這、這麼難吃嗎？」何篤行嚇了一跳，他剛剛試吃覺得甜甜的沒有胡蘿蔔味啊。

「妳們也太誇張——」裴承飛對女孩們太失望了，他豪氣地夾了一大塊吃下，原想作為示範，卻被暗箭所傷。

「這……這是什麼啊！也太難吃了吧。」

「我覺得還好啊！」何篤行夾了一塊。
「那全給你吃！」
「咦？」
女兒們見狀竊笑後，四人互看一眼大笑出聲。
就像是一幅理想中的家庭晚餐圖，他們一起吃飯、分享小事、談天說笑，日復一日。

3.

裴承飛在高二時第一次抽菸，所謂的上癮，都從漫不經心地接觸開始的。
他一路抽到淇淇出生的當天，為她做的第一件事，就是把剩下半包菸丟進垃圾桶裡。然而，他再次拾起香菸也是在醫院，母親病倒的那段期間，他即使難得空閒下來，腦中也全是各種壓力煩惱，只好借助外力讓自己能放鬆片刻。
直到現在，裴承飛仍保持一天五根菸，菸癮並不算大。
他喜歡一個人抽菸，猶愛找安靜無風的地方抽。深吸一口讓有害物質充滿肺部，藉此把心中解不開的煩惱擠到角落去，聽著菸草燃燒的聲音或看著細如緞帶的白煙裊裊上升，彷彿深刻在心上的痛苦也能隨之消逝。

不過，跟何篤行住在一起之後，他默默犧牲掉少許獨自快活的抽菸時間，變成兩人Men's Talk時段。因為淇淇不會靠近陽臺，繆繆嫌菸味臭也不會主動想要過來，他們不用擔心談話內容被孩子們聽到。

裴承飛靠在陽臺邊吞雲吐霧半晌，見何篤行拉開落地窗走出，他習慣性地把上風處讓給對方。

何篤行靠在女兒牆上，順手整理掛在旁邊的兩盆多肉植物，那是某次逛夜市拿回來的戰利品，即使繆繆一顆水球也沒射中，老闆仍看她可愛送她的。每次看到這盆多肉，何篤行總會想起母親在繆繆五歲時說過的話。

「你女兒長得太漂亮，跟她媽媽一樣，以後會不好教。」

何篤行見其中一盆多肉萎靡不振，可能是陽光晒太多，暫將它移到晒不到的地方。

「繆繆的過敏還好吧？」裴承飛邊說邊把菸捏熄，反過身背靠牆。

「剛剛幫她洗澡，紅腫的地方都消得差不多了。」

「上次是用真的蝦子做的仙貝，這次是紅蟳米糕。」

「這次是我不對啦，沒看好她，還有——」他話說到一半忽地閉口，望向對面不遠處另一戶人家的陽臺。

裴承飛見何篤行欲言又止，略顯不耐，他從以前就很煩這種婆婆媽媽不乾脆的個性，朋友中也幾乎沒有這樣的類型，何篤行是他交友圈裡的例外。

其實，他一直不知道跟何篤行到底算不算是朋友。如果沒有前妻與女兒們，他們倆絕對不會深交，一起生活更是絕對不可能。比起朋友，他們更像是利益互惠的合作伙伴。

認識七年多了，裴承飛到現在還是不喜歡這種個性，但變得稍微可以忍受。

「怎麼了？說吧。」

何篤行拿下眼鏡揉了揉鼻梁後再道：「淇淇覺得繆繆會偷吃米糕導致過敏是她害的。」

裴承飛瞪大眼聽何篤行接著說明事情原委後，想再抽第二根菸的欲望才緩和下來。

「只是淇淇想太多。」你也想太多。

「可是——」他截斷對方的話，「我覺得是這樣，淇淇覺得自己幫不上忙，還多說了幾句話，就把責任往身上攬。」

何篤行不太同意他的說法，「但她是個敏感的小孩……。」

「她就是太敏感才會這樣，我們大人不要過度關注比較好，而且繆繆也沒事，讓這件事過去她就不會想了。」

真的是這樣嗎？何篤行看著淇淇的父親，只能在心裡畫上問號，不敢回嘴多問。關於孩子的教養問題，兩人之間有不成文的規矩，看到問題向對方呈報，有事呼救支援，沒事各自管理。但這個問題像顆會自動打氣的氣球，在何篤行心裡怎麼也壓不消，最後仍忍不住旁敲側擊地問了一句。

「上次那個提案，淇淇接受了嗎？」

「她不想去諮商，我也沒勉強她。但這兩件事沒關係吧？」

淇淇有嚴重的懼高症，只要高於三樓，她連陽臺邊都不敢靠近，裴承飛也為此向學校提出申請，希望能盡量安排淇淇在一樓的教室上課。導師得知情況後，建議裴承飛可以帶淇淇去諮商，也許可以透過心理治療的方式緩解，但淇淇拒絕了這個提案。

「她頂嘴說很多人有懼高症、恐慌症，還不都是好好的。」他雙手一攤，表示自己也拿女兒沒辦法。

「既然淇淇不願意，那就不要勉強她，我先進去了。」

何篤行說完欲轉身，忽地想到另一件事，又回過頭，「啊，還有一件事，你媽啊——」

「我媽？她怎麼了？」

「前幾天她帶淇淇和繆繆去公園玩，我過去接她們的時候，你媽剛好跟朋友在聊天，介紹我說是兒子的朋友。」

裴承飛挑起一邊眉毛，「聽起來——很好啊。」

「我也不覺得有什麼奇怪的地方，但是她的朋友走了以後，她一直向我道歉。」

「啊？為什麼？」

「她覺得很對不起我，不應該介紹我是你朋友。」何篤行撫額覺得頭痛，「後來幾天，她看到我還是很愧疚，對我比對繆繆還要關心。」

裴承飛仰頭無言，天啊——。

「拜託你幫我跟她解釋一下。」

「等、等——」

何篤行轉身就走進室內，沒給對方再一句話的時間。

關於長輩問題，同樣比照辦理，各自管各自的。

■

在繆繆的心中，淇淇可能比爸爸的地位還要高。

她覺得淇淇姐姐是世界上最聰明的人，她喜歡安靜讀書，但如果繆繆有任何問題，不管什麼時候打擾她，她都不會嫌煩，而且有問必答。有時候淇淇的說明，甚至比老師或爸爸都還要淺顯易懂。

淇淇在房裡看課外書，繆繆便有樣學樣看繪本。她認識的國字不多，雖然可以讀注音，但看不到三行，她的注意力就被嘴裡那顆鬆動的乳牙吸引，裝成在讀書的樣子，卻歪著嘴努力地用舌頭推牙齒。

原本安靜的房間裡忽然爆出笑聲，繆繆猛地抬起頭，發現淇淇早就把書闔上，正摀著嘴忍笑。

「妳在笑什麼？」繆繆豎眉直問。

「妳的牙齒是不是快掉了？」

「才沒有。」她還不敢跟人說牙齒的事，怕爸爸帶她去看牙醫。

「不可以說謊喔。」

繆繆很猶豫，因為說謊的人會被夾舌頭。不過，爸爸說生日時的三個願望可以拿來做任何事，她應該也可以許願不被夾舌頭吧？

只是，每年只有三個的寶貝願望，現在就要花掉一個嗎？

淇淇見她遲疑不決，笑道：「我的牙齒都是自己掉下來的，沒去看牙醫喔。」

「真的嗎！」繆繆雙手撐著桌面，興奮地直起身子。

「牙齒果然要掉了嗎？我看看——」淇淇繞過書桌走到她旁邊，繆繆乖乖地張嘴讓她檢查。

「嗚嗚啊啊嗚啊啊？（真的不用看牙醫嗎？）」

她嘴巴大開仍急著確認這件事，發出的聲音不成話語，淇淇憋著笑仍聽懂了意思。

「如果可以漂亮地掉下來的話就不用吧，這顆嗎？」淇淇用食指輕輕地推了推繆繆下頷的側門牙，晃動幅度還不大。

「會痛嗎？」

「今天下午開始搖的。討厭，一定是陳俊禾害的。」

如果陳俊禾沒來跟她講話，她就不會生氣，她不生氣的話，牙齒就不會搖了。前後毫無關連性，繆繆的邏輯一向跳躍。

但這倒讓淇淇想起下午放學時，遠遠看到他們倆好像在拉扯，果然還是吵架了。

「妳還說沒跟他吵架。」

「我們沒吵架啊，是他惹我生氣。」

「他怎麼了？」

陳俊禾也住在這幢樓，淇淇有時候會在大廳或電梯裡看到他，剃著小平頭，眼睛大而有神，還會害羞地點頭打招呼。

「他說我們家有兩個爸爸很奇怪。」

「那妳怎麼回他？」

「跟姐姐妳之前教我的一樣啊，我說，我有十個爸爸都不關他的事。」

淇淇噗哧一笑，「我不是這樣教的吧？那他聽了怎麼說？」

「後來我就去找妳了啊，姐姐不是說不用管別人怎麼說嗎？」

見繆繆揚起漂亮的小臉，求稱讚求表揚的模樣，淇淇打從心底覺得妹妹真是太可愛了。

「對了，我拿個東西給妳看。」

淇淇從抽屜裡拿出一個小鐵盒打開，繆繆急湊上前看，卻驚叫出聲直往後退。

「這、這是牙齒嗎！」

「對呀，之前掉下來的牙齒我都蒐集起來放在這裡。」淇淇眼神閃耀，用手指撥弄牙齒，「妳會怕嗎？」

見繆繆點頭如搗蒜，淇淇便把鐵盒蓋好。

「每個人的牙齒有大有小，長得都不一樣，妳可能覺得很可怕，但牙醫稱讚我的乳牙很漂亮喔。不管怎樣，牙齒是長在自己身上，根本不用管別人怎麼說——」

「可是牙齒看起來好恐怖好噁心喔！」

結果，繆繆根本聽不進淇淇想說的話，直陷在恐懼之中。淇淇只得拿一本遊戲書跟她玩，一路玩到上床時間，何篤行進來叫她們睡覺。繆繆依依不捨地把遊戲書收好，拿聯絡簿給爸爸簽名後，自動自發地爬上床。何篤行摸摸女兒的頭髮，幫女兒把棉被拉到下巴，最後再輕輕地拍兩下被子。

「爸爸晚安。」

「繆繆晚安。」

他走到淇淇的床邊，做了一樣的動作後，點亮夜燈關上日光燈。

淇淇閉著眼，滿足地開始醞釀睡眠情緒，忽地感覺床邊一沉。何篤行在她床邊坐了下來，看著她欲言又止。

「叔？」

像是嘆了口無聲的氣，他用輕柔語氣說：「淇淇，我知道妳對妹妹很好，很照顧她。不管妹妹做了什麼事、發生什麼事，都絕對不會是妳的錯，好嗎？」

淇淇咬著下唇，用力點頭。

之前她告訴繆繆，不要在意別人對自己牙齒的評價，她也毫不在意，她只在乎，不屬於自己的牙齒是不是總有一天還是會掉下來？

■

裴承飛總是家裡最後一個洗澡的人。

他約十二點洗完澡，檢查廚房瓦斯電器門窗有沒有關好，把桌上的雜物歸位，進房看一下兩個小女孩的睡臉，簽好淇淇的聯絡簿，最後回到房間。

打開房門時，何篤行半靠在床頭櫃旁玩手機，裴承飛知道這是他的習慣，每天非檢查一下FB，巡一下田水才肯放心，是個社交網路成癮的中年男子。

他走到屬於自己的那一側床邊，拿手機只確認一下鬧鐘便要就寢。

「我要睡囉。」

「喔好，我也要睡了。」

何篤行把手機插好充電後便關燈爬上床，兩人各自拉各自的被子，睡在同一張床上。因為房間太小的關係，當初把主臥讓給女兒們，就註定了他們得睡同一張床的命運。起初，兩個男人都覺得彆扭，但也想不到其他更好的辦法，因為比起雙人床，他們都更討厭上下鋪，會讓他們想起不太愉快的軍旅回憶。

人類是適應力強大的生物，睡了幾個月後倒也習慣了。剛好何篤行喜歡靠左，裴承飛喜歡靠右，睡眠習慣井水不犯河水。其實何篤行覺得也不能怪裴母的誤會難以解開，看到他們倆睡同床，任誰都會誤會吧。

感受到右邊的人翻了兩個身，何篤行知道他還沒睡，在黑暗中忍不住開口。

「我剛剛還是跟淇淇講了一下。」

「嗯，我知道。」你就是會忍不住。

「我覺得——」

裴承飛截斷他的話，「我知道，我會再想辦法說服淇淇去諮商的。」

何篤行用氣音笑了一下，「對了，你媽啊——」

「她還有別的事？」

「她太煩惱這件事，說要打同志家長諮詢電話。」

「什麼？」裴承飛翻身坐起。

「睡吧，我阻止她了。」

「怎麼阻止的？」

「別問了。」

裴承飛把臉埋進雙手裡，「就是這樣她才會一直誤會下去……。」

何篤行不想理他，翻了個身默默吐槽：你行的話你來啊。

■

許多人都曾夢過高處墜落，那滋味並不好受。

淇淇也經常夢到，但與其他人不同的是，她夢境中的場景都是同一個。

一幢五層樓的舊公寓，細節格外清晰。斑駁的深紅色鐵門，結滿蜘蛛網的燈泡，通往屋頂的樓梯被雜物占掉一半空間，還有隻不知道死了多久的蟑螂留在那裡風化。

繼續往上走，屋頂由鐵皮屋加蓋成第六樓，留了三分之一的空間作為晒衣露臺，地上放置著好幾個任其自由發展的盆栽，有些蔓延開來，有些只剩下黑土。

樓梯傳來啪噠啪噠的腳步聲，一名赤腳穿著連身長裙的女人，手上抱著一團用毛巾包起的物體，走進露臺後，步步朝邊緣矮牆前進。她毫不猶豫地踏上某個盆栽，傾身往下望。雖然突出的遮雨棚與室外機擋住了視野，但相互交錯形成的縫隙狹小陰暗，有種將人吸進去的魔力。

女人矗立在盆栽上，亦像棵植物，垂頭不動。

忽地，她舉起手上的東西，用力往下丟——。

淇淇的夢境總結束在這一刻。

鬧鐘還沒響，淇淇一陣抽搐後驚醒，額頭滿是冷汗，她瞪大眼躺在床上一動也不敢動，像是在確認自己現在到底在哪裡，直到急而短促的呼吸變得平穩後，她才緩緩掀開被子，呆坐在床邊。

淇淇望向另一頭床上，熟睡中的繆繆露出甜甜笑容，她看了欣慰又羨慕。隨後索性下床早早盥洗更衣，走出房門時，廚房傳來陣陣饅頭香味。

早餐由裴承飛與何篤行輪流準備，並無固定班表，有時候忙的話，也會在路上買讓女兒們帶去學校吃。裴承飛剛煎好四人份的荷包蛋，轉身就看到女兒站在餐桌旁，有點驚訝。

「這麼早起來，早上有小考？」

淇淇坐到椅子上，默然搖頭，裴承飛倒杯冰豆漿給她。

裴承飛其實不太盯女兒的功課，因為自己小時候也不愛讀書，再加上淇淇從小不用他催促，就會自動自發看書寫功課。比起成績，他還比較擔心女兒岌岌可危的視力。

不過，昨夜簽聯絡簿時，看到淇淇數學小考是差強人意的七十分，他有點意外。其他科目就算了，但是淇淇很喜歡數學，不常表現出特別喜好的她，甚至主動說要去上珠算班，但對數學的熱愛顯然沒表現在成績上。

裴承飛倒也沒打算多問，只不過是一次考糟了，哪有吃燒餅不掉芝麻的，他才不像何篤行那樣什麼都盯緊緊。

「睡不著啊？」

淇淇點頭後，啜飲幾口豆漿後，才決定開口。

「爸，你如果做了討厭的惡夢會怎麼辦？」

裴承飛剛要把電鍋裡的饅頭拿出來，聽到問句時不小心燙了一下手，疼得直捏耳垂。

「惡夢？妳夢到什麼了？」

「夢到我……從很高的地方……掉下來……」淇淇邊說邊注意裴承飛的反應，越說越小聲。

裴承飛看著女兒，憶起她第一次懼高症發作時的情景。他抱著四歲的女兒到陽臺上，原本是想讓女兒看看窗外的彩虹，最後卻演變成女兒不明原因大哭、頭暈，甚至嘔吐的慘劇。

見淇淇縮起身子，不願再多講夢境細節，裴承飛嚴肅地道：「淇淇，我上次說的諮商——」

聽到關鍵字，淇淇立刻抬頭挺起胸膛，「其實只是個夢而已，雖然有點恐怖，但是醒過來就好了。」

「妳連試一次都不願意嗎？諮商師不是醫生，我會陪妳一起的。」

淇淇看著爸爸不語，她當然知道諮商師不是醫生，她上網查過心理諮商是怎麼一回事，她知道心理諮商也許可以幫忙解決懼高的問題。

不過，也有可能會冒出新的問題。

淇淇後悔剛剛說了做惡夢的事，其實她只是想要撒嬌而已，想要有人摸摸她的頭說沒事，說絕對不是妳的錯。她耳邊響起何篤行的聲音，如果可以選他作為撒嬌對象，她一定毫不猶豫。

「淇淇，妳有在聽我說話嗎？」

「爸我真的不想去……。」

看到女兒態度堅決，裴承飛莫可奈何地轉身，把饅頭一一夾出。

淇淇還是很喜歡爸爸的，特別是在尊重孩子的意見這一點上。

兩人面對面無言地各啃了一半饅頭後，何篤行邊抓著頭邊走出房門，看到裴家父女在餐桌前坐得好好的還嚇了一跳。

「我沒睡過頭吧？」

「沒有。」

何篤行放下心後，拉開椅子正要入座，裴承飛就忍不住「爆料」，希望能增加一個說服女兒的生力軍。

「淇淇說她昨天晚上做惡夢，夢到從很高的地方掉下來。」

「什麼？」何篤行連忙走近淇淇身邊，彎下腰拍拍她的肩，「淇淇，一定很恐怖吧？沒事的、沒事了噢。」

裴承飛見狀差點翻白眼，正想說淇淇都快十二歲了不是兩歲，卻看到她露出心滿意足的笑容。

他越來越不了解女兒了。

4.

黃若真住在南港區，戶籍則掛在大安區的姑姑家，自從爸爸調回臺北市的總公司上班後，每天早上都會開車順路帶她上學——這也是她每天最痛苦的十分鐘。

黃若真的爸爸任職銀行高階經理，沉默寡言，自帶威嚴，平常忙於工作，回到家時女兒都睡了，兩人幾乎沒有相處互動，通勤時間自然也不知道該聊些什麼。

爸爸的興趣是研究數字跟換車，從B開頭換到A開頭，最近又在看一臺M開頭的，車子越換越高級，座椅從四張變兩張，而且越來越舒適好躺，但黃若真還是不喜歡搭爸爸的車。一坐上車子，她就感覺快要窒息，車內清香劑的味道就像塊糊糊的黏土塞在鼻子裡，每次呼吸，喉頭都有股灼熱感，她彎著指節把人中都擦紅了還是擦不掉。

不過，最難熬的還是塞車的時候，爸爸看到長長車陣，總是不耐煩地用食指敲打方向盤，每一次的叩叩聲響都讓黃若真想開門逃離現場，而實際上，她的手也一直抓著門把不放。

所幸，星期三早上市區交通還算順暢，他們比平常還要早一點抵達學校。

幾乎與解開車鎖的聲音同步，黃若真打開門跳下車。

「爸爸拜拜。」

爸爸一如往常地淡然點頭回應，並要她把門關上。

車門闔上時發出高級車特有的聲響，引來接送區家長們羨慕的眼神，在眾人的注目下，絕塵而去。

黃若真遠望著爸爸的車，想起之前在新聞上看過的最新自動駕駛車，只要設定好了，坐上車後就會直接開到目的地。她找不出爸爸跟自動駕駛車的差別在哪裡。

忽地，幾個熟悉的身影走進她的視野，對面馬路邊有個戴眼鏡的男子帶著兩個女孩等紅綠燈，一面有說有笑的樣子，女孩之一是她的朋友裴沛淇。

黃若真跟淇淇一年級同班時就認識，後來三年級分到不同班，四年級又同一班後才開始慢慢熟起來。淇淇在學校時總是很安靜，兩人相處時也大都是黃若真在講話，直到黃若真看到淇淇跟家人相處的模樣，才發現她的另一面。

當淇淇介紹那位戴眼鏡的「叔叔」給黃若真認識時，她還感到一絲僥倖，不過就是個「叔叔」，她跟自家舅舅久久見一次面也是有說有笑的。但是，她隨後就發現，不只是這位叔叔，淇淇的爸爸，甚至是妹妹，都跟她的爸爸不一樣。

不是自動駕駛，是活生生、每天生活在一起的家人。

「小真，早安。」

黃若真早一步進教室，過沒多久淇淇也走進，向她打招呼。

「我剛剛看到妳跟妳叔叔還有妹妹喔。」

「咦？我沒看到妳耶。」淇淇把書包放好，拉開座椅坐下，「妳怎麼不叫我？」

「剛好在車上看到你們過馬路，妳爸還沒回來嗎？」

「昨天回來了啊，早上都是叔叔送我們上學啦。」

黃若真聽到這個消息，忽地緊張，「昨天回來了？那他看到分數沒有罵妳嗎？我考得那麼爛⋯⋯。」

「放心，我爸他不在意我的分數。」

「那他在意什麼？」

這個問題倒讓淇淇陷入長考，爸爸最近在意什麼？唔——被奶奶誤以為是同性戀？

為了不讓問題複雜化，淇淇最後選擇燦爛一笑，「我不知道。」

「我還以為妳什麼都知道。」

淇淇上課可以舉一反十，就算不上課，只消翻翻課本就能理解泰半，輕鬆滿分。而且，她嗜讀課外書，對各種資訊過目不忘，「什麼都知道」對她來說絕非過譽之詞。

黃若真比淇淇本人還要早就知道，她跟其他小孩不太一樣，至少腦袋裡的結構肯定不同。

她經常想起淇淇四年級時發生的事情。當時是實習老師上課，不小心搞錯進度跳了一整個章節，所以他問問題時完全沒有人舉手，當下也沒有人敢跟老師說你教錯地方了，因為後面就站著督導老師，他們那一班雖然成績不好，但心地都很好。下課後，她與淇淇聊天，提及剛剛實習老師上錯進度的事，未料淇淇卻渾然不覺，因為她沒有不懂的地方。

「那妳剛剛為什麼不舉手？」

「咦？我搞錯了嗎？以為是不會的人才舉手。」

從那次開始，黃若真漸漸察覺淇淇的與眾不同，發現她可能是所謂的資優生。不過，淇淇也有了自覺之後，卻大隱隱於世，有時候還會故意考差，隱藏自己是資優的事實。

黃若真不明白，也不想弄明白，但她卻從中發現可以利用的地方。既然淇淇不想考高分，而她不得不考滿分，那兩人互換不就完美無缺了嗎？

黃若真戰戰兢兢地提出這個請求，淇淇爽快地一口答應。

「當然好啊。」

「真的嗎？」

「小真每次都陪我去三樓的音樂教室啊，我也該做點什麼。」

幸好要交換的只有數學考卷，她們只須模仿對方的阿拉伯數字字跡，而黃若真其他科目的成績還是很不錯的。

「妳真的不知道妳爸在意什麼啊？不過，只要妳爸不在意成績就好。」

淇淇反問，「那妳爸在意什麼？」

「他只在意數字跟他的車。」

特別是考卷上的數字，如果輸入錯誤的話，就算是自動駕駛也會暴走的。

■

可能是之前都視而不見，現在認識了才覺得常常巧遇。這是何篤行在中午時分到蒸飯機前拿便當時，看到於美君的第一個感想。

「股長，你上次不是說你女兒不吃紅蘿蔔嗎？我後來又想到幾個食譜——」何篤行不經意脫口而出，「我昨天有做妳教我的奶油紅蘿蔔。」

於美君雙眼一亮，笑得像年輕了五歲，「怎樣？你女兒喜歡嗎？我每次做這道，我兒子都吃個精光。」

「她有吃，覺得還可以。」何篤行實在不忍對好心給他食譜的於美君說，那盤紅蘿蔔有一大半都在他手上的鐵便當盒裡。況且，也有可能是自己記錯做錯，雖然家裡的大人跟小孩都叫他不要再試著做這道菜了。

「還可以啊——」於美君蹙眉，這顯然是對她的廚藝下戰帖，「股長你不介意的話，我再多給你一些食譜吧？」

於是，何篤行跟她交換了手機通訊軟體帳號。說來奇怪，這還是何篤行第一次面對面與另一位家長交流。

繆繆上幼稚園時，雖然同學的家長多少會交流，但大家總隔著一層猜測的薄膜與他來往。而且那時他沒什麼自信，又邊操持家務邊準備高考，毫無心力跟家長們過招，便沒有任何私下來往。

意外跨出自己的交友圈，何篤行顯得小心翼翼，於美君卻落落大方，除了分享食譜以外，有些在家長之間流傳的資訊，也會分享給他。

「這禮拜動物園有尋寶活動，我本來跟朋友一起報名，後來他們家有事不能去，股長如果有空，要不要帶女兒一起來呢？」

於美君傳來這封訊息，還貼心地附上活動網址，何篤行約略看過，覺得是繆繆會感興趣的活動，十二歲以下皆適合，淇淇也可以一起參加。

「可以再多帶一個小朋友嗎？」

「當然可以啊。」

何篤行興高采烈地把這件事告訴兩個女孩，繆繆高興地說要去要去，淇淇卻搖頭說自己跟同學約好要去書店了，任憑繆繆怎麼「盧」她都沒有用。

「你要跟哪個同事去動物園啊？」裴承飛站在流理臺前洗碗隨口問道。

「就上次教我做奶油紅蘿蔔的那個同事。」何篤行坐在餐桌旁玩手機，今天前妻也沒有PO文。

「就是傳了一堆蘿蔔食譜給你的那個？」

何篤行嗯了一聲，卻得到裴承飛嗯哼兩聲回應。

兩人初識時，何篤行對裴承飛是連個屁也不敢放，他萬分恐懼這位前妻的前夫，一方面是他當時想跟對方打好關係，各方面謹慎戒懼，另一方面則是自卑。如今相處了幾年，兩人相處的態度已被生活磨平，也因為了解裴承飛後，知道這人有時就是隻紙老虎，只是老虎臉畫得栩栩如生罷了。

「你有什麼意見嗎？」何篤行話音剛落，就覺得好像嗆了點，但也難以收回，只得再道：「說來聽聽。」

裴承飛洗完碗把手擦乾，轉過身一臉看好戲的模樣。

「沒什麼意見，只是她好像對你有點意思。」

何篤行嘴巴大張，大得可以塞進兩顆滷蛋。

「她們家應該也是單親吧？」

「你怎麼知道？」

裴承飛下巴抬得老高，得意地推理，「你說過對方有個兒子，而且你們兩人之間的話題都是小孩，如果對方是雙親家庭的話，不會邀你帶小孩一起出門，若真的要搞外遇也是單獨兩人約啊。所以最合情合理的狀況，就是對方是單親媽媽。」

他被堵得半句話也說不出來，心裡反覆回想，美君的殷勤到底算不算一般？難道真的是裴承飛講的那樣？

「不過，你對她沒什麼想法的話，最好早點讓她知道，而且你們還同一個單位，還挺麻煩的……。」

裴承飛像個過來人般好言相勸，實際上他也真的是個過來人。

不只一次有職場女同事對他示好，雖然表明離過婚有個女兒會嚇退一些人，但如果對方也是一樣的狀況，那就另當別論了。

「你怎麼知道我對她沒想法？」

「因為你——」裴承飛對上何篤行狐疑的眼神，硬是把本來要講的話轉了個彎，「因為你的態度，你對她客客氣氣的啊。」

何篤行聽了雖有疑惑，但也沒繼續追問下去，兩人似乎都明白再細談這件事就會觸碰到某個話題，很有默契地繞道而行。裴承飛與何篤行同住這麼久，什麼事都遇過，對於對方的家庭也瞭若指掌，但唯一不談的事，就是前妻蘇馥純。

■

週末風和日麗，是個適合出門郊遊的好天氣。

何篤行拉著半睡半醒的繆繆搭上文湖線後，她就趴在他的腿上睡著了，但嘴邊還囈語著動物的種類名稱。繆繆很喜歡動物園，一年中總會吵著要來幾次，所幸動物園交通方便票價便宜，亦是許多家長遛小孩的首選。

何篤行對動物園也有股特殊的感情，他們倆第一次帶女兒們出遠門就是來動物園。那時家還在中和，來動物園要轉三次車，帶兩個小孩出門是件大工程，而且其中一個還不滿兩歲，必定得大包小包、忙忙亂亂。

不過，最難以忍受的，還是別人的目光與耳語。

當年時空背景不同，爸爸單獨帶小小孩出門十分罕見，更何況是兩個爸爸站一起。而且，除了他人的眼神外，何篤行也是那次才注意到男廁裡沒有尿布臺，在此之前身為男性的他從未在意的事，一一冒了出來。

隨著繆繆長大，獨自帶著她出門已不再受到那麼多注目禮，但何篤行仍會下意識地留意給男性的育兒設施齊不齊全，時而通報單位建議。不過，身在公務體系的他也知道，一時之間要改變沒有那麼簡單。

到站後父女才剛走到出口，在不遠處等待的於美君搖手喚道：「股長，這邊。」

她一改精明幹練的模樣，今天穿著走休閒風格。但最讓何篤行在意的，還是抱著她的腿，躲在媽媽身後的小男孩。

他的年紀看起來比繆繆小，比她矮半個頭，只露出了半張小臉，跟他眼神對上時，還把整張臉藏了起來。

於美君彎下腰特別對繆繆打招呼，「繆繆，還記得阿姨嗎？」

「記得，婚禮上的阿姨。」

「跟妳介紹一下，這是阿姨的兒子，於子均，妳可以叫他豆豆。豆豆，跟繆繆姐姐打個招呼。」於美君接著把兒子推向前，但他實在太過害羞，死命抓著媽媽的腳不放。

「不好意思，豆豆他很害羞。」

繆繆的個性遇強則強，遇弱則善，看著害羞的豆豆，她反而親切地說：「沒關係，豆豆你好！」

「對了，不是還有一個姐姐呢？還沒來嗎？」

「淇淇說她跟同學約好了，所以沒辦法來。」

「這樣啊，股長你那位朋友也是單親爸爸嗎？」

何篤行有些不解地點頭。

「難怪你們交情這麼好。」

於美君總是過分強調單親。

有股似曾相識的不舒服感驀地從心中湧出，何篤行難以反駁，因為這的確是事實。就像只有女廁有尿布臺一樣，這社會仍有大半比例總是女性在育兒，單親與雙親家庭就是不一樣的。

「那我們買票進去吧。」

於美君牽著豆豆走在前方，也許是自己的自我意識過剩，何篤行覺得他們四個人一起行動時，旁人對他們的目光少了點。

■

週末風和日麗，是個適合洗衣服的好天氣。

裴承飛把兩大兩小的棉被拿到頂樓曝晒，累得一身汗回到屋裡，女兒仍坐在餐桌前慢條斯理地邊看電子書邊吃早餐。從他搬第一條被子開始吃到現在，一塊蛋餅還沒吃完。

淇淇自幼就愛看書，根據裴母的說法，孫女兩歲就會識字，三歲就會唸書，長大會得諾貝爾獎。裴承飛對這誇張的言論不予置評，不過淇淇真的吃飯看書走路看書睡前也看書，對電視、遊戲或手機的興趣遠遠不及書本。

他擔心淇淇在光源太弱的地方看書會近視，走到哪都帶著厚重的書會被壓得長不高，索性買了電子書閱讀器給她，但這也讓淇淇變本加厲，他這一生看過的書搞不好都沒有女兒看的多。

不過，裴承飛得老實承認，淇淇愛看書又不吵鬧的個性，在養育她的過程中輕鬆許多。沒有比較就不會突顯，這點也是與繆繆相比之後才發現的。繆繆是個高需求寶寶，常整天哭不停，再加上她幼時體弱多病，一時半刻都少不得關注。

裴承飛雖以前輩之姿教何篤行帶小孩，但孩子畢竟不是同一規格製造生產，許多情況他也是第一次遇到，只得在錯誤中邊嘗試邊學習。但就像廣告金句一樣，孩子的教育不能等，孩子的成長只有一次，容錯率是零，裴承飛有時也會懷疑自己在淇淇小時候，是不是因為她太乖而疏於關心她？

若繆繆是高需求，淇淇便是低需求。但是，低需求並不是沒有需求。

一早何篤行就帶繆繆去動物園，淇淇也笑著送行，卻在關門的瞬間表情冷了下來。

裴承飛跟淇淇畢竟是父女，這彆扭執拗的把戲他也是從小玩到大，再加上淇淇差不多也到了追求個性的青春期，想必這點會再更放大吧。

淇淇明明很想去，卻自己拒絕了何篤行的邀請，他不明原因，但他等著女兒說：「小真說突然有事，所以我就不出門了。」

「爸，我要出門囉。」淇淇打開房門，已經換了衣服穿上外套。

「咦？出門？」

淇淇皺眉，不解爸爸剛剛還趕著自己出門，怎麼現在卻像失憶了。

裴承飛瞬間讀懂她的表情，「噢，我知道，跟小真去書店嘛，午餐呢？」

「我們還會去麥當勞做卡片，中午可以在那邊吃嗎？」

他點頭答應，多給了一點零用錢，提醒她帶手機要記得接，站在門邊笑著送行，卻在關門的瞬間表情冷了下來。

他越來越不了解女兒了。

■

裴承飛雖是單親家庭，但他的父親仍健在，跟母親沒有離婚，亦沒有結婚。現在才認識裴母的人都很難想像，這個吃齋唸佛，熱衷各種養生方法的老太太，在年輕時竟是個為愛犧牲一切的女人。裴承飛看到母親年輕時的照片也認不出來，她燙著當時流行的捲髮，高腰喇叭褲，脖子上還圍著花樣繁複的領巾，美貌與姿態毫不遜於當年的電視明星。

父母相識相戀的細節裴承飛並不清楚，裴母少講，他們跟親戚也疏遠，無法從旁人口中得知。唯一知道的事情是，父母的戀情不被家裡人認可，儘管兩人仍執意在一起，父親卻順從長輩娶了另一名女子，母親變相成為二房。

母親生下他之後，因故離開了臺南，獨自到北部生活，一直到他高中以前，父親每個月都會來探望他們一次。家裡複雜的情況引來外界各種臆測，有人說母親是第三者、說他父不詳，也有學校老師因此給他「特別對待」。

裴承飛總覺得自己家是不完整的，因此受到各種責難似乎也是理所當然，他把一切過錯都怪在父親身上，每個月的見面都用各種理由迴避，說學校有事，實則一個人到二輪電影院窩了一整天；說要去同學家準備考試，結果在公園涼亭睡午覺。

上了大學後，與蘇馥純結婚時也有過美好完整家庭的想像，但是，那句他聽過最惡毒的閒話卻一語成讖——單親會遺傳，不幸的家庭也會。

裴承飛開著電視卻什麼也沒看進去，驀地從往事中驚醒，看到手機跳出訊息。

淇淇：我到書店了。

女兒簡單一句沒有情緒的報備，卻讓他拿起手機錢包鑰匙就出門。

他想知道，這究竟會不會遺傳。

■

「第一個寶藏在哪裡？我們要去哪裡啊？」繆繆的好勝心總展現在課外活動上，她抓著藏寶圖，非常著急。

何篤行安撫道：「繆繆別緊張，我們先看藏寶圖，這是動物園的地圖，先找找看我們現在哪裡。」

「在哪裡？在哪裡？」繆繆急躁難耐，只覺得地圖上的圖不像圖、注音像蚯蚓，她什麼都認不出來，猛地抬起頭，只見廣場裡的組別接連出發，她更加心慌。

「要是姐姐有跟我們來就好了，姐姐在的話一定馬上知道寶藏在哪裡。她為什麼不來！爸爸你打電話叫她來啦！快點打電話！」
「淇淇不是說了，她今天有事不能跟我們來啊。我們先一起來看地圖。」
「我不要我不要，我要姐姐啦。」
「妳看地圖啊，這邊是大門——」
繆繆任性地大吵大鬧，任憑何篤行怎麼安撫都沒用。而於美君在一旁看傻了眼，直到豆豆扯了三次衣角才注意到。
豆豆指著手上的無尾熊手環，「我想去找無尾熊。」鬧脾氣的繆繆聞言轉頭，「為什麼要去找無尾熊？」
「地圖上有葉子，無尾熊吃葉子。」豆豆怯生生的，越講越小聲。
「無尾熊是吃尤加利樹葉啊！這又不是！」
「繆繆怎麼知道這不是？要不要查書看看啊？」何篤行乘勝追擊。
「它就長得不像啊——」
繆繆雖然嘴上抱怨，但仍開始翻看迷你百科全書，豆豆也打開來看，兩人還不經意地開始討論。何篤行與於美君見狀皆鬆了口氣，還很有默契地後退一步，不打斷他們兩人的對話。
「不好意思，繆繆就是急性子，什麼事都想搶先。」他小小聲地道歉。
「這樣很好啊，我們家豆豆太沒主見了，也很少聽他說想要什麼東西，成天就黏著我不放。」
「以後妳就會懷念他黏著妳了，繆繆現在都不太讓我抱呢。」何篤行伸手推了推眼鏡，繆繆主動抱他可以，他主動抱繆繆有時不行。
「股長，你也太早捨不得了吧？」
他原想反駁捨不得有什麼不對，卻被繆繆打斷，她與豆豆兩人達成共識，準備朝大貓熊館出發。他們開始行動之後就順暢許多，再加上繆繆從工作人員口中得知，只要找到全部的寶藏就有小禮物，頓時心安許多，解謎的速度反而變快了。
下一個地點有點遠，於美君提議先讓小朋友休息，上個廁所。
「股長，我帶繆繆去女廁，可以麻煩你帶豆豆去男廁嗎？」
豆豆起先還不願意，於美君在他耳邊說了什麼，半哄半騙半施壓後，他才走向何篤行。
何篤行帶豆豆到兒童小便斗處，他卻遲遲不肯上廁所。
「豆豆不要上廁所嗎？」
他低頭揪著衣襬不說話。
「還是你可以自己上廁所？那我就過去那邊喔。」
何篤行走到成人小便斗處，回頭偷看一眼，豆豆已經自行上廁所了。真的是個很怕生的孩子，跟家裡兩個女孩的類型完全不同，連性別也不同。
他出神幻想如果繆繆是男孩不知道會怎樣，廁所上得久了點，拉起拉鏈後，瞥眼發現豆豆站在一旁直盯著他。
兩人對上眼後，豆豆就急著跑出去，何篤行趕緊追趕。

「豆豆，不要忘記洗手啊！」

「要拍照了喔，大家一起說，獅——子——」

他們比預期還要早找到全部的寶藏，繆繆與豆豆拿到文具獎品非常開心，於美君拿手機請工作人員幫他們合影留念。

■

「爸爸我餓了。」

「我們跑了快半個動物園，也真的餓了，妳想吃什麼啊。」

「我想吃麥當勞——」

「那妳去問豆豆跟阿姨想不想吃？」

繆繆蹦蹦跳跳地到他們兩人面前詢問，但這一問卻問出了兩種顏色。豆豆興奮地漲紅臉點頭，於美君卻鐵青著臉看向何篤行。

何篤行知道有些家長對食物有自己的堅持，像是不給小孩吃速食、炸物之類的，他應該先跟於美君私下溝通才對。

但現在只能亡羊補牢，他趕緊說：「繆繆，豆豆跟阿姨他們好像想吃別的東西耶，還是我們——」

「那拜拜，我要吃麥當勞！」

繆繆毫不留戀地轉身，豆豆的小臉瞬間刷白，看著繆繆的背影，再看向媽媽，想吃又不敢說。另一邊何篤行暗暗叫慘，現在如果說要吃別的，繆繆可能會生氣，但豆豆——。

「那就一起吃麥當勞吧。」

何篤行湊上前細聲說：「妳不用配合我們，我先找個藉口把繆繆帶開。」

「豆豆難得有想要的東西，今天就讓他吃吧。」

「真的沒關係嗎？」

「我們整天都在一起，現在分開吃不是很怪嗎？」於美君聳了聳肩，自言自語似地補上一句，「而且，這也算是必要的妥協吧。」

■

裴承飛在書店二樓文具區鬼鬼祟祟找了一圈，只引來店員的懷疑，連個人影都沒看到。難道她們已經買完卡片去麥當勞了嗎？女生買東西不是都挑挑揀揀弄老半天嗎？他原想直接去麥當勞找人，但在門前倏地停下腳步，回頭走向一樓圖書區。果不其然，在書櫃前發現淇淇的身影。

淇淇站在書架前看書，駝背的模樣讓他想到何篤行。身邊沒有其他人，可能是提早來看書吧，一定是出了什麼新書她急著來翻。裴承飛以雜誌櫃為掩護盯哨，心中忐忑幫女兒找理由，身後自動門每一次開關都讓他興起期待，卻又落空。

難道真的會遺傳？他以前藉故逃離親生父親，現在淇淇藉故逃離何篤行與繆繆。但是，為什麼呢？淇淇並不討厭他們父女啊。

淇淇忽地闔上手中的書，走出書店，裴承飛緊張地跟在她身後，卻慢了一個路口，他在等待紅綠燈時，聽見身後傳來一句。

「淇淇的爸爸？」

裴承飛回頭看見他今天最盼望見到的女孩，還有她的爸爸。

■

「這邊要貼亮片。」

「貼成星星形狀。」

「還是我們要做成立體卡片啊？打開會有東西跳出來的那種？」

「好啊！」

在麥當勞裡，裴承飛看著兩個女孩開心地做卡片，忽覺世界和平，唯一不平靜的只有他那胡思亂想的腦袋。她們倆約在麥當勞做卡片，但小真早上有英文會話課，所以請淇淇先去書店買材料。

裴承飛吃著薯條發愣，覺得自己出差回來後可能一時太閒，才會想些有的沒的搞出今天這事情，待會也不知道要怎麼跟淇淇解釋。他逃避似地將這問題暫放一旁，抬眼看向坐在對面的黃爸爸，他點了杯咖啡，邊滑手機邊等著載小真上待會的鋼琴課。

在淇淇成長過程中，他與其他小孩的家長交流良好，但對方通常都是媽媽。在以男性為主的職場上，他與同事的話題也鮮少談到小孩。

兩位爸爸沉默對坐半晌，裴承飛友善地丟了個話題。

「小真待會要上鋼琴課啊，她學多久了？」

「我不知道。」

「久到不知道了啊，那她鋼琴應該彈得很好囉。」他笑著打圓場，「我家淇淇珠算學兩年多，我也不知道她到什麼程度。」

黃爸爸把手機翻面蓋在桌上，看向女兒那一桌。

「雖然不知道她學多久了，但下次比賽沒再拿個成績的話，應該會停掉鋼琴課不要浪費時間了。」

■

「我喜歡麥克雞塊，那個很好吃喔，不過我也喜歡姐姐愛吃的麥香魚，爸爸跟叔叔都喜歡吃大麥克——」

豆豆盯著菜單許久，遲遲無法作決定；繆繆則早早點好餐，在旁邊添亂。

於美君見狀忍不住出聲：「豆豆，快點選呀，叔叔要去點餐了。」這可是豆豆好不容易盼來吃速食的機會，對他而言應該是個重大決定吧。何篤行正想說沒關係讓他慢慢挑，就聽到於美君當機立斷幫他點餐。

「豆豆跟繆繆一樣就好了，股長就麻煩你了。」

何篤行多看了豆豆一眼，這個六歲小男孩既沒提出反駁，情緒也沒有什麼起伏，似乎早已習慣這樣的模式。他也不好意思再問豆豆，便問美君要吃什麼，她笑著搖頭說不用了。

他拿著餐點回來時，於美君已機靈地占到了座位，才剛放下托盤，繆繆就迫不及待地伸手要拿雞塊。

「繆繆。」尾音微揚，是警告的意思。

她急著把雞塊塞進嘴裡，「剛剛阿姨帶我們去洗手了。」

「不要邊吃邊說話。」何篤行打開糖醋醬，回頭對豆豆說：「要不要沾這個？」豆豆聞言眨眨眼望向媽媽，見媽媽沒有意見，他才伸手拿雞塊沾一點醬。

何篤行以吃漢堡當掩飾，偷瞄著豆豆吃下第一口雞塊，宛若小木偶皮諾丘被施了魔法終於變成真正的小男孩，表情都活靈活現起來。他兩三口就吃完一塊，接著第二、第三塊，途中於美君要他別吃太快，他才稍稍放慢速度，發現只剩最後一塊時，他一小口一小口珍惜地慢慢吃。

何篤行見狀心疼，正想問要不要再吃，他再去買，繆繆則早早解決餐點拉拉他的袖子。

「爸爸我還想吃冰旋風——」

「妳不是才剛吃飽嗎？而且吃了整份套餐。」雖然她把薯條都偷偷推到他這邊來了。

「甜點裝在另一個肚子裡啊！」繆繆賣弄從姐姐那邊偷學來的知識，得意揚揚地說：「羊有四個肚子喔，我覺得應該是裝午餐、點心、水果跟水。不然，羊要那麼多肚子做什麼？我屬羊喔。」

何篤行早已經習慣繆繆的跳躍性思考及只對自己有利的邏輯，一旁於美君忍俊不禁。不過，女兒都不惜用謬論爭取點心了，天氣也熱，他便起身再去買，還直接幫豆豆買了一個，謊稱買一送一，讓於美君難以拒絕他的好意。

本以為小孩們吃飽後會想睡，但繆繆依然電力十足，拉著何篤行去兒童動物區逛，還把這裡當自家後花園似地，一一向豆豆介紹動物。

兩位家長站在後方看著，於美君掩嘴輕笑。

「繆繆真是可愛。」

何篤行當然也覺得自己女兒最可愛，只是……。

「但她有時候太任性了。」

「不是因為你太寵她了嗎？」

原以為會聽到客套話的回應，說小孩就是會任性云云，怎也沒想到接了一記直球。

「股長不介意我講實話吧？」

「這我很清楚……。」裴承飛也常常告誡他，但他並不想修正。若自己不寵愛小孩，那還有誰會寵她？

「我跟你一樣，我自己也很清楚，我太控制豆豆了，但……這就是單親的原罪吧。」

她瞥了何篤行一眼，旋即又把注意力放回正在摸小動物的兒子身上。

「我知道你可能不太認同，好幾次講到單親的事，股長你的表情就變了，很明顯噢。」

何篤行沒想到她竟然注意到這點，還以為完全沒被發現，不過，既然對方都開門見山了，他決定說出自己的好奇。

「因為我覺得，強調單親很奇怪，我們跟雙親一樣，都是父母啊。」

「你覺得你給繆繆的，絕對不會比雙親少？」

「這是當然的。」

「如果可以的話，我也想這麼做啊。」她輕嘆了口氣，「但事實上，我們就是得承認單親跟雙親家庭不同。」

「為什麼？」何篤行激動地不自覺靠近對方一步。

「像是性別教育，你沒發現我刻意請你帶豆豆去上廁所嗎？」

「有……不過這個我早就有對策了，也不擔心。」他跟裴承飛早早為了淇淇談論過這件事，結論是，家裡還有他姐姐跟兩家的奶奶呢。

「好吧，那拿我自己的例子來說，豆豆從小就怕男人，當然這跟他爸爸也有關係。雖然發現之後慢慢開導他，但我還是沒辦法讓他自然地跟男性互動，成效還是有限……。」

何篤行驚訝道：「可是豆豆並不怕我啊？只是早上還有點怕生，但這也還算正常吧。」

「那是因為我在這之前花了很大的力氣說服他，還拿股長你的照片給他看之類的。」

何篤行雖想問個詳細，但她擺了擺手續道：「雖然今天還算順利，但明天後天呢？豆豆現在幼稚園班上是女老師，以後上小學還是會遇到男老師吧。」

「但是既然妳都能讓豆豆接受我了，應該也可以讓他接受其他人吧？」

「那是因為股長你不一樣啊，我觀察你很久了。」沒等何篤行追問，於美君自己就招了，「我從梅娟那邊知道你的事情之後就一直觀察你，等到上次喜宴才有機會跟你說上話，之後都還算順利——」
何篤行彷彿原地生根般僵直不動，她也並不意外。
「你覺得我很可怕吧？但我跟你一樣，若是為了孩子好，什麼都願意嘗試的。」

■

裴承飛到目前為止的人生大致上可以分為兩階段：淇淇出生之前，淇淇出生之後。
在前段人生裡，裴承飛對父親雖彆扭難解，但成長過程獨得母親疼愛，學業與人際關係也沒遇到太大困難，高中畢業後順利考上國立大學土木系。
大一輕鬆混過，裴承飛對工程科學仍一知半解，但對於辦活動、夜遊、聯誼等事倒是摸得透澈，因此成為系上知名人物。在大一升大二的暑假，裴承飛存夠錢買到夢寐以求的重機，整個夏天都在機車椅背上度過。在臺十八線上，什麼都不想一路往阿里山奔馳，那是他最愜意的日子。
大三下學期時，女友蘇馥純意外懷孕，成為了人生下半場的分界點。兩人決定結婚生下小孩，裴承飛休學先入伍，蘇馥純回家待產。淇淇出生、裴承飛退伍後，到工地賺快錢，被現實經濟層面追著跑，一刻不得閒。
以男性為主的工作環境中，強調陽剛，平常的話題不出這幾種，講大話、罵政府、誇耀自己的性能力。明明幾乎每個師傅都有家庭有小孩，卻鮮少聽他們聊到相關話題。
離婚、單親帶孩子之類的事，猶如羞恥標誌，根本不會有人想講出來掛在身上。

直到裴承飛考上技師進了辦公室，已婚男同事之間仍有人只把小孩交給媽媽管，連孩子幾歲都要想一會兒，說不定學校老師都比他們更清楚孩子的狀況。

所以，看到黃爸爸對待自己女兒的態度，裴承飛並不感到意外，這又是另一種類型，把小孩當作自己的成就，像名車或名錶一樣，不夠好的就會被淘汰。

裴承飛猜想黃爸爸是個事業成功人士，長期把小孩丟給妻子帶，然而今天妻子可能回娘家或吵架，所以不得不由他來接送。

「平常都是媽媽接送小真嗎？」

「一個月以前都還是她。」

裴承飛一愣，沒多想就追問，「那她——」

「我們暫時分居，她帶弟弟回娘家。」黃爸爸垂下頭，原本被髮膠固定得好好的瀏海也掉了幾根下來。

黃爸爸在裴承飛心中的形象瞬間翻轉，甚至興起同情。他想起與蘇馥純離婚時，自己也差不多是這個樣子。在離婚前，裴承飛忙著賺錢，沒怎麼經手照顧女兒，直到手裡抱著淇淇，房間裡只剩下他們兩人時亦是茫然。

雖然之後他立即振作，學會了照顧嬰孩，但黃爸爸的情況不太一樣。

「你是不是不太了解小真？」

他緩緩抬起頭，茫然看著裴承飛，裴承飛續道：「你想要了解小真，跟她多親近點嗎？」

黃爸爸苦笑，「這好像也是我現在唯一能做的事。」

裴承飛不是很滿意這個答案，太被動了。

「你到底想不想啊？」

他沉默許久，最後才緩緩地說：「想。」

「那我來教你一些方法。」

「教我？」

「你不知道我們家是單親嗎？你知道小真最要好的朋友是我女兒淇淇嗎？她們一年級還同班過。」

黃爸爸對上述問題皆搖頭，裴承飛撫額嘆笑。

「你跟你女兒真的不熟。」

■

「爸，你跟小真的爸爸在講什麼？」小真父女離開後，淇淇好奇地問道。

小真很少提到爸爸，淇淇只知道她爸爸會開很厲害的車送她上學，不過最近看見她爸爸的機會似乎變多了些。

聊天的內容當然不能跟淇淇明講，裴承飛故作神祕地說：「就是爸爸之間會聊的事……跟妳叔叔聊天差不多啦。」

淇淇歪著頭，「明天要倒垃圾，後天要清浴室，下禮拜要換季送洗嗎？」

他愣怔片刻才反應過來女兒在講什麼，的確是他跟何篤行平常會講的話。

「當然不是聊這個啦，東西收一收，我們差不多該回去了。」他決定打出「回家牌」結束這個話題。

回家路上，淇淇分享她最近看的書，裴承飛聽得一頭霧水，暗自決定晚上偷偷翻翻看。兩人等紅燈時，對向路邊剛好停了臺重型機車，裴承飛看得目不轉睛，連燈號變了都不知不覺。

「爸，你喜歡那種機車？」

「我以前有一臺，不過後來就賣掉了。」決定要結婚後，裴承飛就把機車便宜賣掉湊錢。

「那你會想再買一臺嗎？」

淇淇眼神認真而閃閃發亮，似乎點了頭她就會買一臺孝敬自己似的。

「不想，重機在市區難停車又要保養。」不過，上次在FB看到學長騎重機環島還挺羨慕的。

「如果有停車格，又有錢保養的話，你會想要嗎？」淇淇仰頭追問。

裴承飛盯睛看著女兒一笑，「不會，因為它不能載人。」

「咦？不是有那種旁邊還可以坐人的嗎？」

「那不是重機啦！」

父女倆討論著重機的定義問題，直到快到家的前一個路口，老天很不給面子地倒下陣雨。裴承飛牽著女兒的手奔跑，兩人狼狽抵達公寓門口時，他慘叫一聲。

「完了，棉被還沒收！」

淇淇風涼地說：「我就覺得奇怪，爸你為什麼忽然跑到麥當勞——」

「我不是說了嗎，我剛好想到要去書局買個東西，就去對面看妳在不在——哎，今天真是一事無成。」還得上頂樓收拾殘局。

淇淇吃吃地笑，「我不會幫你的喔。」

「我一人做事一人當。」女兒有懼高症，他當然不會讓她上頂樓。

裴承飛先帶女兒進屋，自己再拖著沉重的腳步往頂樓去，心裡想著，現在比起重機，他還比較想要洗脫烘三合一洗衣機，而且要能洗被單的那種！

■

「單親家庭就像你跟我一樣，只有一種教育方法，而且認為自己是對的。你不覺得你過於寵愛女兒，我不覺得我太過控制兒子。我也很想堅持自己沒有錯，但卻越來越覺得不安……。」

這說中了何篤行內心深處的恐懼。

如果當年沒有離婚的話，在雙親家庭成長的繆繆跟現在會有所不同吧。就算他再怎麼堅持自己給女兒的絕對不會比雙親少，也無法否認這一點。

但是，於美君提出的邀請，他仍有所猶豫。

「若是為了孩子好，你不願意跟我嘗試看看嗎？」

捷運車輛入站的警示聲響起，何篤行蹲下來抱起繆繆，與週末歸途的人潮一起塞進狹窄的車廂中。

「為什麼文湖線車廂這麼窄啊？」

「就當年沒規劃好啊，又不可能拆掉重蓋。」

聽著旁人抱怨，何篤行暗暗點頭，邊想著公共工程不可逆且影響深遠的特性也跟教育十分相似。繆繆勾著爸爸的肩頸，卻不停地扭來扭去，何篤行重新調整了姿勢，設法讓她舒適一點。

「不舒服嗎？」

繆繆揉揉眼睛，「想睡覺。」

今天在動物園玩了一整天沒有午休，繆繆縱有超強電力也耗得差不多了，連何篤行也累得想趴下。

「再轉一次車就到家了喔。」何篤行哄著女兒，想辦法轉移她的注意力時，意外瞥見前方女性的服裝花樣，是一顆顆鮮紅的草莓。

「我們等下去買個草莓蛋糕吧。」

草莓這兩字就像行動電源，還是充電特快的那種，讓繆繆興奮不已。何篤行每次買草莓蛋糕，女兒都只吃草莓與少許鮮奶油，但也不能只買草莓，繆繆會生氣，因為她喜歡看著裝飾得漂亮的蛋糕，然後把上面的草莓摘掉。當然，剩下的殘局都由他解決。

他心想，這樣應該不算太寵她吧。

■

「我們回來了。」

「有草莓蛋糕喔！」

聽到他們的聲音，在小孩房裡的裴承飛心頭暗驚，隨便收拾殘局後，就急忙走出房間，沒忘把門帶上。

「回來了啊，好玩嗎？」

雖然繆繆覺得裴叔叔臉上過於親切的笑容很奇怪，但仍開心分享著今天的各種趣事。

一旁的淇淇則以書為掩護，偷偷等著看好戲。

何篤行得知他們也還沒吃晚餐，便走進廚房打算快速下個水餃，另一邊裴承飛還拖著不讓繆繆進房間。

「真的很有趣，繆繆妳要不要再跟姐姐講一次啊？」

繆繆還在興頭上便順著話跑去找淇淇了，但裴承飛還不敢輕舉妄動，先跑來找繆繆的爸求救。

「又買草莓蛋糕啊？繆繆每次都只吃草莓——」

「緊急情況，不得不買。」何篤行開大火把水煮滾，並計算餃子數量。

緊急情況，這四個字是兩個爸爸之間的暗語。遇到這種情況，不用多問，所有能討好安撫女兒們的花招拿出來就對了。雖然剛剛還不能算是「緊急情況」，但他懶得說明前因後果，便用這四字帶過。

裴承飛認真地說：「我這邊也有緊急情況。」

「淇淇怎麼了？」

「不，不是淇淇，是我。」

「你怎麼了？」何篤行回過頭繼續數餃子，剛剛數到幾顆去了？

「我早上拿被子去晒，後來下雨了來不及收……。」

他一手拍在額頭上，「你把備用被子拿出來了？」

兩個女兒的備用被套是相同花色，粉紅底白色點點，淇淇不在意被子是紅的還綠的，但繆繆討厭點點花樣。所以這套被子買來後還沒用過，何篤行本來打算拿去跟姐姐家裡的交換，但還沒實行悲劇就發生了。

「我不要點點！」

兩人聽到房間裡繆繆發出的慘叫聲，表情皆垮了下來。

「就是你太寵她了，她才這麼挑——」

「你不覺得忘記收被子的人沒資格說這句話嗎？」

■

「搞定了？」

裴承飛在陽臺抽菸，聽見身後的拉門聲，頭也不回地問，語氣輕鬆得像這事不是他搞出來的一樣。

何篤行瞪著他的背影，嘆了口無聲的氣。

「她終於答應蓋我的被子了，你訂好了嗎？」

他晃了晃手機，「訂好了。」

方才讓繆繆選花色時，他就一鍵下單，裝忙躲到陽臺只是為了抽菸，後來還無聊到看洗脫烘洗衣機的規格價錢，不便宜啊。

何篤行拿澆水器對多肉盆栽們輕噴幾下，用充滿愛意的目光一一檢視，看到某一盆時不禁皺起眉。萎靡的熊童子還是不見起色，原本肥嫩、毛茸茸的圓葉片都變得乾癟了。陽光、水與空氣，前兩者他都調整過了，那就是剩下的那一個有問題吧。

「怎麼了？床單錢我自己出的喔。」裴承飛感受到異樣的眼神，連忙補充。

其實何篤行不喜歡菸味，對小孩子也不好，但他也明白這是裴承飛唯一的紓壓方式，所以從沒對他說過。而裴承飛還有一點自覺，他在家只在陽臺抽菸，菸蒂也會用夾鏈袋收好，盡量不讓味道擴散。

只是，待會仍得查查二手菸對植物有什麼影響。

「床單什麼時候會送來？」

「當然明天就會送到啊，感謝網購。」他這才正對著何篤行講話，「你們今天去動物園如何？」

他別過臉，繼續擺弄多肉，「很好啊，我們兩家玩得很開心。」

「她沒對你——」

「怎麼可能。」他心虛地提早截斷對方的話，雖然方向不一樣，但裴承飛真說中了於美君的事，而他不想跟對方討論這個話題。

「那可能還在觀察吧，小朋友去動物園看動物，她去動物園看你。」他打趣地說。

何篤行保持沉默，其實是怕多說多錯。就連這點裴承飛也猜對了，於美君早就觀察他入微，他還覺得有點恐怖。裴承飛見對方沒反應，便沒再繼續話題，伸了個大懶腰，關節發出輕脆響聲。

「怎麼我沒去動物園也覺得腰痠背痛，放假比沒放假還累啊。」

「你再累也沒那時候累吧？」

他說的是淇淇還小，裴母身體又不好，裴承飛既要去上班，又照顧淇淇、做家事。那段時間的生活就像一場力拚的格鬥，一失神就會被實實在在地擊倒在地。

「真不知道當時怎麼撐過來的。」裴承飛扯了下嘴角，「你不也一樣？」

他說的是何篤行因前妻的關係與母親鬧翻，離婚後決定自己帶小孩的那段日子。雖然後來四個人一起生活，但兩人還有段不短的磨合期，架也沒少吵。直到何篤行決定辭掉工作在家帶繆繆，家事漸漸掌握訣竅，裴母病況好轉後，兩人終於滋生默契，日子才過得比較順心。

「是啊，到底怎麼撐過來的呢。」如果不是跟裴承飛一起，應該撐不過來吧。

於美君想像的是像他們兩人這樣的合作關係嗎？還是更像家人的那種關係？

何篤行從不覺得他們可以永遠一起生活，有好幾次都想著該拆夥了，繆繆上幼稚園的時候、搬家的時候，都是適合的時機。但他貪戀著方便與習慣，猶豫不決太久，也就更難說出口了。

何篤行擔憂未來，裴承飛卻懷念著過往。

「我記得有一次你姐帶兩個小的出去玩過夜，應該是她們第一次在外面過夜吧，我本來以為我會很擔心、睡不著。」

「結果你睡到隔天中午。」何篤行細聲吐槽。

裴承飛拍矮牆大笑，「那次真的睡死睡超爽。」

兩人小聊蠢事之後，裴承飛先進房，而何篤行卻因手機彈出的訊息，在陽臺上多站了十分鐘。

前妻FB久違的更新通知，一張浪漫燭光晚餐的照片，他盯著餐桌上男女交握的雙手，還有女方手上的戒指，久久無法移開目光。

5.

陳俊禾仰頭站在七十吋電視前，他從未看過那麼藍的天空，清澈見底的小溪，盛開如畫的花朵。老師說：你們要懂得欣賞美麗的事物，但老師覺得他勞作作業做得很醜；媽媽說電視裡演的都是騙人的，不要看太多電視。

陳俊禾覺得，這個世界什麼是美的、什麼是醜的、什麼是真的、什麼是假的，都是你們大人說的。

「小禾不要發呆，你會走丟的。」

陳母推著購物車走在前頭，見兒子沒跟上便回頭訓斥一聲。他急忙跟上母親的腳步，但仍頻頻回頭，依依不捨地望著電視展示區。陳母跟附近的太太們共用一張會員卡，每隔一、兩個月就會聚首到大賣場採購，這也是陳俊禾最期待的日子。

巨大的倉庫賣場對陳俊禾來說就像個奇幻樂園，所有東西都超出了他的常識之外，比他們家衣櫃還寬的電視螢幕、就算天天吃，一週也吃不完的袋裝貝果、可以拿來砌牆的乳酪磚……不知道為什麼，就算每次來這裡，架上的東西都差不多，他還是覺得新奇有趣，想一來再來。

而陳母來這裡就是購買家庭必需品，陳俊禾至今仍無法新增任何例外項目到媽媽的購物清單裡。陳母心中有套自訂的生活規則，什麼東西要固定在哪裡買、醬油用哪一牌的、頭一定要洗兩次才會乾淨，各種大事小事，詳細規範。

他很早就試過，對媽媽大吵大鬧是沒有用的，陳家只能照媽媽的規則運作。在這套法則裡，跟壞孩子在一起會變成壞孩子，一個家的組成必定有一個爸爸一個媽媽，那個小女生有兩個爸爸很奇怪，最好不要接近她、不要跟她說話。

陳俊禾耳濡目染，形成了他對繆繆家的最初觀感。

但老師說的也對，人會被美麗的事物吸引。他難以自拔地被可愛的繆繆吸引，想跟她說說話，卻不知道說什麼，只好把媽媽講過的話都脫口說出。被繆繆狠狠嗆了回來之後，他還沒蠢到對媽媽哭訴，倒是心裡滋生質疑。媽媽總說他們家很奇怪，沒有媽媽，是同性戀嗎？不知道怎麼教小孩的。

但是，就像繆繆所說的，她有十個爸爸又如何？繆繆還是長得那麼可愛啊，我還是想跟她說話、想跟她玩啊。大人說的不一定是對的，媽媽說的也不一定是對的。上次他排隊試喝到超好喝的柚子茶，但媽媽說，裡面不知道加了什麼，回家媽媽弄更好喝的給你。都嘛騙人！媽媽弄的一點也不好喝！可是，雖然媽媽不讓他買東西，但並不會阻止他去排試吃試喝。

「媽我想要排那個！」

「那你去排隊，我去後面買牛奶，不要亂跑喔。」

陳俊禾小跑步上前排隊，零食不用烹調，隊伍雖長，但移動得很快。就快輪到他的時候，聽見前方有對男女正拿著商品討論。

「股長這有點大罐耶，買了我們再分裝嗎？」

「好啊，回家分裝。」

陳俊禾起先不以為意，原地踏步期待著試吃，然而，隨著隊伍前進，變換角度，他看見男子側臉，覺得好像是認識的人。他轉過頭細看，這一看卻愣了許久，前面的人都走了，他仍站在原地。

「弟弟、弟弟？你要拿洋蔥圈嗎？」

「我、我不要了！」

陳俊禾飛也似地逃離現場，留下錯愕的商品推銷員，和那對沒注意到他的男女。

■

這間店的外觀簡單暴力，清水模混凝土牆上鑲著一道厚重的木門，隔絕一切窺視，從旁邊經過絕對猜不出這間店裡賣什麼藥，甚至連有無營業都不知道。

而裴承飛卻毫無猶豫地推門走進，與拒人於千里之外的門面相異，室內挑高並採用鐵件與玻璃等素材巧妙裝潢設計，使得採光均勻，給人通透寬敞的感覺。另一個讓人感覺寬闊的原因是，店裡只放了四個理髮座位。

他雖然不是室內設計的專家，但也猜得出這裝潢不便宜，開在寸土寸金的商圈裡，卻不追求翻桌率。若不是認識Kevin，他大概一輩子也走不進來。

店裡沒有其他客人，只有一名穿著時尚的設計師坐在沙發滑手機，看到裴承飛走進，點頭示意後便往後方喊了聲。

「Kevin，你朋友來囉。」

「那個只想揩我油，要我免費幫他剪頭髮的人不是朋友好嗎！」

Kevin扠著腰漫罵走出，看到對方自動自發地就座更加不爽。

「喂，我沒說要幫你剪頭髮喔。」

「我都跟Frank講好了，他說今天沒客人預約，隨便我們用。」

「靠，見沒幾次面你們就變成好朋友啦？喂，你們店長這樣行嗎？」

他回頭對著沙發上的設計師說，但對方笑了笑似乎習以為常，還幫背書說下午真的沒預約。

「我可是來臺北進修上課的耶。」

「那不正好嗎？你就快刀剪剪當練習啊。」

「理光頭最快啦。」

他聳聳肩，「好啊，我沒差。」

Kevin怒瞪鏡中的對方，分明是看準自己狠不下心理他光頭吧，雙手則自動地擺弄起頭髮，長了不少，看了真不舒服。

最後還是抵抗不了「奧客」裴承飛，他拿刀俐落地剪了起來。
「晚上請我吃飯喔。」
「晚上不行，我待會還得去珠算班接淇淇。」
「要我做白工啊？」
Kevin的剪刀尖端就停在他耳邊，裴承飛終於收起玩笑，覺得自己要是說錯什麼，耳垂就缺了一角也不一定。
「不然，你來我家吃飯？」
「誰要去啊，破壞家庭和樂。」剪刀遠離危險地帶，繼續修剪。
「哪會破壞？太誇張。」
「你都這樣二話不說帶人回去喔？」
「沒有啊——」裴承飛說到一半，才意識到對方的雙關語，豎起眉說：「帶『朋友』回去，不是你們那種帶人，我家有小孩。」
「這位爸爸別激動，我也是說帶朋友回去啊，你不用先通知你們家那位嗎？」
裴承飛認真回想，除了兩邊的家人以外，從來沒有他或何篤行的朋友造訪過家裡。
「只是隨口問問喔，我才不想去咧，我討厭小孩子。」
「淇淇跟其他小孩不一樣。」
「每個父母都覺得自己的小孩跟其他人家的小孩不一樣吧？」他吐槽道，「別聊小孩啦，講點別的吧，八卦啊什麼都好。」

小孩子就是Kevin的天敵，光提到那三個字就渾身不舒服。

「每天上班下班哪有什麼八卦。」

「是噢，我倒想到一個八卦。」Kevin換了把剪刀，走到裴承飛面前開始修剪瀏海，「我看臉書上，馥純最近跟一個男的走得很近耶。」

兩人是大學同學，Kevin亦認識裴承飛的前妻蘇馥純，但他跟蘇馥純沒什麼交集，頂多因為同學關係互加過FB好友，會在意蘇馥純的動向只是單純想拿來刺激裴承飛。

「那不是好事嗎。」他事不關己地道。

「你跟她真的沒聯絡了喔？」

裴承飛倏地站起身，嚇壞了Kevin，停在空中的剪刀差點擦過他的臉。

「剩下的我去家庭理髮修一修好了。」

「好好好，我不問不提可以了吧？」他連忙好聲好氣安撫對方，暗忖自己真慘，免費剪髮還得受他的氣，連聽八卦的資格都沒有，只有這傢伙老了還算帥這點可以保養眼睛。

Kevin一直不清楚當年他們兩人離婚的原由，裴承飛越打死不講他就越好奇，但怎麼問也問不出來，只得到通用答案：個性不合。

「話說回來，你們家那位知道這件事嗎？」

「我不知道他知不知道。」大概是……知道的吧。

「你們也不聊這個啊，那你們到底聊什麼啊？」
「小孩啊。」
Kevin胃口倒盡後，靈光一閃，山不轉路轉。
「那他是怎麼認識馥純的？怎麼會認識沒多久就結婚了啊？」
裴承飛頓了半晌，還以為又踏地雷的Kevin心頭一驚，隨後才聽到他開口。
「真的要算的話，他們倆老早就認識了。」

■

何篤行比裴承飛還要早認識蘇馥純，他們曾是國小同班同學。
每當何母唸著繆繆跟她媽媽長得很像的時候，何篤行總無法反駁，因為他看過蘇馥純小時候的樣子。白皙鵝蛋臉、渾圓靈巧大眼、微微上揚的菱角小嘴，不能更像了。
蘇馥純長相可愛、個性活潑，是當時班上的核心人物；何篤行因發育較晚，又矮又瘦，而且他視力不好，小學就戴眼鏡，厚厚的鏡片遮住了他大半張臉，導致老師同學對眼鏡的印象比他本人還深刻。
何篤行外表不出眾，個性又內向，同班那幾年，只能默默注視著她的背影，迎接沒有結局的單戀。
小學畢業後，兩人就讀的國中不同，蘇家經營的自助餐店，成為他們唯一的交集。
何篤行總不辭辛勞地騎車到蘇家店裡買飯，蘇馥純偶爾會在店裡幫忙，但工作時總嘛嘴一副不情不願的樣子，她也從來沒認出何篤行。

何篤行上高中後還是常去自助餐店，而蘇馥純卻不在店裡幫忙了。某次聽到蘇母與人閒聊，才知道她去唸隔壁縣的高中。爾後，雖然不期望能遇到蘇馥純，但這間店就是個懷念的味道，他還是會來嚐嚐，終於也被蘇母記住，成為她口中總是夾滷雞腿跟茄子的常客。

何篤行的大學不鹹不淡地渡過，大二時與同社團女生短暫交往，過了個暑假就無疾而終，原因他至今仍想不透。畢業後，何篤行因視力問題免役，何母不希望兒子做太辛苦的工作，要他考個公務員穩定就好，他也沒主見，便隨波逐流，也幸運考上。他分發到附近的戶政事務所，便仍住在老家，每天上班下班兩點一線，跟學生時代沒什麼不同，平淡無味。

直到某天，他與蘇馥純在所裡巧遇，她與她結婚兩年的丈夫來辦離婚。

「哇，你登場了耶，然後呢？」

Kevin雙手停工，專心聽裴承飛講故事。

「其實那天馥純也沒認出他來。」

裴承飛記得很清楚，直到離婚那天他們都還在吵架，甚至當場有口角，戶政事務所的人還出言相勸，但他不記得對方就是何篤行。

「是喔，那他們後來是怎麼重逢結婚的啊？」

「好像也是在她老家那間自助餐店。」

「果然，戲棚下站久了就是你的，這樣算算，他們也很快就結婚了耶——」

裴承飛送他一個白眼，「我知道你想講什麼，這是不可能的。」

若是七年前他剛認識何篤行時，可能還有這種疑慮，但以他現在對何篤行的了解，如果有衝動或膽量外遇什麼的話，何篤行早就該把蘇馥純追到手了。

「是喔——」Kevin語氣失落，活像電影裡高潮被剪掉似地，但他隨即想起另一段劇情波折處，「那他們後來是怎麼離婚的啊？」

「我不知道。」

「你不知道？他沒跟你說嗎？」

「我們不談她的事。」

「騙誰啊，那剛剛那些事是誰跟你說的？」

「他姐姐。」

「那你不會順便問喔？」

「他姐姐那時候不在國內，也不知道發生什麼事。」

何篤行的姐姐回國後，才發現何篤行不但跟妻子離婚，還帶著女兒離開老家，何母直罵何篤行不孝，卻沒說明原委。找到何篤行後，問他發生什麼事，他只說自己對不起妻子，會負責好好照顧女兒。

Kevin吐了口氣，終於重新開始修剪起頭髮，「我猜，他應該還是蠻喜歡馥純的。」

「怎麼說？」

「他不想說對方的壞話啊，如果到處抱怨離婚的事，之後要復合不是反而會變成絆腳石嗎？」

裴承飛皺眉不同意這個論點，Kevin看著鏡中的他直發笑。

「我知道，你想說，我也沒講馥純的事啊，而且我不想復合，對吧？欸，別搖頭，會剪歪喔。你不想講，只是因為那件事對你而言太痛了，你不想扒開再次經歷罷了。」

他不以為然地閉上眼，「都給你解釋就好了。」

Kevin挑了挑眉，臉上的肌肉抽搐，心想：我一定要把你剪到連你女兒都認不出來。

■

「很奇怪？怎麼會——這髮型超適合你的，我要拍照傳給Frank。」

儘管Kevin再三稱讚，裴承飛還是覺得哪裡怪怪的，當他對著騎樓旁落地窗研究髮型時，何篤行打電話過來。

「我這邊結帳排得有點長，待會還得去朋友家分裝，我怕來不及去接繆繆……。」

繆繆最近受同班同學影響，吵著說想學舞蹈，愛女如命的何篤行報名了體驗班，今天第一天上課。

他沒等對方開口就說：「那我去接她好了。」

接下任務後，他把髮型的事暫放一邊，先請裴母去珠算班接淇淇，自己則騎車去舞蹈班等繆繆。

在路上大概是方才聊了太多往事的關係，裴承飛忽地回想起那件事。

而在那件事之後，繆繆幾乎沒跟他獨處過。

裴承飛與何篤行合作養育兩個女兒，在教養方式上多少都有意見不合的地方，但兩人最終達成幾項共識，立下規則，且絕不推翻對方對孩子講過的話。

但即使如此，在執行面上仍有差異，何篤行因個性關係，對孩子較軟，在規定上也有許多灰色地帶。裴承飛對小事不在意，若是大事則會板起臉，但絕不打小孩。

雖未刻意營造，但淇淇跟繆繆心中，誰是白臉誰是黑臉十分明瞭。

聰慧的淇淇不會公然挑戰黑臉，只會想辦法繞過去；真性情的繆繆則會一頭撞上，反正哭了找爸爸就好。

事情發生在何篤行的高考考試最後一天，那年繆繆四歲。

何篤行離婚後向戶政事務所請育嬰假，但其間受到主管刁難奚落，再加上經濟及升職機會考量，要獨自養育女兒長大不易，便決定不回原職場，挑戰高考。關於這點裴承飛其實挺佩服他的，何篤行雖優柔寡斷，但這件事決定後他就不再猶豫，為了女兒，為父則強。即使光帶孩子就耗盡心力，他仍利用各種零碎時間準備考試。

考前裴承飛也很有義氣地常請假處理家務，讓他能多讀點書，考試那幾天亦自願帶小孩。不過，高考最後一天，淇淇感冒發燒，裴承飛為隔離病人，請裴母照顧淇淇，獨自帶繆繆外出。

繆繆悶很久了，爸爸好幾天沒跟她玩，連姐姐也生病了，裴奶奶要照顧姐姐，就只剩她跟裴叔叔兩人。四歲小女孩的忍耐已到達極限，這天不管帶她去哪玩她都不開心，買草莓點心討好她也踢到鐵板。

「我要去找爸爸。」

裴承飛蹲下來，不厭其煩地解釋，「妳爸爸考試考到四點半，等時間快到了叔叔再帶妳過去等他。」

「我要找爸爸啦！」

「繆繆想去哪裡玩呢，叔叔帶你去玩。」現在還不到下午一點，得再撐四個小時。

「我不要玩我要找爸爸，爸爸嗚……。」繆繆的小臉一皺，淚如雨下，他想抱她安撫，她卻轉身跑遠，還撞上一名大嬸。

大嬸回頭看見小女孩哭成淚人，急忙安慰，「妹妹妳沒事吧？妳怎麼了？」

「嗚嗚嗚我要找爸爸……。」

「抱歉、抱歉。」裴承飛追了上來，向大嬸賠禮。

大嬸笑稱沒事，對繆繆說：「妹妹不要哭，妳爸爸來了喔。」

未料，繆繆竟抓著她的裙襬不放，「我不要我不要我不要。」

「妹妹怎麼啦？爸爸來接妳了耶。」

「他不是我爸爸！」

自己也有孩子的大嬸邁開腳步，先把繆繆護在身後，毫不掩飾自己的懷疑，抬眼問裴承飛。

「你是妹妹的家人嗎？」

其實，他有好幾種方式可以證明自己不是可疑人士，出示自己跟繆繆父女的合照、跟何篤行的通訊記錄等等，但他卻選擇什麼也不做，只彎下腰看著繆繆。

現在回想起來，跟四歲的小孩嘔氣實在幼稚，可是他不後悔當時的做法。

許多人總說小孩子還小什麼都不懂，可是他不信這一套。小孩為了生存下去，會努力讀懂大人的表情跟語調的變化，或是運用自己的優勢得到想要的東西。但小孩因缺乏經驗，為了達到目的，說話及行為都毫不留情，很直接，很傷人。

總是要有人真的受傷了，他們才有可能知道自己做了什麼，也有人就這樣長大，時時刺傷他人，卻永遠不知道被刺傷的感覺。

——他不是我爸爸。

裴承飛被繆繆的話傷到了，他當然不是繆繆的爸爸，但這句話有更多的含義——這個人跟我沒有關係。

一定又會有人說，小孩子不會話中有話，他們想到什麼就說什麼，只是字面上的意思。可是，當他直勾勾地看著繆繆時，看到她深知自己做錯了事情而且後悔的模樣。裴承飛感到慶幸的同時，卻錯估了繆繆的倔強。

大嬸見眼前的男人不說話只看著小女孩，眼神還有點恐怖，便摊著她往後退了幾步。

「妹妹，妳跟我說他是不是壞人？」

繆繆聽見壞人兩字，有些猶豫，裴叔叔不是壞人，只是⋯⋯。

「妹妹妳別怕喔，阿姨會保護妳。」

此時，後方走來另幾位大嬸熟識的朋友，簡單說明狀況後，眾人亦加入混戰，她們把炮口瞄準裴承飛，要他好好交代清楚，不然就要叫警察來。

裴承飛不改初衷，平淡地說：「她說我是什麼，我就是什麼。」

繆繆仍躲在大嬸身後，再說了一次那句話。

他不是我爸爸。

■

裴承飛繳交身分證件後，詢問能不能打通電話，警察這才知道他不是啞巴。

得知淇淇已經退燒在看書了，他便心安理得地坐在派出所的鐵椅上行使緘默權。

繆繆坐在另一端的沙發區，不但有餅乾糖果吃，還有大嬸跟女警陪伴，她看似放鬆也還笑得出來，卻連看都不敢看裴承飛一眼。

「妹妹，妳爸爸的電話都打不通耶，妳知道家裡的電話嗎？」女警蹲在沙發邊柔聲詢問。

繆繆搖了搖頭，忽然想到什麼似地說：「四點半！」

「四點半？爸爸上班到四點半嗎，那我四點半再打。」

裴承飛難掩苦笑，等到何篤行來收拾這場面，不知會發生什麼事。不過，他內心已做好了拆夥的準備。他倒也不是在意繆繆為了鬧脾氣把自己當成陌生人，而是覺得再這樣一起住的話，對她的成長勢必會有影響，還不如早點分開，傷害較小。

一想到這裡，四年來生活的點滴與感慨湧上，還有些依依不捨時，何篤行驀然出現在警局門口。他走出考場沒多久就接到警察的電話，嚇得攔計程車叫司機一路狂飆到派出所。

「爸爸！」

繆繆喜笑顏開，像個小火箭似地衝進這世界最溫暖的懷抱裡。何篤行好好地抱了抱女兒，確認她沒少塊肉後，才問警察發生了什麼事，大嬸則急跳出來說明。

「這個男的一直跟在你女兒後面，不知道想幹嘛——」

「他當然要跟在我女兒身旁啊，我請他照顧我女兒啊。」

警察與大嬸被搞得一頭霧水，裴承飛走過來向眾人致歉，解釋事情原由後，卻沒被任何人諒解。

「啊你這人怎麼這樣，妹妹才四歲耶，哪懂什麼啊！」

大嬸氣吼吼地罵了裴承飛一頓，說他浪費大家的時間之後便絕塵離開，警察則是各種家庭鬧劇見慣了，只要他們早點帶小孩回家吃飯。

三人步出警局，何篤行走在最前頭，沒牽著繆繆，氣氛詭譎。

因為做足心理準備了，裴承飛面對接下來的發展並不緊張，還好奇地想著，今天說不定可以看到溫吞男何篤行生氣的樣子。對方在公車站牌處停下腳步，慢慢轉過身，他真的生氣了。

但生氣的對象卻不是裴承飛，而是繆繆。

繆繆瞬間陷入了混亂，眼前的爸爸明明是爸爸，卻一點也不像爸爸，就像小紅帽裡裝成奶奶的大野狼一樣，戴著一張很像爸爸的面具講話。她害怕地想往後退，但身後是裴承飛，她因為心虛不想接近他。進退維谷之際，她覺得自己好可憐，是全世界最孤單的小孩。

「繆繆。」何篤行板著臉沉聲叫喚。

以往何篤行跟繆繆說話都是蹲著與她視線平行，聲音溫柔毫無強制力，但今天他難得站得直挺，鏡片反光讓人看不清他的眼神，全身氣勢給人一股壓迫感。

「妳為什麼不聽裴叔叔的話？」

何篤行話音剛落，繆繆就哭了，但他沒對女兒心軟。

「妳為什麼要說叔叔不是爸爸？他當然不是我啊，但叔叔有沒有照顧妳？有沒有陪妳玩？」

繆繆的淚滴不停滑落，整張小臉慘兮兮，裴承飛看了都覺得心疼，但她爸爸氣勢還撐著，他也得忍住不去安慰她。

「繆繆，爸爸在問妳，叔叔對妳好不好、有沒有疼妳？」

繆繆吸吸鼻子，回頭看裴承飛，淚腺又被打開，她哭著點頭。

「用說的。」

「有……。」

「那妳要不要跟他說對不起？」

「叔叔……對……不起……。」繆繆哭得不成語。

「去叔叔面前好好跟他說。」

裴承飛本想開口說原諒她了，但對方的眼神裡有著非比尋常的堅持，便默默把話吞回，不干涉對方的教養方法是兩人的默契。

最後，繆繆講了好幾次對不起，何爸爸都不甚滿意，直到裴承飛開始害怕路人會舉報他們虐待小孩，再被警察抓進派出所裡，何篤行才酷著一張臉努了努下巴。

見何爸爸放行，裴承飛抱起繆繆好聲安慰，直到她哭累趴著睡著後，才走到何篤行身邊。

「你會不會對繆繆太兇了？」

何篤行不明所以地回望著他，像是對方提了一個答案很明顯的問題。

「這是我第一次看你兇她。」他補充道。

「我以為你知道我兇她的原因，他們說你不反駁繆繆的話，就跟著到警局什麼也沒說。」

裴承飛不好意思地抓了抓臉頰，「我那時候很生氣，理智上知道繆繆還小，她就是鬧著要找爸爸，但我就是覺得這樣不行。」

「我懂，如果換作我被淇淇這麼甩開，我也會……過不去。」

裴承飛很意外，他一直以為繆繆就是何篤行的一切，實際上也是。就算這次搞這麼大，他還是會永遠站在女兒那邊，沒想到何篤行的想法竟與自己相同。這下子「我還以為你晚上就會帶繆繆搬出去」之類的話就不便說出口了。

裴承飛便裝誇張地說：「淇淇哪會甩開你，她黏你黏得比黏我還緊。」

他淡淡一笑，沒有否認，「只是比喻。」

何篤行沒理會裴爸爸忿忿不平的視線，接著道：「其實我是學你的。」

「學我？」

「有一次你在教淇淇摺衣服，很認真不是在玩的那種，摺得不好還得重摺，你還對她說以後自己的衣服要自己摺。我覺得做家事對淇淇來說還太小，私下跟你說了一下，沒想到你卻回我：『從小孩子有自我意識開始，就要讓她知道自己是家庭的一分子，就要幫忙做家事』，我原本想不通這句話，後來才明白，一味的給孩子也不行，得像你一樣讓她理解家庭的概念，但我做得果然不夠，繆繆仗著我疼她，只把我當爸爸，今天竟然用這種態度對你……我得好好告訴她，我們家裡就是有繆繆、爸爸、姐姐跟叔叔四人。」

何篤行在剛離婚的那幾年雖然帶著繆繆與他同住，但裴承飛知道他一直在想辦法修復與蘇馥純的關係，只是沒什麼結果，蘇馥純對何篤行的心結可能跟對他的一樣深。

因此，裴承飛認為何篤行並不覺得現在的狀態是穩定的，就像租到不適合的房子，每天照三餐打開租房網盤算著找到新房就退租。他總以為他們兩家是說散就散，況且小孩子也上幼稚園了，就算對方隨時要搬走也不奇怪。

但在這一刻之後，裴承飛不得不承認，他們有了更深一層的關聯。

■

裴承飛在下課前十分鐘趕到，心裡還想著繆繆的事。

當年繆繆可能因為自責害怕，很長一段時間都與他保持距離，後來才開始漸漸接近，改變態度。但裴承飛仍擔心他來接繆繆，兩人再次獨處的這段時間，會不會讓她想起往事？

思及至此，他猛然抬頭吐了口大氣，自己怎麼跟何篤行似的擔心東擔心西，一點也不乾脆，等繆繆出來不就知道結果了。

等到舞蹈教室下課，好幾個綁著相同包包頭的小女孩魚貫走出。

「繆繆、繆繆！這邊！」

繆繆聽見自己的名字回望，看到裴承飛跨坐在機車上朝她招手，她愣怔幾秒才回神，還同手同腳地走向機車。

「妳爸爸趕不回來，叫我來接妳。」

繆繆呆呆地頷首，接過安全帽，乖乖地坐上機車後座。在回家路上，平常連件雞毛蒜皮的小事都可以拿出來分享的繆繆沒講半句話，就連等紅燈時裴承飛問她舞蹈課好不好玩，她都沒開口，只用安全帽抵在他的背上，做了像是點頭的動作。

擔心的事情成真，裴承飛思緒飛亂，想著要對繆繆講什麼、想著要怎麼破冰、想著以前翻過的兒童教養書裡的隻字片語，卻理不出個答案。他身為結構技師，再加上多年待在工地的經驗，可以迅速計算災害後的建築物最大承重處，加以補強，卻無法補救小女孩內心受損的地方。

是當年的他做錯了嗎？但何篤行也支持他啊……不對，何篤行支不支持跟繆繆有沒有受傷是兩件事，不能倒果為因。難怪繆繆後來還是怕他，她一直沒忘記這件事情吧？

他的牛角尖越鑽越深，還意外鑽開了一個他深藏在心中不願打開的回憶。

「阿飛，有些東西壞了就死透了，修不好的，我們的也是。」

前妻蘇馥純的背影躍然眼前，讓裴承飛失神片刻，直到紅燈在黑暗中閃爍，他回油急煞車，機車才在白線前停下。繆繆整個人因慣性力貼上裴承飛的背，側著身子弱弱地問了一句，「叔叔？」

「對不起對不起，繆繆沒事吧？」繆繆搖搖頭後又躲回背後，裴承飛這下也不敢亂想事情了，讓兩人平安回家比較重要。

■

電梯開門後，繆繆迫不及待地衝了出去，彷彿終於可以逃離這個難受的空間。裴承飛拎著包包走在後面，原想開口要她走慢點別跌倒，只遲疑了幾秒，人就拿出鑰匙開門進屋裡了。

他心想，繆繆連鑰匙都早就拿出來握在手裡了啊……。

他們四人都有家裡的鑰匙，但繆繆的幾乎用不上，因為出門都有大人接送，然而當時裴承飛還是堅持要一人一把鑰匙。

裴母很早就給他一把家裡的鑰匙，不知道為何他拿到時還有點興奮，絲毫不覺得成為鑰匙兒童是什麼悲哀的事，還開心裝上鑰匙圈放在口袋，鏗鏗鏘鏘。他們家一直都只有兩把鑰匙，他一把，媽媽一把，而一個月只來一次的爸爸未曾擁有過鑰匙，按電鈴才能進門。

裴承飛繃著臉走進家門，與站在玄關的繆繆面對面。

繆繆不是應該去找她爸爸撒嬌或訴苦嗎？為何卻像在等他進來，還雙手摀嘴，肩膀抖動，整個人像顆充飽的紅色氣球，拚命忍著不要爆炸。

「繆繆，我來啦怎麼了？咦，爸？」淇淇走到繆繆身旁，抬眼看到裴承飛，亦是愣怔。

「爸爸你的頭髮……。」

氣球還是爆炸了，炸出了女孩們的笑聲與中年男子的黑臉。

■

「其實也沒那麼難看啊。」何篤行這句話是真心的。

裴承飛耳朵上方兩側頭髮全剃，中間則剪得很藝術還因為自然捲澎澎的，整體造型看起來像個杯子蛋糕，以他的年紀與身分來說是奇怪了點，但他本來就稱得上帥，就算髮型崩盤，整體評價還是高於平均。

「別安慰我了，Kevin就是要搞我。」他早該發現的，Kevin剪完後笑得像朵花把他誇上了天，必定有鬼。

「他都免費幫你剪了。」

「免費的最貴啊！」他用慘痛的經驗學會了這個道理。

「很快就長回來了啦。」

「還是去全部剃掉算了？」

「那你會再被淇淇跟繆繆笑一次吧。」

何篤行知道裴承飛其實很在意外表，還好面子，常去找他的設計師朋友剪頭髮，除了省錢以外，其實也是信任對方的能力。

接受剪壞事實的裴承飛回頭問道：「話說你不換個髮型嗎？」

他本以為當公務員就連髮型也得像公文文書般生硬，後來看到對方大學時的照片，才知他的髮型從沒變過。

而何篤行想起前妻也曾問過一樣的問題，他聽從建議換了幾次髮型，最後總算換到一個她喜歡的樣子。但離婚後，帶小孩也忙，頭髮就又回到最原本的模樣。

「我習慣了，而且剪這個頭也便宜。」

「真要比便宜的話，我帶你去找Kevin——」

「這就不用了。」他堅定地拒絕。

兩人閒聊之後，裴承飛的心情似乎轉好，摸頭髮的次數也變少了。

「對了，你同事人還真不錯，有卡帶你進去，還跟你分裝。」

「對啊，她人不錯……。」

何篤行沒說對方就是於美君，他下意識地逃避，不想讓裴承飛知道，總覺得說出來也等於自己要面對這件事，而他心中還沒有個決定。

6.

繆繆一筆一畫地寫生字，像篆刻似地精雕細琢，但若翻看她的作業本，會發現前後的筆跡完全不同，活像是兩個人寫的字。她剛學寫字時貪快，只想趕快寫完作業交差，雖然字體不至於無法辨識，但越界出框之事屢見不鮮。

小朋友的小肌肉尚不發達，故老師對作業的要求不高，繆繆還能拿到中上的評價，她亦因此自滿。直到她看見淇淇的作業簿。繆繆雖有自己一套審美觀，但也明白自己的字跟姐姐的字根本沒得比，便默默開始認真練字。

模仿一向是各種技巧的入門磚，她收集了幾張淇淇寫過的廢紙，偷偷學著她的字。雖然離模仿的終點還有點遙遠，但她已經不會把字寫超出格子了。

繆繆把寫得有點歪的字擦掉要重寫時，後方的陳俊禾叫了她好幾聲。

「何芸繆，我有一件事要跟妳說啦。」

「何芸繆，妳理我一下嘛。」

陳俊禾伸手推了繆繆的肩，害她的手滑出去，擦到了不該擦的字。繆繆的怒氣值瞬間衝破計量表，她猛地轉過頭去，惡狠狠地說：「陳俊禾！你害我擦錯行了啦！」

陳俊禾沒料到自己才輕輕一推對方就變臉，嚇得氣勢跟說話聲量都弱了下來。

「我、我有事情要跟妳說啦……。」

「我不想跟你說話，你不要再推我喔！」

繆繆撂下這句話後便不再理他，回頭把不小心誤擦的字擦乾淨後重寫。等到她寫完心滿意足地闔上作業簿，陳俊禾才怯怯地開口。

「何芸繆，妳寫完作業了嗎？」

剛寫完作業的繆繆心情很好，順口就回了一聲。

「那我可以跟妳講話了嗎？」

「你要說什麼啦？老師叫我們不要聊天。」嘴上雖這麼說，但她仍轉過頭來。

「妳是不是要有新媽媽了？」

繆繆乍聽之下無法組織這句話的意思，特別是那個單字，新媽媽。

陳俊禾以為她不相信，連忙又道：「我跟我媽媽去好市多的時候看到的，妳爸爸跟一個阿姨在一起，她是妳的新媽媽嗎？」

她瞪大眼站起，咬牙切齒地說：「你亂講！你胡說八道，我才沒有新——」

繆繆的話還沒說完，從嘴角旁邊流下的液體滴到陳俊禾的桌子上，連她自己都愣住了。

一旁同學見狀驚叫，「老師！何芸繆流血了！」

■

何篤行急忙請假趕到學校，前腳才踏進保健室還沒見到繆繆，課輔老師就直向他道歉。當下情況混亂，老師以為是小朋友之間吵架動手，導致繆繆的乳牙掉了，故通知家長過來協調。但隨後繆繆止住了血跟眼淚，磕磕絆絆地說明前因後果，老師才明白他們沒有動手，繆繆的牙齒是自己掉的。

「真的很不好意思，還讓您跑一趟。」

課輔老師很年輕，還沒有太多跟家長交手的經驗，畢恭畢敬地道歉後，雙手不自覺地抓緊裙襬，等著何篤行的回應。

「沒關係老師你別在意。剛好也快放學了，我就順便接繆繆回家。」

繆繆聽見何篤行的聲音後，跳下床拉開簾子，跑到爸爸身邊。

何篤行嘴帶笑意蹲下來，「讓爸爸看看妳的牙齒。」

繆繆拿出棉花球後張嘴，下顎的側門牙有個空位，看得到粉色牙齦裡剛冒出芽的新生恆齒。

「還會痛嗎？」

繆繆正想多拿點可以任性的籌碼，未料何篤行下一句卻問她要不要看牙醫，她嚇得直說自己完全不痛，連課輔老師都忍不住偷笑。

■

「繆繆，今天要洗頭喔。」何篤行拆著女兒的辮子，有點意外竟沒聽到抗議聲。繆繆討厭洗頭髮，常要賴要求明天再洗，但今天的她卻毫無反應。

「等下要洗頭髮喔。」他以為繆繆沒聽到，彎腰再說一次。

「我知道啦。」繆繆雖若有所思，但可沒漏聽，應話後匆匆跑進浴室裡。最近繆繆都跟姐姐一起洗澡，今天卻拉著爸爸的衣角，主動說要跟爸爸洗。何篤行聽了難掩喜悅，上小學後女兒撒嬌次數漸少，正感到有些落寞，這下總算可以補滿能量。何篤行走進浴室裡，繆繆已乖乖地坐在小凳子上。

「咦？妳的洗頭帽呢？」要擠洗髮精前，何篤行才注意到這件最重要的事。

繆繆討厭洗頭髮的主因是怕水流進眼睛裡，後來他買了一個兒童洗頭帽，才讓她不至於完全拒絕洗頭，隨著繆繆長大，還換過幾頂。

「爸爸，我早就不用洗頭帽了。」繆繆的語氣無比老成，彷彿是個看破江湖世事的劍客。

「什麼？爸爸都不知道……。」

「之前跟姐姐一起洗澡的時候就不用了，她教我不怕洗頭的方法我就不怕了。」

何篤行聽了茫然若失，從女兒出生以來就未曾缺席她各個人生重要階段，今天卻少了「克服洗頭髮」這件事，失落感重壓在肩上的同時，又想到以後這種事情會越來越多吧，他不禁對未來感到悲觀。

「爸爸，好冷喔，快點洗啦。」繆繆等半天不見洗頭小弟動作，忍不住抱怨。

「好好好，要洗囉。」

何篤行在繆繆的頭上搓起泡沫，他自己的頭髮自然捲且粗硬，可是女兒的頭髮又細又軟又直，像媽媽一樣，留起長髮特別好看。雖然日常洗、吹、綁都很費時，但他樂此不疲，但最主要還是繆繆本人也喜歡長頭髮。

「爸爸。」

「怎麼了？洗太用力了嗎？」

「不會太用力。」她抿抿嘴，終於決定把壓在心底一整個晚上的話說出來。

「爸爸，我們能不能永遠跟姐姐叔叔他們住在一起？」

發現何篤行停下手，繆繆轉身急追問：「我們不能跟他們住在一起了嗎？」

「怎麼會這麼問呢？」

見繆繆低頭不發一語，何篤行只得把女兒頭上快掉下來的泡沫攏一攏。

「爸爸沒辦法答應妳永遠都跟姐姐他們住一起，因為就算是爸爸也可能不會永遠跟繆繆住在一起啊。」

「大家都會分開住嗎？」

「這……爸爸也不知道，可能是繆繆長大以後不想跟我住了喔。」

「長大以後……所以還要過好久好久嗎？」

「等繆繆長大還要很久喔。」說是很久，但在家長眼中就是一瞬間的事吧。

「那就好了，還要好久好久。」

繆繆心滿意足地坐正，等著把頭洗完。反倒是何篤行的小心眼沒得到女兒回應，不死心地追問。

「繆繆長大後還會想跟爸爸一起住嗎？」

「我不知道耶，爸爸你趕快沖水啦，泡沫都快掉下來了啦。」

洗頭小弟認命地幫繆繆洗完頭洗完澡，她就開心地跑去要姐姐幫她吹頭髮，留下何篤行在浴室。

他脫下溼透的衣服邊洗澡邊整理浴室，在角落的水桶裡發現被棄置許久的洗頭帽。何篤行拿起彈性泡棉製成的黃色洗頭帽，想起繆繆小時候拿著它玩的樣子。她把臉放在鏤空的帽子中間，對著爸爸燦爛一笑。

「爸爸——你看我是向日葵。」

昨天的小向日葵，今天已是個不怕水的小學生了。看著女兒飛快成長，何篤行一直思索自己究竟能給她什麼、該給她什麼。

■

「這件，還有這件跟這件。」

梅娟把公文一件件放到何篤行面前，他翻看了幾頁便道：「待會我再拿給妳。」

「可是這有點急耶。」就幾件簡單的文，股長又要龜毛什麼啦。

她對何股長的最大怨言就是這點，每次都說很急了，還在那邊拖，難怪會被人笑是盆栽股長，叫不動啊。

「妳放心，我再看一下就好了，我等下有事，會請假先走。」

既然對方都掛保證，她稍稍放下了心。

「股長家裡有事啊？繆繆怎麼了嗎？」

何篤行愣了一下才道：「繆繆沒事，就……家裡有點事。」

梅娟聽了對方不願透露的軟性回答，也沒繼續追問，瞥見桌上書架的文件雜亂無序，便順手整理。

「股長，最近剛好在集中銷毀舊文喔，像這些都可以拿去丟——」

已埋首工作的何篤行抬起頭來，連忙伸手拿下那只公文。

「那些有的還有用啦。」

她索性把手上的公文夾都丟給何篤行，「那你有用沒用的自己分一下啦，科長都嫌我們這邊的桌面太亂喔。」

送走了梅娟後，何篤行簡單分類手上的公文，忽地翻到一份熟悉的文字。

那是青年與長者共同居住的住宅計畫，何篤行還沒升股長前曾為它勞心勞力了近一年，最後計畫卻因政黨輪替而被打入冷宮。

他隨意翻看，覺得當初的規劃隔了幾年再看還是很符合社會需求，若細節部分可以再調整的話——

不，別再想了，以他的能耐是推不動這個計畫的。

當個安分守己的公務員就好，他還有女兒要照顧呢，承擔不起任何風險。

既然如此，當個盆栽也是生存之道。

■

「姐姐妳要吃什麼鍋啊？」

「還沒想好耶，那妳想吃什麼鍋？」

「我想吃牛奶鍋！」

裴承飛看著她們興奮討論要吃什麼鍋的樣子，不禁佩服自己的機智。

何篤行下午傳訊息給他，說臨時有事沒辦法準時回家。裴承飛接下臨時任務後，不作二想就帶她們去吃小火鍋。

一來因為繆繆聽到爸爸不回家吃晚餐，說不定會問東問西鬧脾氣；再者，繆繆跟淇淇都喜歡吃火鍋，選擇多樣，用餐時讓小孩有事情做，還有飲料吧跟冰淇淋，這個決定，再好也不過。

「妳自己一鍋吃得完嗎？」淇淇問道。

「那姐姐跟我吃一鍋嘛。」

繆繆嘛嘴哀求，這是她的固定招式，不管來幾次都讓人難以招架。

平常能讓就讓的淇淇此時卻面有難色，「可是我不想吃牛奶鍋……。」

「為什麼啊牛奶甜甜的耶──」

裴承飛與淇淇不約而同地心想，就是這樣才不想吃啊，甜的牛奶配鹹的肉片多奇怪啊。繆繆沒能替牛奶鍋拉到票，最後只好垂下小臉，「如果爸爸來跟我們一起吃火鍋就好了……。」

若起了這個頭最後可能無法收尾，裴承飛急忙滅火。

「繆繆妳就自己點一鍋牛奶鍋吧，吃不完也沒關係。」

他們到店裡點了三個鍋，懶得去醬料區人擠人的裴承飛差遣兩個小的去拿。

「叔叔，這是你的麥茶。」

「爸，你的醬油加蒜泥。」

桌前各自的飲料跟醬料、小菜排列整齊，淇淇跟繆繆坐正乖乖等火鍋，裴承飛忽有股苦盡甘來之感，又想起最近幾次自己擔心她們，最後幸是白擔心一場。餐點上桌了，繆繆見叔叔遲遲不動筷便開口關心。

「叔叔，你怎麼不吃啊？」

他牛頭不對馬嘴地回：「我在想妳們都長大了啊。」

「叔叔你也變老了。」

淇淇手中湯匙裡的白豆腐抖了一下，裴承飛則苦笑再三，「繆繆，說別人變老很沒禮貌喔。」

「可是老師說只有小朋友會長大，大人只會變老啊。」

裴承飛相信老師的原句絕對不是這樣，但被繆繆詮釋之後好像也沒有錯。

「好吧，變老就變老吧，老人跟小孩都趕快吃鍋吧。」

走出店裡時，三人都撐成一百二十分飽，小腹微凸。特別是繆繆，她幾乎把一個大人份量的鍋吃完，還喝了兩杯飲料吃三球冰淇淋，但也因為吃太飽了，感到噁心難受。

裴承飛嘆了口氣，「就跟妳說不用吃完沒關係了。」

繆繆無辜地說：「可是、可是很好吃啊……。」

「我們趕快回家吧，吃點胃散可能會好一點。」

繆繆才剛要開口說不想吃藥，但對上叔叔的眼神，只得默默吞回那句話。三人在回家的路上都沒講話，夜風吹散他們身上的火鍋味，也減弱了些過飽的不適感。等紅燈時，淇淇不經意地看向對街馬路，發現熟悉的身影，他的身旁卻有不熟悉的兩人。

幾乎沒經過大腦思考，她急忙出聲，「我們去一下便利商店好不好？」裴承飛與繆繆都狐疑地看她，亦覺得淇淇的神情有異。

「繆繆，妳不是喜歡那個兔子嗎？我記得這次集點贈品是那個兔子喔。」

「可是我現在比較喜歡貓咪耶。」

「還是可以去看一下啊。」淇淇拚了命地想轉移兩人的注意力，不讓他們過馬路。

「要去便利商店的話等下有間更順路的，我們先過馬路吧。」

小綠人燈號亮起，裴承飛才往前踏出一步，便停了下來。

他看到何篤行迎面走來，右手牽著一個小男孩，左邊身旁是位短髮女性，比起這邊的三人，他們在世俗眼中更像一家人。

在何篤行注意到他們之前，繆繆聲嘶力竭的吶喊劃破夜空。

「爸爸！」

裴承飛沒來得及攔住繆繆，她即飛奔而出，衝到斑馬線上，死命地抱住何篤行，還甩開了那隻未經她的同意牽著爸爸的小手。不知是繆繆太過用力，還是豆豆自己失去重心，他跌坐在地上，無助而驚惶。

「豆豆，你沒事吧？有沒有受傷？」於美君急上前檢查兒子身體，還沒全部巡過一次，就聽到身後繆繆的喊叫聲。

「你們走開！不要搶走我爸爸！」

「繆繆，我們沒有要搶走妳爸爸——」

「妳騙人妳走開！」

繆繆對著兩人揮拳踢腿，於美君急抱起兒子往後退，何篤行亦抓住繆繆的雙手制止。

「繆繆不要這樣！繆繆聽爸爸說——」

「我不要我不要我不要——」

四人在馬路中央，繆繆任性地大叫甩頭，何篤行無法控制住她，豆豆則被眼前的狀況嚇得大哭，於美君趕緊安撫。場面失控的速度就像小綠人燈號，越跑越快，逼近紅色臨界值，並引來馬路兩側的路人側目，有的甚至還拿出了手機。

「你愣著幹嘛？要紅燈了，快走啊！」

裴承飛與淇淇跑到四人身旁當救火隊，何篤行回頭看了對方一眼，這才回過神似地進行ＳＯＰ。

處理繆繆大吵大鬧的緊急事件時，第一要件便是將她架離至安全無人的地帶。千萬不要小看小孩吵鬧時的力道，即使何篤行與裴承飛兩個大男人各負責雙手及雙腳，也十分費力。

淇淇跟在後方幫忙撿落下的東西，最後，眾人總算在燈號變紅前走到對向人行道上，但繆繆任性大鬧的程度仍分毫未減。

「嗚嗚我不要啦我不要啦——」

「繆繆妳聽阿姨說，妳爸爸他只是幫阿姨——」

「我討厭妳！我不要妳當我的新媽媽！」

繆繆脫口而出的詞彙讓在場所有人一驚，而反應最大的人卻是豆豆。他掙脫了媽媽的懷抱，走到繆繆面前反駁。

「媽媽是我的媽媽，不是妳的媽媽！」

「我才不要你的媽媽！你們走開啦！」

繆繆憤怒地伸手推了豆豆，雖然豆豆只是踉蹌一下並未跌倒，但此舉已激怒於美君。

「繆繆，妳怎麼可以隨便推人呢！妳剛剛還把豆豆推倒在地上。」

「美君，我覺得我們應該——」

「爸爸！你不要跟他們說話嗚嗚嗚唔唔——」

繆繆話說到一半，突然五官痛苦皺起，發出唔噎聲後嘔吐一地。這副景象對三人來說也不陌生，何篤行這次迅速反應過來，拍著她的背。

「繆繆，想吐就全部吐出來吧……。」

裴承飛一邊拿出衛生紙備用，一邊交代淇淇去前面便利商店買罐礦泉水。

「股、股長……繆繆她還好嗎？」美君過了半晌才反應過來，看著一地穢物抖著聲音問道。蹲在地上的何篤行沒抬起頭，只是不斷拍撫著女兒的背。

「不好意思，美君，妳今天先帶豆豆回去吧。」

「可是——」

「我們會處理好的，妳先走吧。」

何篤行熟練地一手幫繆繆挽著頭髮，一手輕拍著她的背，吐了兩三回後，她漸漸緩了過來，裴承飛拿溼紙巾幫她擦嘴，淇淇也從便利商店拿礦泉水回來，還多買了餐紙巾跟運動飲料。

他們帶繆繆到上風處照顧，不讓她聞到氣味避免再引起嘔吐感；裴承飛跟淇淇則想辦法收拾現場，原本試圖用紙巾擦拭地面，附近商家看到了，便好心地拉水管借他們沖洗，不一會兒地板就恢復原貌。

處理完畢後，何篤行拜託裴承飛幫他查看附近有沒有還在看診的小兒科。

他聞言略顯尷尬，「我覺得繆繆應該不用看醫生……。」

「這一定要看醫生啊，繆繆多久沒吐過了！不行，一定要去看醫生，還是要送急診——」

見對方激動地就要抱繆繆衝醫院的模樣，裴承飛伸手按住他的肩，要他冷靜。

「你先聽我說，我晚上帶她們去吃火鍋，我想繆繆應該只是……吃太飽了。」

「吃太飽？」

此時，繆繆也拉拉爸爸的衣袖，苦著一張小臉說：「爸爸我真的吃超飽的，吃了一整個牛奶鍋喔，我肚子不會痛啦我不要看醫生。」

何篤行回頭看向淇淇，用眼神確認，「她真的吃了一整鍋？」她點頭如搗蒜。

他雖然還是放不下心，但今晚發生了太多事，最後仍順了女兒的意先回家休息，心裡盤算著若狀況不對，說什麼都要送她去急診。

何篤行背著女兒回家，她也累得忘了質問，趴在爸爸身上沒多久就睡著了。抵家後，他把女兒放在床上，不忍心喚她起來洗澡，只用溼毛巾擦拭一陣，這其間，繆繆時而皺眉，時而翻來覆去，夢囈連連。

「爸爸在這裡喔。」

何篤行柔聲回應後，繆繆終於安穩入夢，他忽感一絲愧疚，即使自己捫心無愧並沒有做什麼虧心事。

「叔叔。」一直站在何篤行後方的淇淇輕喚。

何篤行轉頭微笑，「淇淇，剛剛謝謝妳幫忙，晚上要不要跟叔叔換房間，妳跟妳爸爸睡？我怕繆繆有什麼事會吵到妳。」

淇淇搖搖頭，「我沒關係的，我也會幫忙注意繆繆的情況，只是——」

「怎麼了？」

「叔叔，你剛剛跟繆繆說的事是真的嗎？你只是幫那位阿姨照顧兒子而已。」

他表情幾不可見地一愣，隨即道：「當然是真的啊，那位阿姨是我同事，她剛好找不到人接小孩，就拜託我去接一下。」

「可是……繆繆說不想要她當新媽媽，這是什麼意思？」

「我也不知道，只好等她醒來再問她了。淇淇妳也累了吧，趕快去洗澡休息吧。」

淇淇看著何篤行幫繆繆蓋好被子走出房間，過了半晌，她像是對著空氣問道。

「為什麼會說不要她當新媽媽？」

棉被裡發出窸窸窣窣的聲音，繆繆露出頭，轉述了陳俊禾說的事，好不容易止住的眼淚又開始醞釀。

「陳俊禾說的妳就相信了？」

繆繆猛地搖頭，「我才不相信他，他最討厭了！」

「妳相信我跟爸爸對不對？那妳要不要跟妳爸爸問清楚，阿姨是不是妳的新媽媽？」

「要！可是……」繆繆跳下床撲到淇淇身邊，用那雙溼漉漉的眼眸問道：「可是如果爸爸說她是新媽媽怎麼辦？」

淇淇也不知道該怎麼辦，如果叔叔真要再婚，她跟爸爸也得搬離這裡了吧。

她很想跟繆繆說，不會的，叔叔不會娶阿姨，妳不會有新媽媽，我們可以永遠住在這裡。

但她說不出口，只能掀開棉被，溫柔地對繆繆說。

「妳要不要跟姐姐一起睡？」

■

身後的落地窗被拉開，裴承飛回頭看見對方一臉疲憊。

何篤行平常還會擺弄一下盆栽，嘮叨著那盆熊童子怎麼都養不活，但今天他自顧不暇，低頭拖著腳步到女兒牆邊。

「要來一根菸嗎？」

裴承飛把菸盒遞給他，理所當然得到他的訝異。

「我又不抽菸。」

「我以為你瘋了啊。」

「什麼意思？」

以前裴承飛曾開玩笑地給何篤行一根，他好奇地抽了一口，結果嗆了半天，裴承飛說多抽幾口就順了，他邊咳邊回道：瘋了才會抽第二口。

「沒事，」裴承飛也不拐彎，轉身直搗黃龍，「你在跟你同事交往？」

「不算是交往，是一個提案……。」

「提案？」

「我們兩家都是單親，教養小孩可能會有盲點，她問我說，要不要為了孩子相處看看……啊，這麼說來也算是交往吧。」

裴承飛越聽臉色越難看，若是年輕氣盛的他，　句話都不會多說就先揍下去了。然而，忍住了拳頭，嘴巴當然鎖不住。

「你是在跟我說單親家庭的小孩都有問題？我就是被單親媽媽養大的小孩啊！」

「我不是這個意思，不是單親的小孩子都有問題，只是我怕自己會後悔沒選擇另一條路、另一種方法照顧繆繆……。」

「這世界上是只剩兩種方法可以照顧小孩嗎？好吧，就算只剩兩種，你還是分出了好壞吧！」

「我真的不是這個意思——我……」

何篤行越急著解釋，就越弄越糟，多說多錯。

「所以，你們兩個單親爸媽打算為了小孩在一起試試看？什麼跟什麼啊！你們有好好想過嗎？腦袋還清楚嗎？」

被罵了一串後，他也激動了起來，「我們就是想了很多才決定要試看看啊。」

「你們想了什麼？你們只是覺得雙親小孩比較不會被欺負，雙親做什麼事都比較方便？覺得雙親可以解決一切問題嗎？」

「我沒打算把雙親當成所有事情的解藥，但你沒辦法否認它的確可以解決一些問題。」

裴承飛用鼻子噴了口氣，「對，它可以解決一些問題，但你這麼做也會帶來更多問題！」

「什麼問題？」

「你跟那女同事，這樣算什麼？」

何篤行原本高漲的氣勢像是被澆了冷水的爐火，嘶嘶地只吐出虛弱的氣音。

「以、以結婚共組家庭為前提試著相處看看啊？」

「以結婚為前提交往嗎？但你根本就不喜歡她啊。」

莫名被對方一口否定，何篤行回嗆：「你怎麼知道我不喜歡她？」

「因為你——」

裴承飛話說到一半倏地收口，嚥下了不該說出口的話——因為你還對馥純戀戀不忘啊。

何篤行狐疑道：「我什麼？」

「你自己想想，你真的會喜歡她嗎？你們只是以為這樣對小孩好而在一起吧。」

「像這樣有相同的共識組成家庭有什麼不對？我們那時候也是有共識、互相幫忙才住在一起的啊。」何篤行看向對方，「可是，我們住在一起畢竟只是暫時的，總要想想以後的事。」

裴承飛早該發現的，何篤行是個很擅長想「以後的事」的人，繆繆一歲多才剛會走路時，他就在想女兒以後嫁人怎麼辦，真的有病。

「你雖然可能沒想過，但你該不會以為我們可以這樣住一輩子吧？」

「我當然沒這麼想，也不想干涉你的交友。只是退一萬步來說，你也許覺得你們有相同的共識，但對方可能不這麼想啊。」

「但這建議就是她提的啊。」

「提議是一回事，結婚又是另一回事，女人遠想得比你以為的還要複雜，你不是結過一次婚嗎？」

「你也結過啊！」
「就是結過才知道她們的可怕。」
他撇頭澀笑，「你這就是偏見了。」
「我偏見？」裴承飛揚聲說：「那你對單親就是歧視，而且你還很矛盾！因為你連自己都歧視！」
何篤行氣急欲回嘴時，唰地一聲，落地窗大開，兩人不約而同地驚訝回望。
「你們倆躲在這裡幹嘛啊？」
一名黑色長髮女子站在窗旁，雙手各撐著一邊，呈大字形霸氣登場。她的五官與何篤行有些神似，但有別於何篤行那張過目即忘的臉，她的眉宇之間帶著渾然天成的自信，強硬地在他人的腦海中刻下印象。
何篤行喊道：「姐？妳怎麼來了！」

■

「拿鐵我放在餐桌上，還有給淇淇跟繆繆的熱可可，欸，淇淇怎麼幫我開完門就不見啦？還有繆繆呢？」
「時間晚了繆繆先睡了，淇淇應該也去睡了。」何篤行看向茶几上的東西，「姐，妳這些東西——」
「我這次去泰國超好買的，我買了一堆東西要給她們耶！」

何蔚瑜是名室內設計師，完成大案子後會出國度假，每次都買一堆紀念品給兩個小女生，也常說要一打二帶她們出國去迪士尼玩，只是兩個爸爸不肯放行。

不肯放行的原因很多，其中最重要的一點是何蔚瑜的個性問題。

「姐，以後真的不用再多破費啦。」

「沒差啦又沒花多少錢，而且你們一定很少帶她們逛街買東西什麼的，接下來要換季了耶，你們有沒有帶她們去買衣服啊，淇淇都長高了，繆繆應該也大了不少吧？」

何篤行拿姐姐實在沒辦法，裴承飛見狀很有默契地接手代打。

「何姐，她們兩個都睡了，東西我們明天再拿給她們看，時間也晚了，不曉得妳是不是有什麼急事要找我們？」

「呃，也沒有什麼急事啦……」何蔚瑜用食指繞著頭髮，眼神飄向天花板，「我去泰國好幾天嘛，大概是買太多東西了，剛剛回家後找不到家裡鑰匙……。」

何篤行一手拍額，「姐！這是第幾次了？」

「所以我才說要打一把鑰匙放你這邊啊。」

「這只會更養成妳亂丟鑰匙的習慣。」

何蔚瑜在工作上細心，處處替客戶著想，但在生活上卻從未替自己多想想，掉鑰匙錢包是家常便飯，其他證件已經掛失補辦到單位窗口都認識她了。因此，何篤行不敢讓她單獨帶小孩出國，擔心的不是淇淇跟繆繆走丟，而是何蔚瑜走丟或掉東西。

「我跟認識的師傅聯絡過了啦，他明早會回來幫我開鎖換鎖，想說先來你們這邊窩一下，回家會被老媽唸嘛。」她嘿嘿地笑著，何蔚瑜雖年近四十，但因為是這樣的個性，讓她外表看起來年輕許多。

何篤行正想代替何母叨念姐姐時，卻聽見裴承飛開口：「那何姐就住下來吧，她們明天早上看到妳應該會很開心。」

何蔚瑜倒在沙發上歡呼，「耶！我已經迫不及待要讓她們試穿我帶回來的花洋裝了。」

■

「你跟裴承飛剛剛在吵什麼啊？」

何蔚瑜洗完澡剛進房，就抓何篤行著逼問。

「妳聽到了？」

「你們講話那麼大聲。」

「那淇淇——」

「放心，淇淇幫我開門後就回房間了，應該沒聽到啦。快招！你們在吵什麼？難得看到你們吵這麼兇，不然他哪會這麼爽快地說什麼住下來沒關係啊，平常你們總是一起念我。」

「沒什麼啦。」

「會說沒什麼的就是有什麼。」

何蔚瑜打開吹風機轟轟地吹頭，何篤行踟躕半晌，想著也沒有其他人可以討論這件事，況且，雖然是這樣的姐姐，卻也是原生家庭中，無論他做了什麼決定都支持他的人。

何篤行去頭去尾講了重點，而何蔚瑜不知何時已關掉開關，專心聽話。

「他聽到你試著跟女同事來往走得近，就跟你吵架？」她大笑拍著枕頭，「如果不是知道你們真的沒什麼，我都懷疑你們有什麼了。」

「姐，這不好笑。」

「這哏玩不膩嘛——」

他冷淡地瞥一眼，「我要去洗澡了——」

「好好好，我不笑了，認真、認真。」何蔚瑜刻意癟嘴豎起眉，表情卻顯得滑稽，「不過啊，他會有那反應我不意外耶。」

「為什麼？」

「不是那種枕邊人要跟人跑了的心情，而是一起努力多年的夥伴忽然說要拆夥的心情吧，畢竟你們也經歷了很多事……。」

記得那年她就只是國外玩了三個月，回來卻人事全非。弟弟閃電離婚，還跟家裡鬧翻帶著女兒出去住，而且是去前妻的前夫家住，縱使她心臟再大也是花了一陣子了解內情，接受這狀況。

「可是，我總不可能帶著繆繆在這裡住一輩子吧？」

何蔚瑜歪頭，「為什麼不行？」

「繆繆都升小學了，一轉眼就青春期了，會有很多很多問題，哎，姐妳不懂啦。」

「你說的也沒錯，我是不懂啦，反正我就是個偶爾來跟她們玩玩的姑姑。但我覺得，你還是再找時間跟裴承飛聊聊吧，那個人的脾氣來得快去得也快，也許只是一時無法接受，說不定他也想了很多以後的規劃什麼的。」

何篤行垂頭應了聲好，心裡卻想著：他才沒想這麼多。

「話說回來，你跟那個女同事，目前是？」

「只是朋友，都是單親家庭比較有話聊。」為了避免節外生枝，何篤行並未透露結婚共組家庭的提案。

擔心何蔚瑜再多問，他拿了衣物說要去洗澡，正要開門時聽見後方的何蔚瑜開口。

「你從小慢吞吞，做什麼事都猶豫不決，當機立斷是個優點，但多花點時間想想，再做決定也沒有什麼不好，可能，這樣也比較適合你啊。」

■

何篤行匆忙壓線踏進辦公室時，於美君從後方快步經過他身邊，留下一句話。

「股長，手機。」

起先，何篤行不知道這句話是什麼意思，他渡過了一個混亂的早晨，腦袋還無法即時處理資訊並思考。

何蔚瑜起床後急著開箱禮物給兩個小女生，還讓她們換上新衣擺pose，她要拍照上傳炫耀，花了不少時間。隨後，何篤行趕著她們吃早餐、換制服，總算全弄好了卻三進三出家門，一下是繆繆忘了帶聯絡簿，一下是何蔚瑜忘了拿行李，而他還差點忘了帶手機。

裴承飛全程沒參與這場混戰，準備好早餐，丟下一句他有事就先出門。何蔚瑜說這個人的脾氣來得快也去得快，只對了一半，那是對小事才如此，真動怒的話，會像現在一樣躲人冷戰。

何篤行才剛坐下，就被同事催著看兩份急件，這一弄就過了半個早上。等他走到茶水間小憩時才反應過來，於美君是叫他看手機訊息的意思吧！

昨晚發生太多事，何篤行沒空管手機訊息，打開跟於美君的對話框，才知道她從昨晚不斷傳訊關心繆繆的狀況。

「繆繆……沒事……。」何篤行才要回傳的訊息，身旁卻幽幽傳來一句。

「沒事就好。」

何篤行看向於美君，又低頭確認自己的輸入框，訊息還沒送出啊。

「你剛剛邊唸訊息邊打字，我爸也會這樣。」於美君走到飲水機前裝水，「她沒事就好了，我昨天還蠻擔心的。」

「抱歉，昨晚事情太多就沒看訊息——」

「股長，你有帶便當嗎？中午要不要一起吃飯？」

他們之前為了避同事耳目談事情曾約中午吃飯，刻意走遠到較隱密的餐廳用餐。今天同樣也到那家餐廳，兩人異口同聲點了這家還算能入口的咖哩套餐。

「繆繆的情況如何？」

「她昨天吃太飽又太激動就吐了，早上她狀況還好，我怕說要看醫生她又生氣，想說先觀察看看。」

「那關於我跟豆豆的事，她……」

何篤行的表情暗了下來，繆繆驚恐放聲大叫的樣子在眼前又重播一次。

「繆繆對我的誤解蠻深的。」

於美君苦笑再三，他們之前也曾聊過要怎麼對小孩子講這件事，但沙盤推演總是崩塌，最後老天還賞給他們這最尷尬的見面方式。

「慢慢來吧。」何篤行溫吞地吃著飯，但味道淡如水的咖哩卻讓他的心情更加憂鬱。

「昨天那位是淇淇的爸爸？第一次看到。你們兩家感情挺不錯的，又住得近，還可以臨時請對方照顧小孩。」

「呃，是啊……。」何篤行也一直逃避著對於美君坦白裴承飛的事。

「他也是單親爸爸，一個人把淇淇帶這麼大很辛苦吧。你們是怎麼認識的？」

也許，今天是個坦白的好機會。

7.

每每回想起跟裴承飛初次見面的那天，何篤行都覺得那是各種巧合、誤解與混亂造成的奇蹟。他無助地抱著繆繆來找裴承飛，只是想要得到獨自扶養小孩的勇氣，或是可以理解自己的人，但他卻選了一個最不該傾訴的對象。

「我沒有時間想這些事情。」

舊公寓斑駁的紅色鐵門應聲關上，彷彿一巴掌拍在何篤行的鼻梁。他頓時清醒過來，是啊，他在做什麼？怎麼會在這裡呢？他暗罵自己是個蠢蛋，照顧女兒都沒時間了，還在這裡做什麼！

裴承飛應該沒想到他還是給了對方鼓勵，有時間擔心怎麼照顧小孩的話，不如把時間花在照顧小孩上。

何篤行整個人都亮了起來，連原本蜷縮彎曲的腰桿都挺直了。他抱緊女兒，盤算著要趕快回家，照女兒這幾天的習性，也差不多該醒了，可以餵她喝奶，今天都還沒喝到量——。

忽地，憑空降下一記悶雷，何篤行反射性地抱緊女兒躲到公寓門邊，隨後滂沱大雨落下。

他一時之間手忙腳亂，就在他第三次按錯計程車行電話無法撥通時，公寓的門忽地打開。裴承飛匆匆忙忙跑出，傘也沒撐，站在路中間東張西望，這雨來得又急又大，一眨眼他全身都溼透了。

他隨即發現在一旁躲雨的何篤行，大聲道：「拜託你幫個忙！」

何篤行得知原委後點頭答應，但事態緊急，裴承飛沒交代幾句就把女兒交給他，帶著母親上計程車趕往醫院。

他事後才知道，那天是裴母第一次發病。

裴承飛還沒進家門，就聽到淇淇大聲哭叫著奶奶，衝進門看到裴母跪臥在地上，雙手抱腹，痛苦地冷汗直流。

他當機立斷要帶裴母去醫院，但淇淇才五歲不可能放她一個人在家裡，隔壁鄰居阿姨又不在，這附近還有誰可以幫他看顧女兒？他隨即跑到樓下看何篤行有沒有走遠。

何篤行慶幸自己的動作跟個性一樣溫吞，讓他得以在這緊急時刻幫上一點忙。

在陽臺邊目送計程車燈消失在大雨中後，他才放下心走進屋裡。

有個五歲小孩坐在沙發上，留著齊肩頭髮，薄薄的瀏海用小黃花髮夾夾在左邊，露出小巧清秀的臉龐。不知是被剛剛的情景嚇著，還是害怕陌生人，她面無表情直盯著他看。何篤行從來沒跟這麼小的小孩子獨處過，被看得緊張起來。

「妳就是淇淇吧？」何篤行輕手輕腳地走進客廳，打算慢慢拉近雙方距離，「妳爸爸帶奶奶去看醫生，很快就回來了。」

淇淇沒有任何反應，就像尊人偶一樣，她雙手放在膝上，抬頭挺胸，坐姿可能比他還要正確。

何篤行又哄了幾句話，還是得不到任何回應，他半沮喪半放心，想著只要淇淇不吵鬧就好了。但沒過多久，自己的女兒卻嚎啕大哭起來，何篤行脫下外套跟包巾，連換了好幾個姿勢安撫哄騙，哭聲卻未減少分毫。時間也不早了，正當他擔心會不會吵到附近的鄰居時，淇淇忽然開口。

「她……會不會是肚子餓了？」

「啊！對，應該是餓了。」

何篤行從隨身包包裡拿出奶粉跟奶瓶，在淇淇的指示下找到熱水壺跟冷水瓶泡牛奶，這件事一直到後來繆繆五歲了，相比之下，他才驚覺當年的淇淇有多聰明穩重。

他坐在沙發上給女兒餵奶，她真的餓了，一抓到奶瓶就吃個不停。他喜歡看著她眼睛瞇成月牙狀，雙頰一鼓一鼓地喝奶，就像隻貪吃的小倉鼠，可愛極了。

「她真可愛。」

淇淇不知何時走近他身邊，一樣著迷地看著小嬰兒。

「她叫什麼名字？」

「她叫繆繆。」

淇淇靠在她耳邊，輕輕地說：「繆繆，妳好，我是淇淇。」

■

裴承飛倉卒從醫院趕回家時，卻看到奇妙的場景。

淇淇坐在沙發上歪頭睡著了，她的右手食指被一隻小小手輕輕地握著，何篤行的女兒就躺在她身旁，即使熟睡也不願放開手。孩子們安安靜靜進入夢鄉，一旁的大人卻十分忙碌，何篤行拿著手機猛拍，三百六十度毫無死角地拍著照，完全沒發現裴承飛已經回來了。

「你會不會太誇張了？」

怕吵醒小孩，裴承飛用氣音說話，但卻適得其反，嚇得何篤行大叫一聲跌坐在地上，連手機都摔了出去。

「是我啦。」

他定睛發現是裴承飛後鬆了口氣，「你回來了啊。」

「還好沒吵醒她們。」他瞥了眼沙發，仍用氣音講話。

「淇淇剛睡著，我本來想把她抱到臥房去，但看到她們太可愛了就忍不住——」

裴承飛完全能理解對方的心情，小孩子睡著時就是天使，看著她們的睡顏，前一刻還為她們操的心、生的氣都消去大半。雖然何篤行的女兒五官還沒長開，但兩人眉眼間神韻頗為相似，感受到基因強大的同時，也想起前妻。

他不自覺地道：「果然是姐妹啊……。」

「咦！對耶！她們是真的姐妹耶。」何篤行對上裴承飛回望的眼神，覺得他看自己像個笨蛋，急忙補充：「我只是剛剛才意識到這件事……對了，你媽媽還好嗎？」

裴承飛聞言肩膀沉了下來，「還好，要住院觀察，等明天檢驗。不好意思，剛剛突然拜託你照顧淇淇。」

等到裴母躺在急診室病床上，打了止痛暫時緩和後，他才想起何篤行。他把對方還帶著嬰兒的事忘得一乾二淨，就將淇淇丟給他照顧，而且他們才認識不到十分鐘。

「淇淇很乖，不吵不鬧，很好照顧，跟我家繆繆完全不一樣。」

「她都五歲了，當然比較好顧，」裴承飛撇頭問道：「現在也晚了，還是你們在這裡過一晚，早上再回去？淇淇小時候睡的嬰兒床還在，你不介意的話，我清一清讓她睡？」

「好啊，我也怕回家路上吵醒她。」

裴承飛先把淇淇抱進房裡，兩人合力把嬰兒床搬出來，整理上面的雜物，用乾淨的毛巾鋪床，再讓繆繆睡在上面。

折騰完後，兩人還在廚房吃了泡麵，意外地在照顧小孩上很有得聊。

「一個晚上醒來六次？那你根本就不用睡了啊。」裴承飛驚呼，雖然淇淇小時候曾聽老媽說她算好顧的，但沒有比較真的不知道。

他看了下手錶，「所以今天很難得，她睡快三小時了。」

「出門太累的關係吧？」他說完發現肇因是自己，細聲再補了句，「抱歉。」

何篤行抬起頭，表情真誠，「如果有什麼我幫得上忙的地方，請儘管說吧，像是照顧淇淇之類的，我都可以幫忙。」

裴承飛啞然失笑，幾個小時前，這個男人慘兮兮地問他要怎麼當個單親爸爸照顧小孩，現在情況卻反了過來。

「現在倒是有個忙要請你幫。」

「請說！」

「你剛剛拍的照片可以傳給我嗎？」

■

何篤行的手機桌布一直是那張繆繆小小手握著淇淇手指的特寫，即使換了手機也會把照片檔案複製過來放上，裴承飛還笑那張照片解晰度差，讓他新買的手機螢幕毫無用武之地。

他看了眼手機上顯示的時間，午休也快結束了。

「原來你們是在網路上的單親爸爸交流園地認識的啊，我還以為大家在網路上面都只是聊聊，原來真的可以交到朋友。」

何篤行不自在地抓了抓臉頰，「就是有緣吧⋯⋯。」

結果他還是沒能對於美君說實話，胡亂編了個謊，連他自己也不知道為什麼。是想在她面前維持辛苦的單親爸爸形象嗎？還是擔心她會像大部分人一樣多想了他們的關係？原來他這麼在乎於美君的想法嗎？

不，可能他在乎的還是自己。

如同裴承飛所講，於美君是目前他追求雙親家庭的唯一希望，他不願毀掉，只好歧視自己、掩蓋這一路走來的一切。

■

繆繆牽著淇淇的手隨放學隊伍從校門口魚貫而出，她伸長脖子望向平常與裴承飛會合的樹下，卻是面容慈祥的裴母站在那邊。

「繆繆怎麼看起來不開心？奶奶有買紅豆餅給妳們喔。」

「我沒有不開心，只是……今天叔叔又沒有來接我們。」

「繆繆想念妳裴叔叔啊？他最近加班也很晚回家吧，妳們這幾天都沒看到他啊？」

姐妹倆齊搖頭後，淇淇頓了一會兒，還是把她們擔心的事全盤說出。

「爸爸跟何叔叔他們好像在吵架。」

「所以裴叔叔才不來接我們，也不回家跟我們一起吃飯。」

不過有時候，壓在小孩子心上的事，聽在大人耳裡，卻是一點事都沒有。

裴母先是瞪大眼，隨後揚聲笑道：「我還以為是什麼大事呢，不就他們吵架嗎？」

「可是已經過了好幾天。」

「裴叔叔都不跟爸爸說話耶！」

「他們兩個吵架還是這樣啊——」一個不說話，一個裝沒事，裴母簡直要笑彎了腰，「繆繆那時候還小可能不記得，淇淇應該還有印象吧。雖然現在看起來挺好的，但他們以前常常吵架啊，還什麼都能吵呢，煮飯的時候火開太大、幫妳們洗澡洗太久啊……真要講可是講也講不完呢。」

前方小綠人燈號亮起，裴母拉緊她們的手，「放心，他們很快就會和好的。」

■

「姐姐，如果奶奶說的是真的，那他們今天會不會和好啊？」

繆繆的耳朵緊貼門板，注意外面的一舉一動。淇淇不想破壞她的期待，但也擔心她期待落空時反而會更失望。誠如奶奶所說，她記得他們以前吵架的事情，不過，正因為記得，才知道這次的吵架不太一樣。她不像奶奶那麼樂觀看待這件事。

淇淇拿起平板走到繆繆身邊，「繆繆，妳不看影片嗎？」

「不要我不要看——有開門的聲音！噓——裴叔叔回來了。」

繆繆專心側耳傾聽，淇淇也莫名跟著做了一樣的動作。

大門打開，鑰匙放在玄關旁的鐵盒裡發出聲響，裴承飛特有的略重腳步聲由遠至近，經過女兒房門時，淇淇與繆繆還不明所以地暫時閉氣。椅子與地板摩擦的尖銳聲音讓兩人同時皺了眉頭，她們合理猜想是坐在餐桌前的何篤行站了起來。

「吃飯了嗎？」何篤行說。

她們沒聽見裴承飛回話，但陽臺落地窗拉開又關上，表示今天也沒和好。

繆繆雙肩垂下，整個人靠倒在門板上，「是因為我不想要新媽媽，所以裴叔叔跟爸爸吵架嗎？可是爸爸已經答應我了，他說不會有新媽媽的……那為什麼爸爸跟裴叔叔還要吵架？討厭！都是陳俊禾啦，都是他亂說話！最討厭他了！」

繆繆喜歡的人呈現她不喜歡的樣子，只好把這些錯都怪在她討厭的人身上。淇淇心想，如果是她的話，應該會怪在自己身上吧。佩服繆繆心理素質強悍的同時，也覺得陳俊禾很無辜，但他人也不在這裡，只好請他暫時當繆繆的出氣筒。

「繆繆，我們還是來看影片吧。」

「不要，我要去叫爸爸跟叔叔和好！」

淇淇一回頭就看到她開門快步走到何篤行身邊。

「爸爸！你趕快跟叔叔和好啦！」

「和好？但我們沒有吵架啊。」他們即使大吵架，也遵守最高指導原則，不要影響到小孩。

「你們明明就在吵架！」

「叔叔只是最近工作很忙，我們去房間裡看影片好不好？」

繆繆在學校看過老師調停同學吵架，一定會把兩個同學叫來前面，只有一邊是沒辦法和好的。她決然走向陽臺，打開落地窗前還記得捏住鼻子，即使會不小心聞到她討厭的菸味，也要讓爸爸跟叔叔和好。

何篤行追在繆繆身後要攔住，卻晚了一步。

落地窗大開時，沒有菸味飄進，反而聽到裴承飛揚聲厲道。

「馥純又要再婚，這關我什麼事？」

「前妻第二次再婚，難道你不會好奇，不會想八卦一下嗎？上次是跟你個性完全相反的人，這次的對象不知道是怎樣的傢伙，要不要賭一下他能撐多久？喂、喂？你還在——」

裴承飛把Kevin的聲音掐斷在手裡，看著何篤行血色退去，雙眼逐漸無神。

在這安靜的幾秒間，氣氛瞬變，兩人一動也不動地站在原地，唯有繆繆還堅持住自我，未受環境改變。

「叔叔，你可不可以跟爸爸和好？你們不要吵架了啦。」

繆繆拉著裴承飛的手用力拖，想把他移動到爸爸面前。

裴承飛不得已只得順著繆繆走進室內，正想著要用什麼理由向她解釋現況時，就聽見她爸爸提高尾音叫喚。

「繆繆。」

「爸爸、叔叔，你們——」

「繆繆。」他再次揚高音調，這是警告的最高級。

原本裝聾的繆繆停下腳步做最後掙扎，她用半真半假的哭腔說：「我只是想要你們和好……。」

「不要吵叔叔，繆繆，妳也該睡覺了。」

何篤行強勢地把繆繆帶進房間，完全沒跟裴承飛對上眼神。

裴承飛愣怔看著房門關上，過沒多久後又再次打開，走出來的人卻是淇淇。淇淇望向他身後，「爸，你陽臺的落地窗沒關喔。」

「啊，等一下。」

淇淇對窗戶很敏感，家裡的落地窗除了出入陽臺外總是關著，若是大開會讓她心神不寧。他把窗戶關好，回頭就看到淇淇走到餐桌旁坐下，還替自己倒了杯水。

「叔叔正在陪繆繆看影片，雖然繆繆一點也不想看。」他也走過來要倒水喝時，淇淇又道。

「是媽媽要再結婚嗎？」

裴承飛雖故作平靜，但仍控制不住手中的冷水壺，倒了一杯挑戰表面張力的水，如同他現在心中的情緒。

「妳……還記得她嗎？」

他壓抑著心臟的暴衝，靜候女兒的回答。

淇淇輕鬆地說：「我那麼小，怎麼會記得。」

水倒太滿了，他不得不彎下腰以口就杯，以奇怪的姿勢喝水，惹來淇淇一陣笑。

「也是。」

她邊笑邊問：「那爸你呢？你還記得她嗎？」

方才從Kevin口中聽到消息時，裴承飛下意識地甩開，覺得不干他的事。但被女兒這一反問，再加上那雙與前妻相似的眼眸看著自己，那些藏在底層的真實情緒好似也被看得透澈。

最終，他淡淡地說：「我跟妳一樣。」

「可是，何叔叔好像跟我們不一樣。」

他雙眼微睜，有點意外女兒竟一語直指核心。

不過，他們的話題也中斷在這刻。何篤行忽然從房裡走出，如行屍走肉般，魂不附體的樣子吸走兩人所有的注意力。

「繆繆睡了。牛奶沒了，明天早上要喝。我出去買。」

他的目光毫無焦點，自問自答地說完話，就打開家門往外走。裴姓父女互看一眼，都覺得何篤行的樣子不對勁，但兩人採取的行動卻截然不同。

「繆繆都睡了，妳也差不多該睡了吧，睡前別喝太多水。」他裝忙地整理餐桌雜物。

「爸，你不去找叔叔嗎？」

「他不是說去買牛奶嗎，一下子就回來了，快睡吧。」

「他沒拿錢包。」

他被女兒敏銳的觀察力堵得啞口無言。

「爸，你去找他吧，萬一他不回來了呢？」淇淇神情無比認真。

「怎麼可能，他只是出去晃晃，我們別去吵他。」

他才不想去安慰何篤行的情緒，更何況他們還在吵架，更何況他能用什麼立場跟角度安慰他，更何況他也是前夫——緊跟在何篤行之後，繆繆抱著兔寶布偶走出來，癟嘴豎眉，不滿與怨懟似乎到了頂點。

「爸爸好奇怪，都不聽我講話還一直要我睡覺，還把兔寶放到地上，故事書都還沒唸完，他就以為我睡著了還把燈關掉……。」

■

如果可以回到過去的某個時間點，狠狠地揍自己一拳，何篤行一定毫不猶豫，選擇回到那一年的年夜飯時刻。

那年農曆新年，馥純抱著繆繆從月子中心回家，全家人都繞著小嬰兒轉，無暇準備年夜菜，只叫了飯店外送。

「馥純，真不好意思啊，讓妳吃這個，這年夜菜還是應該我自己來煮。」

「我覺得訂外面也蠻方便的啊，大家都輕鬆。」

何母乾笑了兩聲，何蔚瑜聽了有些刺耳，她知道老媽這是拐彎要媳婦明年下廚煮，但是，這都什麼年代了。

「媽，這家不合妳胃口，下次換別家就是了嘛，不然下次我煮給妳吃？」她陪笑臉幫忙擋槍。

「妳煮？」何母大大搖頭，「那我們家年夜飯得跟消防隊一起過了。」

「我進步很多了，廚房不會燒掉啦，頂多就是飯菜有點焦。」

「什麼東西焦了？菜看起來都不錯啊。」

何篤行途中插入了話題，他拉出椅子在妻子身旁就座，蘇馥純回問他：「寶寶呢？」

「好不容易哄睡了，我趕快來吃一下。」

何母抬眼看著小倆口，「你們兩個大人顧個小孩就手忙腳亂。」

「人家第一胎難免嘛。」

何蔚瑜看弟弟不到兩年間就結婚、生子，從大學生模樣直接跳升成爸爸形象，實在有點不習慣。

「不過馥純妳別擔心，過年後阿行上班了，家裡還有我在，我們倆帶個小孩沒什麼問題的。」

蘇馥純停箸看向丈夫，但他餓了正忙著吃飯，漏聽這句，她只得自己表態。

「媽，我會去找工作上班，寶寶之後會請保母帶。」

「上班？什麼時候？」

「年後我就會開始找工作，保母也在看了。」

砰的一聲，何母把碗當成驚堂木敲在桌上，所有人齊看向她。

「這怎麼行呢，孩子還這麼小，妳還是先在家裡帶孩子吧。」

蘇馥純望向何篤行，何母也把話帶到兒子身上，「阿行工作也穩定，我們家又不缺妳這份薪水。是吧？」

何篤行被兩個女人盯得僵直，支支吾吾許久，何母即奪走話語權。

「孩子才剛出生，還是自己親帶比較好啊。」

「妳去上班多辛苦啊，待在家裡不好嗎？

「馥純妳不用擔心，我會幫妳的。」

在何母如同咒令的嘮叨之下，蘇馥純看著丈夫的眼神漸漸黯淡無光。最終，何篤行還是沒在那頓飯上，替妻子說任何一句話。

他與蘇馥純婚姻的第一道裂痕由此而生。明明產後找工作的事，兩人早有共識，何篤行卻在繆繆出生後猶豫了。

「說好了由你先請育嬰假，我出去工作嗎？」

「可是馥純，我覺得孩子才剛出生，還是妳先帶個一年？」

「這算什麼？跟搬家的事一樣？」

搬出何家的事，兩人也定好了時間表，但在母親的強勢作風前，他又拖延了。

「這些事我們都可以慢慢來，還不急啊。」

「你老實說吧，這是你媽的意見還是你的意見？」

裂痕會產生下一道裂痕，下一道裂痕會產生更多的裂痕，並非速度加快，而是他總蒙蔽雙眼。當何篤行注意到危機的時候，腳下名為家庭兩字的地基已碎裂得面目全非。

他懊惱、後悔、想辦法挽回，但妻子已經不願相信了，執意簽下離婚。然而，妻子衝動的決定卻在事後證明她是對的，直到配偶欄的名字消去了，他才終於認清事實，做出實質改變。

他反抗情緒勒索的母親，帶著女兒離開他從未離開過的家。從茫然不知所措，到後來他與裴承飛互相幫忙，等到他終於可以做到自己當年做不到的事，他帶著硬擠出來的自信，挺起胸膛去找妻子。

「我很滿意我目前的生活，我不想走回頭路，我們已經離婚了。」

他以為是自己傷妻子太深，以為鍥而不捨，就會金石為開，但對方以更換聯絡方式、更換地址為最後警告，他只得告訴自己要好好放手。

他不聯絡蘇馥純，卻從旁人口中探知訊息，告訴自己要好好放手。他不跟蘇馥純見面，卻在臉書上盯著她的照片，告訴自己要好好放手。他得知蘇馥純可能要結婚了，用分身帳號留下祝福，告訴自己要好好放手。

已經這麼多年了，他學會了拒絕母親、學會了照顧女兒、學會了終於獨立，卻還是學不會好好放手。

■

裴承飛在附近繞了兩圈都沒看到何篤行，找得全身是汗，最後回到巷口的便利商店，想買個冷飲就上樓時，才看到何篤行坐在裡面發呆，還呆得很澈底。

他在玻璃窗外來回走了兩次，何篤行都無動於衷，空洞的雙眼彷彿望向遙遠的宇宙邊界。

裴承飛只得走進店裡，拿了兩罐冷飲結帳，並把其中一罐推到他面前。何篤行終於有了反應，迷茫地看一眼啤酒再看向他，認出人後，驚醒似地站起。

「你怎麼在這邊？繆繆跟淇淇怎麼了嗎？」

「沒事，她們在樓上，我叫淇淇手機開著。」裴承飛從口袋裡拿出手機給他，「倒是你連手機都沒拿，她們倆很擔心你，叫我出來找你。」
還沒等到對方說話，裴承飛就想起他的習性，「啊，我忘了你不喝酒……真的不喝？」
見何篤行搖頭拒絕，他逕自打開一罐，心中腹誹著：不菸不酒是不是男人，不喝酒要怎麼開口啊。
他豪飲般灌下近三分之一罐，讓麥芽香在嘴裡發酵，最後還暢快地吐了口氣。
「這款真的比較好喝。」
「是喔？」
「你喝喝看不就知道了。」他賊笑勸誘。
「我大學的時候喝過一口，吐了。」
「過敏？」
「不知道……就是不喜歡到吐了。」
「酒也很多種的，你可以試試梅酒或水果酒。」
「不喜歡的東西試幾次還是不喜歡。」
裴承飛揚起嘴角，不愧是父女，這話跟繆繆如出一轍，但差別在於要繆繆形容最想要的花樣她還講不出來，但是，何篤行心中則只有她一個。
事已至此，裴承飛藉著微薄的酒力，不再閃躲地把兩人總不談的事攤在陽光下。
「你還一直想著她吧。」
「我沒有……。」

「你不要再自欺欺人了，你還開分身帳號天天去看馥純的臉書。」

「你……你怎麼可以看我的手機！」

「誰無聊去看你手機啊，是臉書那爛演算法推薦你的分身帳號給我，那個帳號拍的照片都在這附近，怎麼想都是你啊。」

何篤行整張臉漲紅還激動得全身發抖，心底最難堪的那塊被看光，讓他整個人都豁了出去。

「沒辦法我就是忘不掉啊！怎麼可能忘掉！」

「你忘不掉也沒辦法啊，她都要再婚了，最後痛苦的人還是你自己。」

「你怎麼能講得這麼輕鬆……。」他紅著眼眶瞪向對方。

裴承飛在心裡嘆氣，他真的很不會安慰人。

「我也離過婚，對象還跟你同一個，我都能走出來了——」

何篤行冷哼一聲，「這是我今天聽到最扯的話，比馥純再婚還要難相信，你哪有走出來啊！」

「我沒走出來？我沒走出來可以好好在這裡勸你看開？」

「如果你有走出來的話，就不會對女人偏見這麼深了。」

「我的偏見是因為——」

何篤行幫他接話，「因為你無法原諒馥純。」

如驚濤駭浪般的衝突，忽然進入了無風帶，他們就靜靜看著彼此。

何篤行慢慢撿回一些理性，開始後悔扒出對方的心事，賭氣嗆出來又如何，上次吵架的結都還沒解，又結了新的梁子，而且他好面子又記仇，還得在同個屋簷下生活……。

手機如回合鐘聲般大聲作響，裴承飛伸手接起。

「淇淇，我們在便利商店，等下就回去了，妳們先睡覺吧。」

爾後，裴承飛什麼都沒說就離開了便利商店，只記得把桌上的啤酒喝光。何篤行盯著桌上那罐還未開封的啤酒，過了半晌，鬼使神差地伸出手，正要開罐時，裴承飛竟走回到他面前。

「既然你說我們的問題都在她身上，那我們就去找她吧！」

何篤行瞪大雙眼，原來今天聽到最扯的話還可以再更新。

■

連何篤行都硬起來嗆你了，難道你還是不願意面對嗎？

離開便利商店走沒幾步，裴承飛停在馬路上，耳邊雜音交錯。同住近七年以來，何篤行總唯唯諾諾，即使明顯是他做錯了，也不出言指正。

有次他們從不開伙的何蔚瑜那裡收到一只琺瑯鑄鐵鍋，裴承飛興奮地開鍋料理，卻不諳鑄鐵鍋特性，讓乳白色的鍋面染上焦黑汙點，怎麼洗也洗不掉，他拉不下臉承認錯誤，索性不再使用。過了很久以後，他才發現何篤行偶爾會拿鑄鐵鍋燉煮，不但鍋子用得好好的沒再吃色外，連原本的汙點都設法清掉了，卻默默地一句話都沒說，反讓裴承飛覺得很不好意思，因為他常直接指出對方在生活上的缺失。

他把何篤行逼到最極限，逼何篤行指出自己不願面對的事，但最後他卻賭氣逃走了。他總愛暗自罵何篤行是不是男人，其實他才不是個男人吧。

何篤行有他的問題，而他也有自己該面對的事，還要再自欺欺人下去嗎？只要別人一提到前妻，他就避而不談或是生氣，誠如剛剛何篤行所說，最好這樣算走出來啦。他不得不承認，因為馥純的關係，他對女性滿懷成見，決心要一個人照顧好一家老小，不靠任何人。然而，最後還是不得不向何篤行求助，表面上說是共同合作、互相照應，但裴承飛心裡很明白，何篤行就算沒他幫忙指導，也可以花錢上育嬰課或請保母，最後還有個摸摸鼻子回老家的選項，而自己那時候離撐不下去就只差一步，沒有任何備案。

難道這次也可以如法炮製，打個「團體戰」嗎？

思及至此，裴承飛冒出一個大膽的想法，靈感的來源竟是來自Kevin。

Kevin在前一段感情裡愛得很深，他把人直掰彎後熱戀獻出身心靈，但沒想到對方還挺有彈性，彎又彈回直的，還能分岔劈腿。Kevin跟對方鬧了很久，最終自己選擇退場，但就跟裴承飛一樣對前任怨氣很重，裴承飛是打死不提，Kevin則是照三餐罵，心裡同樣都塞不下任何東西。

直到Kevin收到前男友的喜帖，帖裡還夾著新郎抱著新娘，新娘抱著嬰孩的婚紗照，名為Kevin的壓力鍋澈底炸開。

Kevin的火爆狀態讓朋友都退避三舍，而裴承飛彼時剛與對方重逢相認，沒搞清楚狀況就被拖去參加他前男友的婚禮，但他們只吃到第三道菜，Kevin什麼都沒講就把他拖出會場。

「他不只是你的『朋友』吧？」

裴承飛當晚只說了這句話，其他都是Kevin說。

「我就只是想來看看，當然說要搞破壞的心態也有。光看宴會廳門口他們一家三口幸福的照片，我就恨死了，恨不得跳到臺上把他之前錄給我的影片都播出來。我真的想這麼做，真的。但……看到他穿新郎服走出來，牽著她的手，我也不知道怎麼了，忽然就想開了。」

Kevin那如釋重負、海闊天空的笑容讓他印象深刻。

他本來以為長大了、當了父親、成為一家的棟梁，就可以有勇氣面對任何事，以為自己用勇氣走出過往，卻只是逃避成了習慣。

就用這個機會試一次吧。

當他把這個決定告訴Kevin，Kevin的音量幾乎可以不靠手機直接傳到臺北。

「瘋了嗎？你們一起去前妻的婚禮？你們是想上電視嗎？」

■

何篤行已經很久沒登入FB看蘇馥純的消息了。

原先他像網路成癮似地，每天最少都會看一次才算是做完當天課題，而且這還有副作用，會讓他睡得安穩，或者失眠。

自從在臉書上看到馥純手戴戒指的照片後，他就再也沒登入分身帳號了。他鴕鳥心態選擇不看不聽，但人越是逃避，那件事就越追著不放，馥純的婚事最終還是撞到自己面前。

不過，裴承飛最終提出的那個提議，竟讓他有一絲動心，只因為能夠再看到馥純本人。何篤行看向另一頭正在跟繆繆與淇淇講話的何蔚瑜，心想，如果姐姐知道這件事，一定會罵他沒救只能投胎重來吧。

「繆繆要選這件有蕾絲的洋裝嗎？那淇淇選這件淡藍色的裙子好不好？妳們趕快去換衣服，姑姑在這裡等妳們哦。」何蔚瑜對兩個小女孩疼愛是一視同仁的，也要她們倆都叫她姑姑。

待更衣室的門關上後，何蔚瑜三步併兩步地快走到弟弟身邊，挑了挑眉說：「別裝啦，你這排衣服來回翻兩圈了，也沒看到你挑出一件。」

「挑衣服配色什麼的我真的不在行……。」

「我當然沒希望你挑出個什麼東西啦。」何蔚瑜聳聳肩，「找你一起幫繆繆跟淇淇買衣服，除了要你當錢包以外，是想問你一件事……但看你這樣子，你應該知道了吧。」

他聲音乾巴巴地說：「姐，妳也知道？」

「想不知道也難啊，馥純跟我大學同學的妹妹是同事，也不知道臉書怎麼搞的，馥純選婚紗的照片就跳出來了，我還以為是你PO舊照咧哈哈。」

何篤行實在笑不出來，還是把分身帳號給刪了吧……不，連主帳號一起刪掉好了。

「繆繆上小學了，馥純再婚了，你也有新對象了，大家都重新裝潢有了新氣象呢。」

他聞言嘟囔著，「妳之前不是還要我多想想新對象的事，不要太快做任何決定……。」

「那時候還沒聽到馥純要結婚嘛。」

「這有差嗎？」

「當然有差啊，在馥純結婚前，你可能都以為自己還有機會吧？抱著這種心態跟任何人交往都不會成功的啦。男人好像常有這種奇怪的想法耶，就算她沒結婚還只是單身，也不是為你而單身啊。」

何篤行頓時啞口，姐姐似乎說中了連自己都沒察覺的事。

「姐，如果說我想去馥純的喜宴……。」

「你想去？那很好啊！」

「很、很好？」

「能親眼看到馥純結婚，你也該死心了，到時就儘管找新對象吧。老實說我覺得你跟裴承飛若是認真起來條件之好呢，會顧小孩還會做家事——呀！淇淇繆繆妳們好可愛啊！」

何蔚瑜還沒說完就看到兩個小公主換完裝登場，想都沒想就拋下何篤行，拿出相機猛拍照，拍完還摟著她們又蹭又親。

「好可愛喲怎麼這麼可愛，姑姑真想把妳們的膠原蛋白都吸走——」

■

「我覺得姑姑買太多衣服給我們了。」在回程捷運上，繆繆板起小臉認真控訴。連繆繆都覺得新衣服太多的話，那真的是非常多，因為繆繆是家裡最喜歡穿新衣服的人。

「我也覺得……有點太多了。」因為何蔚瑜對何篤行錢包的毫不手軟，衣服多到連淇淇都幫忙拿了一袋。

「她說剛好買足夏天換季的份。」

淇淇眨眨眼，「姑姑上次從泰國買給我們的也都是夏天的衣服。」

「姑姑說我們吃喜酒的時候可以穿新衣服去！」

捷運剛好靠站，讓何篤行聽到這句話時的踉蹌顯得非常自然。

「繆繆，姑姑說吃什麼喜酒啊？」姐姐該不會把馥純結婚的事跟她們說了吧？

「姑姑說最近可能會去吃喜酒，所以要買漂亮的小洋裝。」繆繆忽地嘛嘴說：「可是，我不喜歡吃喜酒了。」

「是因為上次吃到紅蟳米糕過敏的關係嗎？」淇淇小心翼翼地問道。

繆繆挺胸自信地說：「我要當花童穿禮服才要去吃喜酒！」

淇淇這才笑了開來，「可是當花童就不能吃好吃的東西喔。」

「為什麼！」

「花童要幫忙新娘拉裙子，還要灑花啊好忙好忙的，妳會很餓很餓喔。」

淇淇的小捉弄讓繆繆陷入長考，她不想餓肚子，但又想穿漂亮禮服給大家拍照，小腦袋都快想破了。何篤行被繆繆跟淇淇搞得哭笑不得之餘，也想著身邊有朋友要結婚的話，一定得去幫繆繆應徵花童這個職位。

三人回到家中時，裴承飛也準備好晚餐，用完餐洗完碗後，女兒們回房間玩耍。何篤行有點心怯，但腳步仍走向陽臺。那天之後，裴承飛就沒再提去婚禮的事，何篤行猜想對方會不會反悔了？

但不管去或不去，他們得再好好聊聊。

若是要去的話，要用什麼名義去？他們又沒收到喜帖，會不會給馥純帶來困擾啊？一定會的吧。要告訴繆繆跟淇淇嗎？如果她們也想去怎麼辦？要是他跟裴承飛被人認出來了怎麼辦？還是戴帽子跟口罩去好了？

打開落地窗前，尚有百來個問題在他腦中盤旋，但一看到裴承飛質疑的眼神，長期共同生活下來的默契讓他反射性地作出決定，否則對方會不耐煩。

「你覺得……紅包要包多少？」

8.

繆繆這禮拜過得非常開心，因為爸爸跟裴叔叔和好了。

叔叔忽然不用加班，爸爸也準時回家做晚餐，四個人又跟平常一樣吃飯聊天。爸爸還說星期日要帶她們去兒童新樂園玩。雖然已經去過很多次了，她還是很期待。爸爸跟叔叔好像也很期待，兩人都為了星期日做準備。

叔叔去買了新衣服，但穿起來一點都不像他平常的樣子，看起來更兇了。爸爸剪了新髮型，但新髮型比上次叔叔剪的還要奇怪。就連姐姐也惦記著星期日，看著月曆講了好幾次，再過幾天就是星期日了，但姐姐明明比較喜歡科學教育館啊。

無論如何，在繆繆的引頸翹望之下，星期日不緩不急地準時抵達。當繆繆睡眼惺忪地打開房門時，大家都準備好了。

「繆繆一定是今天要出去玩，昨天太晚睡了吧？」何蔚瑜走過來輕捏她的鼻尖，「趕快去刷牙洗臉，姑姑幫妳把新衣服拿出來。」

直到繆繆漱洗完換上新衣，都還在想為什麼姑姑會在家裡，喝完半杯牛奶，咬兩三口草莓吐司後，小腦袋才開始運轉。

啊！一定是姑姑也要跟我們一起去兒童新樂園吧。繆繆越吃越開心，她喜歡姑姑，更喜歡人多熱鬧。

「結果我們弄一弄搞不好比你們還要晚出門。」何蔚瑜笑看著繆繆，「沒關係，繆繆妳慢慢吃噢。」

何篤行正在幫她們準備外出袋，但遲遲無法決定要放一包溼紙巾還是兩包，但天氣這麼熱，她們在外面玩一定猛流汗，可是兩包又有點重。

「還是，我跟妳們一起去好了？」這樣他就可以幫忙扛背包了。

「不會吧？還真的被你說中了。」何蔚瑜這句話是對著坐在沙發上好整以暇的裴承飛說的。

裴承飛眼睛沒離開手機，聳聳肩說明一切。早上他幫何蔚瑜開門時就跟她打賭，何篤行今天至少會說兩次不然他不要去婚宴了，現在已經贏了一半。

「我擔心妳一個人……。」裴母這週去禮佛，他們只得請何蔚瑜幫忙帶女兒們出遊，但他對姐姐是一百個不放心。

「如果她們都還小還不會走路的話也就算了，但繆繆都上小學了，連淇淇都可以一個人帶她去玩了吧。」

淇淇忽然被點名，從書本裡抬起頭，與何蔚瑜相視而笑。她難得沒認真看書，待會可預期的風暴讓她怎麼也靜不下心來。

「你放心，女兒會幫你照顧得好好的，不會少斤肉的，可能還會多好幾斤。」

此時繆繆剛好喝完最後一口牛奶，嘴角還留著奶漬，就迫不及待地跳下椅子拉著爸爸的手。

「我吃完了，爸爸我們可以出發了！」

他蹲下來與女兒平視，「爸爸跟妳說好幾次了，今天姑姑帶姐姐跟妳出去玩，爸爸跟叔叔有事情，辦完就會去找妳們。」

「爸爸沒有要跟我們一起去嗎？」

「姑姑會帶妳們去呀，」何蔚瑜也走過來加入說服的行列，「今天我們三個女生一起出去玩喔，不要理他們臭男生。」

「爸爸是不是要去找那個阿姨！我討厭那個阿姨！」繆繆立刻聯想到上次的情景，她心裡始終有一塊還難過著。

「爸爸沒有要去找那個阿姨，爸爸是跟叔叔出門喔。」

何篤行招手叫裴承飛過來解釋，最後連淇淇都加入隊伍，然而繆繆還是不安地哭了出來。

「我不要啦我要大家一起出去玩啦！」

他抱著女兒心疼，回頭對裴承飛說：「還是……我留下來，你自己去？」

對方似乎毫不意外，比較意外的是淇淇開口對繆繆說：「繆繆，爸爸他們真的有很重要的事情要做，妳讓他們出門好不好？」

「可是、可是……。」

「他們一定很快就會來跟我們會合的。而且，妳在家裡哭哭浪費時間的話，就又沒辦法玩完全部的遊樂器材囉。」

淇淇從中緩頰後，繆繆的態度軟化了些，眼淚也收回幾滴，趁著這颱風眼的平靜時刻，何蔚瑜連忙把他們兩個趕出門。

「我覺得比起我，繆繆可能更聽淇淇的話。」何篤行有些喪氣地說。

「當父母的總要過這關，爸爸不是繆繆唯一的崇拜對象了。」

「但也太早了吧？」

「你這還嫌早？那我應該早你……」

他原本想算算到底早了幾年，但忽地不知從何算起，便被對方趁虛而入。

「淇淇有崇拜過你嗎？」

「怎麼可能沒有，我——」

「啊！」何篤行一聲驚呼打斷他反駁的節奏。

「怎麼？別跟我說你又反悔了。」

「我把紅包放在房間裡……。」

裴承飛從西裝外套內袋裡拿出一只紅包袋，揚起嘴角。

「我就勉為其難跟你合包吧。」

■

捷運車廂裡，裴承飛與何篤行各站在鐵桿的一方，前者輕鬆平常地滑手機；後者卻各種焦慮難耐，一下子擔心家裡瓦斯有沒有關，一下子以為他們搭錯方向緊張萬分。

何篤行瞎忙了老半天，看到裴承飛連姿勢都沒換過，只動動手指的模樣，這才漸漸冷靜下來。他有時真羨慕對方，不管遇到什麼事都能穩重，像個大人的樣子、像個爸爸的樣子。

他不自覺盯了半晌，裴承飛想不察覺這視線也難。

「是Kevin，他邊幫客人剪頭髮邊傳訊給我說好想來吃喜酒，就不怕剪壞嗎？」

Kevin早決定這八卦要跟到底，不但動用人脈，幫這兩個沒收到喜帖就決定連袂出席的「前夫」調查婚宴場地與舉辦時間，然而老闆卻不從他的願，死活不讓他放假，害他只能留在臺中乾瞪眼。

何篤行聽了他的解釋一愣，隨即反應過來，「我不是好奇你在跟誰傳訊息啦。」

若是平常裴承飛可能懶得問到底，但今天卻沒來由地想知道何篤行在想什麼，然而，靠站後乘客瞬間塞滿了整個車廂，兩人之間亦築起了人牆。

他煩躁地拿起手機，飛快傳了一行問句。

「所以你是在看什麼？」

直到快抵達目的地車站，螢幕才跳出一行訊息。

「為什麼你能這麼冷靜？」

這句話就跟「你是不是在生氣？」一樣令人生氣。

但裴承飛選擇把情緒留在手機裡，他一連發了十幾行訊息給Kevin，對方一定覺得莫名奇妙，但他也管不了那麼多，如果不這麼做，自己一定會在下車的同時走到對面搭反方向的車回家。

■

兩人出捷運站走到會館門口，就有接待人員親切詢問帶位，何篤行見裴承飛還在研究大廳的挑高建築，只得不自在地說出前妻的名字。

「蘇小姐與王先生的婚宴在喜鵲廳，請搭乘右邊的電梯上三樓。」

光站在電梯前等待，何篤行就後悔了。一旁設置了大螢幕，輪播當天所有新人的婚紗照，當然也有蘇馥純他們的。何篤行沒敢細看，光是餘光瞥見就受不了，逃也似地快步走進電梯。

轉瞬到了三樓，再怎麼不願，還是得面對。

喜鵲廳門口擺放著巨大的婚紗照，生怕賓客認錯新人走錯廳似地選用了半身構圖的照片。新娘與新郎皆面對鏡頭自然微笑，新娘跟他記憶中的樣子相去不遠，讓他訝異的反而是新郎，因為前妻FB裡從沒放過男方露臉照，這是第一次看到他的照片——與他或裴承飛都不同的類型。

「是新娘的朋友嗎？請簽這邊。」

他們被接待的人帶到禮金桌，裴承飛毫不矯揉造作地颯爽簽下名字，何篤行則寫得緩慢，彷彿是要把名字簽在閻羅王的生死簿上，一筆一畫都是煎熬。

裴承飛把紅包交給小姐，看到對方訝於紅包厚度的眼神，補充說是兩人合包的。

何篤行終於簽完名後，精神恍惚地走到一旁，「終於結束了，可以去跟繆繆她們會合了。」

「結束？這不是才剛開始嗎？」

「咦？我以為我們只是來送禮金，畢竟我們又沒拿到喜帖，總不可能進去吧？」

「Kevin都打聽好了，他們開了很多預備桌。」

「你不是……真的想進去吧？」

「不進去的話，這樣算什麼？你至少要看到本人吧？」

他瘋狂搖頭，「我、我沒你這麼厲害，要進去的話，你去就好了。」

裴承飛深吸了一大口氣，皺眉吐出。

「你說我很冷靜、我很厲害，你又知道什麼了？」

「不，我……」

「這是我第一次參加婚宴。」
「咦，第一次？」
「小時候以我家的情況，我媽不會去別人婚宴，而我自己也沒辦過。第一次參加婚宴就是前妻的婚宴，這什麼感受你懂嗎？」他啞然失笑續道：「你當然不知道啊，但就像你第一次來找我的時候一樣，我也覺得你是這個世界上最能理解我的人了。是因為你我才能冷靜地站在這裡，你逃了我怎麼辦？」

■

很多事情在外圍觀看都是洪水猛獸，但只要跨出第一步，就會發現原來自己想像的，遠比真實可怕得多，都是自己嚇自己。
十分鐘前，何篤行只想送了紅包就離開，再看一眼婚紗照就徒增一分痛苦，會館彌漫的幸福氣氛也逼得他差點窒息。可是現在，他坐在圓桌上，嘴裡嚼著豆干小菜，還能好整以暇地看裴承飛被一旁不認識的裝熟大叔勸酒。
「你們是新娘的朋友啊，來來來，乾一杯！」
新郎的家族親戚似乎都很好客，方才兩人站在外面沒多久，就被強拉進會場裡。裴承飛不好意思地向新郎家的人說他們是臨時決定要來的，不知道位子夠不夠。未料對方豪氣地大笑，叫他們愛坐哪就坐哪，還要他們多吃點帶著走。
「那我就先乾為敬了。」裴承飛一口就把冒著泡的啤酒整杯清空。

「喲！看來我今晚有酒伴了！再來一杯啊。」

無法喝酒的何篤行默默又夾了幾片豆干。不過，他真沒有想過，裴承飛也會害怕面對，而且這件事明明就是他提案的。

自兩人認識以來，何篤行只觀察到他有些憤世嫉俗、表面裝酷其實很愛女兒、因為前妻而對女性充滿偏見的一面。未曾認真想過是什麼造就了現在的他，前一次失敗的婚姻影響巨大，他怨恨馥純十餘年都無法原諒她。然而，會有多恨就代表當初有多麼愛吧。

得知裴承飛跟自己害怕一樣的事情後，何篤行在當下忽然沒那麼害怕了。

「你也太會喝了吧。」

酒過三巡，這位還不知名的大叔兩頰泛紅已有些醉意，但喜宴還未正式開始。

「沒什麼，靠工作練起來的。」

早年裴承飛在工地工作，原本不習慣提神藥酒，但幾次被前輩勸著，也開始飲用，有沒有實質提神作用他也不太清楚，倒是酒量就這樣練起來了，在尾牙總是能清醒到最後。

「跟新娘子一樣啊，她也靠跑業務練起來的。」

兩位前夫不約而同地發出疑惑聲還對看一眼，據兩人所知，馥純的酒量大概半罐啤酒，而她也不喜歡喝，更討厭酒味。

「你們不知道她酒量很好啊？」

「其實很久沒跟她聯絡了。」裴承飛說。

「那你們還特別來參加婚禮，真有心啊。」

「她的工作……是要常喝酒嗎？」何篤行忍不住問。

「她之前是做業務的，多少要喝一點啊。聽說她剛入行的時候比男業務還拚呢——」

大叔似乎是喝了酒話就多的那種人，逕自說起跟他們離婚後的馥純、他們不知道的馥純。

馥純原先在一家小公司當業務，靠著不知打哪來的拚勁做出一些名聲。後來被挖角到大公司，就在那邊與當時是客戶的新郎認識，新郎很欣賞她的工作態度，再次挖角她到自己公司，就這樣近水樓臺達陣。

「阿智追馥純追好幾年了，馥純還因為這樣鬧離職，後來阿智說不會再追她了，她才留下來。」

「但他們還是結婚了？」裴承飛問。

「阿智還蠻有耐心的啦，而且馥純不是對他沒意思，就是——」大叔再啜了口酒，「你們應該都知道吧？她離過兩次婚。」

何篤行低頭看地板，裴承飛抬頭看吊燈，兩人都小聲地回了「知道」兩字。

大叔也不疑有他繼續說：「可能之前兩次都這樣，就不想結婚了吧，也覺得自己配不上阿智什麼的。要我看來這真的也沒什麼，誰年輕時沒跌倒過，只是她簽了兩次字而已啊。搞到最後啊，都是自己心裡過不去。」

「可是她有——」小孩兩字還未說出口，何篤行的話就被大叔的家人打斷。

「爸你怎麼坐在這裡啦！厚！又偷喝酒！」

「快把他帶回去，要開始了啦！」

兩人看著大叔被人一前一後地架到主桌上，在寫著「新郎父親」的名牌前坐下。

他們互看一眼，慶幸剛剛都是對方在說話，他們沒多亂講。

■

臺灣婚宴開場時間不固定，雖有表定時間流程，但不照著流程跑也很常見。兩人呆坐許久遲遲未等到開場，何篤行便說要去個打電話給何蔚瑜問問她那邊的狀況。

「別擔心，她們早就到兒童新樂園了。」

裴承飛拿出手機，上面顯示的是淇淇手機的定位位置，他可不想像個老媽子一樣每半小時打一次電話關心女兒，不但煩人而且沒效率。可是何篤行這個老媽子仍不放心，「我對淇淇跟繆繆有信心，但我對我姐沒信心。」

「說得也是……。」他回想何蔚瑜的種種事蹟，光忘記帶鑰匙就發生過五次，比那兩個小女生還沒有信用。

何篤行穿梭在賓客間，費了好一番功夫才走到宴會廳外打電話，嘟嘟聲響得比預期還要久，幸好最後還是接上了線。

「姐，妳們那邊還好吧？」

電話另一頭傳來孩童們的尖叫聲，何蔚瑜似乎站在刺激的遊樂設施附近。

「很好啊，她們玩得超開心的，繆繆在吃冰淇淋，我讓淇淇跟你講電話。」

淇淇接過電話，開玩笑地說：「叔叔你不要擔心，我跟繆繆還有姑姑都沒有人走丟。」

何篤行不禁失笑，淇淇果然知道他擔心何蔚瑜不可靠。

「沒少個人就好，妳們好好玩啊。」

「叔叔跟爸爸也是，如果有紅蟳米糕的話可以打包回來嗎？」

「好啊，我等等幫妳看看——」

他話都答應了才發現不對勁，裴承飛有跟淇淇說他們要來參加婚宴嗎？不然怎麼會叫他打包紅蟳米糕？還想再問淇淇時，就聽到她說：「繆繆吃完了，我把手機拿給她。」

「繆繆玩得開不開心啊？」

「我們玩得超開心的，不跟爸爸一起來更開心。」

繆繆還在賭氣他們早上「落跑」的事，但語氣聽起來不怎麼嚴重。

何篤行還想著要怎麼哄哄女兒時，一抹亮白色的身影躍入視野，讓他整個人看呆了。蘇馥純穿著一襲露肩雅緻的白色婚紗禮服，拖拽著過長的裙襬慢慢從準備房裡走出。

他的視線無法從蘇馥純身上移開，她是如此美麗，即使過了七年，即使她將成為別人的妻子，也絲毫無損自己對她的迷戀。

「喂，爸爸，爸爸你有聽到嗎？」

耳邊女兒的呼喚聲也叫不回他的心神，一直到蘇馥純背對著他站在宴會廳門口要準備進場，看不見她樣貌了，他才有辦法回應女兒。

「爸爸？」

「爸爸在噢。」

廳門徐徐開啟，浪漫的音樂聲奏起，白紗身影緩步向前移動，淹沒在閃光燈海中，離他越來越遠，越來越遠。

「繆繆，妳喜不喜歡爸爸？」

「我當然喜歡爸爸啊。」

「那真是……太好了。」

■

何篤行離席後沒多久，有幾位看來頂多二十出頭的賓客坐到這桌，他們似乎是男方那邊的兒孫輩，為躲避長輩們逃來預備桌。裴承飛邊聽著他們聊年輕人的話題，邊把小菜夾了一輪，正要開吃時，現場燈光漸暗，音樂奏起，新人要進場了。

聚光燈投射在通往舞臺的紅毯上，後方大門緩緩打開，新郎一枝獨秀進場，他的身材豐腴，一襲亮黑西裝穿起來很有份量，但頸上的紅領結讓整體造形在喜宴與搞笑脫口秀之間搖擺不定。新郎起先緊張得同手同腳還直看著地板，走道旁親朋好友拿手機追拍調侃後，他才放鬆心情自然地跟大家邊打招呼走到中央，殷殷回頭盼望。

緊接著是新娘入場，讓人意外地，她亦是單獨一人走進。與新郎不同的是她的腳步走得堅定穩重，剪裁合身的露肩白紗襯托新娘的曼妙身材，現場四周稱讚的詞彙比起剛剛多了一些真心誠意。

由於沒有女方主婚人的關係，新娘走到新郎三步前停下，兩人小聲地講了幾句話，旁人都沒聽見，但新娘卻笑開了，如花苞綻放，只為他而開花。

裴承飛也曾體驗過這一刻。

「馥純，我、我們結婚吧！」

「可是你什麼都沒準備……。」

「但我還是想跟妳結婚，共組家庭……雖然早了一點，而且為了小孩可能連婚禮都沒辦法辦，對不起！」

裴承飛回想交往至今的一切，雖然從沒說出口，但他其實嚮往著世人眼中有著爸爸媽媽跟小孩的幸福家庭組成。先有後婚是個意外，不過，當他得知女友懷孕時的心情是喜悅的，心中那個虛無縹緲的未來家庭想像似乎漸漸成形，無論未來有什麼困難都可以一起面對、一起渡過吧。

「看在你有誠意又長得帥的分上，原諒你。」

女友半笑半生氣地說完，握住裴承飛的手。

「阿飛，那我就嫁給你囉。」

新郎和新娘併肩一同步向舞臺，裴承飛盯著他們緊握的手，想起當年蘇馥純的手心溫熱，還微微冒汗。

不知是緊張、期待還是開心。

■

第二道菜富貴雙方剛上桌的時候，裴承飛拉開椅子，側身對何篤行說了句：「我去抽根菸。」

何篤行目送他離開會場，回頭望向桌上，餅皮豆香四溢，蜜汁火腿看起來油光煥發，嘗起來必定十分鹹香。真是可惜，這種功夫菜只有喜宴才吃得到呢。

跟隨對方的腳步，何篤行欠身離席。兩人只差一趟電梯的距離，他走出婚宴會館便看到裴承飛的身影，像個氣力用盡的長跑選手，癱坐在花圃旁的長椅上。

也許是男人從小總被要求要堅強、不可以示弱，他們之間不太懂得怎麼彼此安慰。忽然看到對方的脆弱一面，但何篤行連最基本的「兄弟陪你一杯解千愁」技能都沒有，能做的就只有陪在他身邊。

他緩步走到椅子另一頭坐下，過了很長一段時間，久到站在會館門口的服務生過來問他們需不需要什麼服務，他只得苦笑說他們在醒酒。等親切的服務生離開後，隔壁那位才悶悶地開口。

「你怎麼跟出來了？」

「你的打火機跟菸都放在家裡。」

若是平常，裴承飛應該會打死不認地說我去便利商店買之類，把脆弱面矇混過去。

但今天他卻什麼都沒說，漸漸地縮起身軀，彷彿有個看不見的巨人用力從他頭頂一腳踩下，他就像個被踏扁的鋁罐，連寫在上面的裴承飛三個字都看不見了。

何篤行看著他，想起婚宴開始前他說過的話。

——你說我很冷靜、我很厲害，你又知道什麼了？

在這之前，他總把裴承飛當作榜樣，單親爸爸的榜樣、失婚中年男子的榜樣、真男人應該有的樣子。然而，今天卻發現這個榜樣，其實只是自我投射的想像，真正的裴承飛並不長成那個樣子。有些人適合刺激治療，有些人則永遠不要讓他看到。他該來看馥純這一眼，但裴承飛卻不該。

何篤行還是不知道該怎麼讓對方好過一點，只能跟他說說話。

「還好你拉我過來，不，應該說，謝謝你今天陪我來。我不知道這是你第一次參加婚宴……。

「看到她再次穿上禮服，被另一個男人牽著手，露出跟我結婚當天一樣的表情……我真的覺得自己這次是澈底放下了。」

何篤行仰頭看向遠方的車流，車來人往。

「你知道我為什麼那麼疼繆繆嗎？

「當然因為她是我女兒。但一開始，這並不是最大原因。

「離婚時，馥純要帶走繆繆，我不願意。但她知道自己沒有娘家支援也暫時沒有經濟能力，小孩跟在身邊也辛苦，所以放棄了監護權。而我以為只要繆繆在我身邊，我好好照顧她，我就會改變，我們會再復合。」

他明明想要冷靜自白的，眼淚卻還是不停滑落，而裴承飛不知何時從自己的世界裡抬起頭，詫異地看著他，維持這副表情許久。

「馥純一開始還會來探望繆繆，不過，大概是我想復合表現得太明顯了，讓她決定跟我完全切斷關係，」他用那張慘慘的臉，苦笑道：「而我還想著只要顧好繆繆，一定還有機會復合，直到看到她要結婚的照片……復合可能沒有希望，就代表今後我得一個人照顧繆繆，我就開始急了。可能是那時候才真正意識到自己是個單親爸爸吧，想趕快解決害怕與焦慮，就答應了美君的提案……你那天說的很對，我歧視我自己，我看不起我自己——」

裴承飛阻止他繼續自虐，「你並沒有錯，追求自己想要的東西怎麼會有錯？」

他搖頭，「以逃避作為出發點的話，做什麼事都是錯的。」

「你這麼說的話，那我也一樣吧。」裴承飛整張臉像一張被揉爛的衛生紙，痛苦地說：「今天，是我離婚後第一次覺得後悔……。」

後悔沒能給馥純一個婚禮，後悔沒有為這段關係再努力一點，後悔自己還是把單親「遺傳」給了女兒。他始終在逃避面對這些後悔，總是憤世嫉俗，或裝作不在意，然而，越逃避的事情就越如影隨形。

兩個男人在前妻的再婚婚禮外面慘兮兮地自揭傷疤，裴承飛不禁猜想，馥純若看見他們這樣子會怎麼想？

「後悔……我本來也一直很後悔，但現在……」何篤行決然地道：「我已經可以不再後悔了。」

「怎麼辦到的？教我吧。」他苦笑。

「你也有啊，你也做得到的。」

「什麼？」

「你會後悔把淇淇養這麼大嗎？」

裴承飛先是一愣，隨即失笑，接著開懷大笑。

何篤行卻一副「我哪裡說錯」的表情，急忙解釋道：「像我這樣不合格的爸爸，繆繆都還是說最喜歡爸爸了……。」

「相信我，你疼繆繆是真的疼，愛也是真的愛。」把小孩當籌碼的家長絕對不是何篤行這樣。

「是、是嗎？」

「有自信一點吧，你是好爸爸。」

「你也是，沒有你的幫忙，我做不到。」

■

「啊！忘了打包紅蟳米糕。」何篤行忽然停下腳步，走在正後方的裴承飛鼻子差點撞上他的背。

「什麼紅蟳米糕？」他繞過前方這個巨型障礙物，悠哉走進客廳。

「第五道菜是紅蟳米糕啊，本來還想要打包給淇淇吃的。」

裴承飛有時候覺得何篤行的心情變化還挺快的，方才參加前妻婚禮的各種情緒震盪，全化為忘記打包菜尾的遺憾。

「淇淇真的想吃紅蟳米糕的話，我再帶她去吃。而且，今天你姐應該會帶她們去吃好料的吧。」

「說的也是，她們也差不多要回來了吧。」

話說完沒多久，何篤行倒了杯水才喝一口，手機鈴聲響起，果真是何蔚瑜來電，只是接起來卻聽到詭異的怪腔怪調。

「你們的女兒被我綁架了。」

「什麼？」

「她們人在我手上，想要贖回她們的話，明天早上帶麥當勞早餐過來，我們要兩份豬肉滿福堡跟——」

「姐，這不好笑。」

「嘿嘿，只是想跟你說淇淇跟繆繆說要住在我家啦。」

何篤行不相信綁匪單方面的說詞，堅決要求與人質通話。

「喂爸爸，我今天要住姑姑家。」

「可、可是……」妳今天不是才跟爸爸說妳最喜歡爸爸嗎？怎麼轉眼就被姑姑拐走了？

雖然是繆繆平常對待他的態度，但何篤行還是感到一絲失落。

「姑姑有帶我們去買新毛巾跟新牙刷喔。」

「好吧，那妳們不要玩太晚，要早點睡喔。」

「還有姑姑叫你明天要記得買麥當勞早餐喔，我們要豬肉滿福堡——」

何篤行認命地拿紙筆抄下小姐們的點餐後，再次叮嚀睡前要刷牙、不要玩太瘋時，繆繆憑空插進來這麼一句。

「爸爸，什麼是『綁架』啊？姑姑說，只要我們被綁架了，爸爸就會實現我們的願望。」

何蔚瑜趕緊搶過電話打哈哈地說她沒亂教小孩，隨即又說要幫她們洗澡便火速掛上。

「真是——」他真的拿姐姐沒辦法。

「她們今天要睡你姐那邊？」裴承飛問。

「對啊，還吵著明天要吃麥當勞……啊，不好意思，我沒問你就答應了。」

「沒關係，」他聳聳肩，「淇淇有傳訊息給我。」

得知女兒們晚上不會回來後，家中忽然安靜了下來，其實她們平常也不會吵鬧，卻是家裡的話題核心。

何篤行戒掉臉書後，在電視機前面也坐不住，打算早點洗澡就寢。從浴室走出來後，客廳空無一人，裴承飛八成到陽臺抽菸了吧。他不自覺地移動腳步，打開落地窗卻沒聞到意料之中的菸味。

裴承飛就靠在女兒牆上，看著公寓與公寓之間隔成的一線天夜空發呆。

「怎麼了？」

「我……我看看盆栽。」

何篤行這才察覺自己來陽臺找裴承飛，通常都是有事相談，不會是閒聊。剛好他這幾天無心照料盆栽，還有個理由。他一邊澆水一邊檢查多肉植物們的狀況，其中一盆讓他喜出望外地驚呼出聲。

「竟然長出來了。」

裴承飛湊過來看，只見何篤行手中那一小盆熊童子，在枯萎的葉片裡，長出了新生的嫩芽，雖然還不大，但翠綠水潤，很有活力的樣子。

「這就叫作『生命自然會找到出路』吧。」

「我本來還以為熊童子天天吸二手菸，註定要枯死了。」

被針對的人瞬間皺眉，「植物不就是拿來淨化空氣的嗎？」

「這是『比例原則』，它那麼小，你的二手菸那麼多。」

裴承飛懶得理會他的歪理，淡然說一句，「反正我要戒了。」

「為了熊童子？」還是……為了馥純？

「我知道你在猜什麼，不是為了她。就剛好想戒了。」

「喔。」誰信？

「我知道你不會信，但我真的不是為了她。」但他剛說完，自己就覺得一點說服力也沒有，只好弱弱補上一句，「可能一部分吧，就覺得應該有點改變。」

「我現在覺得，也不用刻意改變什麼了。」

見何篤行回頭繼續整理盆栽，裴承飛心頭升起無名火，說到底這一切都是他想要改變、想要未雨綢繆而起的吧，雖然過程也不是不好，但最後這傢伙又說什麼不用刻意改變也沒關係，反反覆覆，他果然還是那個優柔寡斷、意志不堅的男人。

然而，此時這個男人對他的心理狀態一無所知，還發出悶悶的笑聲。

「有什麼好笑的？」

何篤行轉過身，掩嘴卻也止不住笑意，「你那句『生命自然會找到出路』，讓我想起我們第一次帶她們出遠門的事。」

經對方一提，裴承飛也想起了那場災難。

忘了是誰提議的，繆繆剛學會走路沒多久，他們決定假日帶兩個小的去動物園玩，然而，這趟旅程從頭到尾沒有一件事情是順利的。

「繆繆在捷運上大哭大鬧——」

「我弄丟了淇淇——」

「我們忘記帶尿布，還好旁邊的好心媽媽借我們。」

「我都忘了我們是怎麼回家的，搭計程車嗎？」

何篤行搖頭，「本來要搭的，但那臺嬰兒車收不起來。」

裴承飛拍腿大笑，「對對對，運將都放棄我們了，最後又聽著繆繆的哭聲回家。」

「終於回到家的時候，你就說了那句『生命自然會找到出路』。」

「應該要寫成春聯的。」

「立為家訓好了。」

兩個無聊的爸爸一同爆笑出聲。

裴承飛笑著笑著，覺得像這樣共享回憶，會互相關心也會誤解、會吵架，其實就是一家人吧。

「剛剛在會館外面，聽了一堆婚禮歌，有一首還是挺不錯的。」他沒頭沒尾地說。

「哪一首？唱來聽聽。」

何篤行只是隨口應話，沒想到對方真的唱了一句。

——一定是特別的緣分，才可以一路走來變成了一家人。

他愣怔半晌，心裡各種滋味，全化作嘴邊的笑容。

「我沒聽過這首歌，但歌詞寫得真好。」

9.

婚禮之後，一些看得見或看不見的改變逐漸在兩人身上發酵，所帶來的變化可能遠比新郎新娘兩個當事人還來得多。

首先，裴承飛說要戒菸就真的不抽了。裴母叨唸要兒子戒菸十幾年了，理由從淇淇那麼小不要讓她吸二手菸，到淇淇快青春期了不要給她壞榜樣云云，都沒能讓他斷了菸癮。如今說不抽就不抽，嚇得裴母急向何篤行打聽，是不是裴承飛上次健康檢查照出了陰影什麼的，才會突然決定戒掉。

兩人去參加前妻婚禮的事沒跟裴母說，隨便打哈哈混過又怕長輩胡思亂想，何篤行只得幫他掰了一個說法。

最近增稅太誇張，裴承飛算算只要不吸菸五年就可以買輛車，便戒了。何篤行說完連他自己都想笑，然而裴母卻毫不懷疑地收下這個說法，原來，簡單明快的理由反而能使人信服。

另一個看得見的變化是，他們趁著換季前合資買了一臺洗脫烘洗衣機。以往家中花用都由兩人每月繳納的共同基金支出，大部分都拿來買食材或消耗性商品。這臺洗脫烘洗衣機是記帳本裡第一次出現的固定資產，也是金額最高的一件東西。像是為了測試機器性能，新洗衣機到家後就連下了四天陰雨，裴承飛靠在洗衣機旁感慨地說：「不後悔買了它，只後悔沒早點買。」

至於那些看不見的變化，身旁的人反而比當事人更快察覺。

趁著茶水間都沒有人的空檔，於美君走近正在洗便當盒的何篤行。

「股長，你們家這禮拜六有空嗎？想請你們來豆豆的陶藝課成果展。」

「太可惜了，禮拜六的話，我們有安排了。」

何篤行將便當盒蓋好收起，頭也不回地離開茶水間。他客套冷淡的回答與態度讓於美君再次確信，對方在疏遠她。近期好幾次邀約都被婉拒了，對方更是一次也沒有主動搭話或傳訊息。

於美君原本以為是上次跟繆繆的誤會，讓雙方有了嫌隙，但再仔細回想，那次事後何篤行還跟她共進午餐，席間也針對此事談開了。所以她才想著要安排多一點活動，讓雙方有更多的交流機會，也希望能轉變她在繆繆心中的壞印象。

結果才剛要開始實行，何篤行就轉變了態度，她感到挫折之餘，更不好受的是沒來由地被疏遠。如果不是上次那件事的話，難道是工作忙嗎？可是最近也沒有特別大的案子……還是她不小心說了或做了什麼，踩到何篤行的地雷？若真如此，她不可能沒注意到吧？

於美君把各種可能性都想過了一遍，還是毫無頭緒，性情直來直往的她不喜歡這種懸在半空的關係，便決定找機會問個清楚。

過沒多久，機會就自己送上門來。

■

這星期六於美君帶著兒子來文化中心，看他的陶藝課成果展。

這個小展覽在一樓的角落，老師把大家的作品擺在透明壓克力盒子中，就像油畫只要鑲框就變得比較高級似的，這些稚嫩童趣的陶藝作品經裝框後，乍看之下也很有一回事，因此佇足的人還不少。

「媽媽，我的杯子跟茶壺在哪裡？」

豆豆拉著於美君往前，急著想找到自己的大作，但他興奮過了頭，不顧其他看展的人，橫衝直撞地往作品前面鑽。她看到豆豆收獲了幾個大人的皺眉和白眼，連忙致歉，並把兒子的煞車拉好，板起臉要他乖乖排隊看展覽。

當兩人重新排隊，順著人流欣賞一件件作品時，於美君聽到後方有對父女的談話挺有意思。

「那這個呢？」

「就叫《爸爸打哈欠》。」

「真的蠻像的，嘴巴張得大大的，而且還不規則形狀。」

陶藝老師雖然在展示盒上貼了精美的作品名片，並印上小作者的名字，但作品名稱都是制式的杯子、盤子或裝飾物，一路看過去實在有點無趣，這對父女便玩起了「重新幫作品命名」的遊戲。

「爸，這一個杯子呢？」

「《吵著要買東西的繆繆》。」

「像在哪？」

「這裡啊，妳看它扭來扭去的感覺——」

於美君猝不及防地聽見熟悉的名字，稍稍側過頭往後瞥了一眼，果真是何篤行的朋友跟他女兒淇淇。

「淇淇換妳，這一個。」裴承飛壞心眼地刻意指著一個抽象的裝飾物，若他來命名的話，應該會是《早上煎壞的荷包蛋，P.S.附指紋》。

淇淇彎腰瞇眼，像個藝術評論家仔細端詳，最後嘴邊帶著笑意，用高深莫測的口吻說：「《永恆的記憶的鐘》。」

「什麼？」

「達利的畫，《永恆的記憶》，裡面有個融化掉的時鐘的那一幅。」

裴承飛知道女兒愛看書，好像記了很多有的沒的冷知識，但他沒想到淇淇還能信手拈來，一般人對那幅畫有印象，但不會記得畫名吧。

「好吧，輸給妳了，我覺得比較像荷包蛋。」

「是也有點像。」

兩人相視而笑。

「話說妳何叔叔會不會太誇張，我們都快把這區逛完了，他還在上廁所？」

「繆繆等下要上臺表演，會緊張吧。」

這星期六繆繆的舞蹈班在文化中心有個發表會，他們全員出動來觀賞。老師大概擔心來自家長們的「關愛」太多，要求表演前的排練要清場，所以他們只得在外面等待，幸好文化中心有很多地方可以打發時間。

「緊張什麼啊，又不是他上去跳——咦？」裴承飛話說到一半，前方視野撞進一對眼熟的母子。

「您好。」

「您好，我記得妳是——」

「我是股長的同事，您是股長的朋友吧，他有跟我提過你，上次真是不好意思……。」

「上次沒事的，弟弟也沒事吧？」裴承飛看向躲在於美君雙腿後方的小男孩。

豆豆與他的視線交錯後，躲得更深，還把媽媽的腿都抓痛了。雙方客套話剛說完，讓他們產生交集的男主角也終於現身。

「廁所好多人啊，表演是不是快開始了——」何篤行邊推著眼鏡走到淇淇身旁，眼鏡戴正後，才看清另一個方向的人。

「美君？」

「股長，」於美君揚起嘴角，眼裡卻沒有笑意，「來看什麼表演啊？」

「呃，我——」

何篤行有種做壞事被抓包的錯覺，但另一方面也覺得奇怪，他只是沒答應美君的邀請，也沒邀請美君來看繆繆的表演而已啊。

結果化解這個尷尬場面的人，竟是站在一旁的裴承飛。他大方地對於美君說：「我們來看繆繆的舞蹈發表會，如果你們待會有空的話，要不要一起進來看呢？」

■

於美君一口答應裴承飛的邀請，開演前帶兒子上廁所暫離時，何篤行臉上客客氣氣的笑容終於撐不住了，他激動地拉著裴承飛走到一旁耳語。

「你為什麼——」

「我為什麼要邀她？」他歪著頭，「我為什麼不邀她？我以為是你擔心我會介意才沒出聲。」

「不，這……。」

他支吾了老半天，也不知道該怎麼說明他現在跟於美君的狀況，最終化為一聲嘆息。嘆息聲與裴承飛的驚呼聲不約而同地疊合。

「啊！我知道了，你是擔心繆繆吧？她待會看到你同事不知道會不會生氣？」

「這……也是原因之一啦。」

關於這件事，繆繆仍常常提起，要爸爸向她保證不會有新媽媽，下個月她生日，八成會花掉一個願望在這上面。

「你遲早要解決這個問題的吧？擇日不如撞日啊。」裴承飛講得事不關己，還努了努下巴，「你同事來了，我們進去吧。」

何篤行死死地瞪著他的背影，裴承飛的衝動行事有時候真讓他氣在心裡口難開。雖然知道以拖待變是逃避的作法，但他也有花時間思考是否有更完善的解決方法啊，說不定還能等到一個最佳的時機點，而不是無腦地撞上衝突。

然而，剛剛口頭邀請都發了，也只能見機行事，何篤行暗自希望繆繆待會看到美君跟豆豆不要鬧得太厲害。

一行五人跟著眾人依序入場，每個人都從前排開始就坐，而且越前面能越靠近舞臺越好。他們剛好坐在第三排，就觀看表演來說是個恰到好處的位置，不過何爸爸仍焦躁地東張西望，想尋找更靠近臺前的位子。

「這裡就好了啦，都跟我同事借了大砲了，不用那麼靠近也沒關係啦。」裴承飛邊說邊從後背包裡拿出單眼相機，鏡頭幾乎有半個手臂長。

「這真的能拍得很清楚，對吧？」他還是不放心地再次確認。

「早跟你說了，我同事是賞鳥協會的，他說要拍人的話這個綽綽有餘啦。」

「那特寫照就交給你了，不能失手。」

何篤行慎重得像在交代什麼國家任務，讓裴承飛在心裡翻了個白眼。不過，反過來想，要是今天站在臺上的人是淇淇，他搞不好也會這樣，只可惜淇淇學的是珠算，也沒參加過比賽。

「叔——我這邊也好了，你幫我檢查看看。」淇淇把手機架立好，打開攝影模式。

「好，我來檢查看看。」

三人逕自展開作業，讓被晾在一旁的於美君看傻了眼，他們各司其職，裴承飛拿單眼長鏡頭拍特寫，淇淇設定手機錄影，何篤行則拿一般數位相機作為進可攻退可守的機動組。

而且，他們三人之間的相處模式與對話，實在不太像一般朋友，比朋友還要有默契得多。

「媽媽，我好無聊喔。」

坐在身旁的豆豆扯著她的右手，悶悶地抱怨著，那雙還碰不到地的小短腿坐不住地晃啊晃。

「我們剛剛不是說好了，要來看繆繆姐姐的舞蹈表演嗎？再忍耐一下，就快開始了。」

「我這邊有故事書，可以給他看嗎？」

剛好坐在豆豆身旁的淇淇拿出閱讀器，點開裡面的繪本，豆豆的眼睛立即亮了起來，難得大膽地往這個不認識的姐姐身邊靠。

「你看，像這樣可以翻頁喔。」

淇淇親切地展示電子書，成功地吸引了豆豆的注意力，就連於美君也聽得認真，直到要開演了，豆豆還依依不捨地拉著淇淇要看書，淇淇只好答應他，等下會再讓他看。

輕快的小步舞曲響起，布幕慢慢拉開，一個個穿著粉色舞衣的男孩女孩從左右兩邊進場，隨著音樂舞動身軀。雖然不算整齊劃一，也常慢半拍或漏動作，但就像豆豆的作品一樣，雖然青澀稚嫩不完美，依然可以說是一場完整的表演。

裴承飛拍到一半，分神在意一旁何爸爸的狀況，他不禁慶幸自己借了單眼還用上腳架，何篤行根本激動得手一直抖，拍出來的照片有九成都不能看吧。

近十首曲子表演完畢後，老師們帶小舞者出來謝幕，家長們皆拍紅了手。

發表會結束後，何篤行他們到後臺接繆繆，剛換好衣服的她臉上還頂著老師化的妝，一看見爸爸、叔叔跟姐姐就迫不及待地與他們會合。

「爸爸——你有沒有看到我！」繆繆跑過來抱著何篤行的腰，一身剛運動完的熱氣。

「當然有啊，我們還全都拍下來錄下來了。」

「姐姐跟叔叔都有看到嗎？」

淇淇跟裴承飛都點頭，淇淇還能指出繆繆最喜歡的舞蹈班同學是哪一個。等老師幫繆繆卸完妝後，一行人離開後臺，何篤行猶豫著是否跟繆繆說於美君跟豆豆的事情時，等在外頭的兩人就先一步走了過來。

「繆繆，我們看了妳的表演喔，妳好棒。」於美君說完後推了推兒子，「豆豆，換你了。」

豆豆拿著一束方才臨時去花店買的小捧花，害羞地將它交給繆繆。

「姐姐，妳的舞跳得好棒！」

可能因為那束以粉色、杏色為基底色調的小捧花過分美麗，打動了繆繆的心。看到於美君母子突然出現，她沒有大吵大鬧，臉上甚至沒有惱色，還主動接過豆豆手上的花束。

於美君走到繆繆身邊蹲下，向她真摯地道歉：「繆繆，阿姨上次對妳太兇了，對不起。妳願不願意原諒阿姨？」

她噘嘴回望爸爸，而何篤行沒給她任何提示暗示，要不要跟阿姨和好，全讓她做決定。繆繆垂頭看著粉色香檳玫瑰，「阿姨，這個花好漂亮喔。」

「對啊，是豆豆選的喔，他選了最漂亮的花給妳。」

她往前一步走到豆豆面前，「豆豆對不起，我上次把你推倒了，你願意原諒我嗎？」

其實豆豆那次被當下的場面嚇壞了，小腦袋裡一片空白，反而沒留下什麼記憶。面對繆繆的道歉，只能傻傻看著拚命朝他打PASS的媽媽。

豆豆遵照媽媽的指示，「我……原諒妳。」

繆繆露齒而笑，轉頭對於美君說：「那我也原諒阿姨。」

和解大戲上演完畢，豆豆主動說要帶繆繆去看他的陶藝作品，淇淇也跟他們倆再去逛一次，三個大人則站在一旁鬆了口氣。

「原來豆豆的作品也在那邊展啊，是哪一個呢？」裴承飛隨口問道。

於美君即答：「《吵著要買東西的繆繆》。」

裴承飛愣怔幾秒，才想起自己跟淇淇的對話，訕訕地笑了開來。何篤行夾在他們倆之間，完全聽不懂發生了什麼事。父女之間的私密話被人聽到還是有些尷尬，為了快速轉移話題，裴承飛提議道：「我們等下要去吃火鍋，你們要不要一起？」

這個回馬槍讓何篤行措手不及，而於美君的回應也十分爽快，「如果不會打擾你們的話——」

裴承飛主動打電話問火鍋店是否能增加人數，結果三大三小的火鍋團便從文化中心出發了。

何篤行在心裡無奈暗忖，今天似乎沒有一件事是順著他的心意的。不過，女兒繆繆今天倒是過得順風順水，不但拿到了一束美麗的捧花，在前往火鍋店的路上，淇淇跟豆豆還接連稱讚繆繆方才的表演。她原本就是今天的主角，現在聽眾還多了一個，更是喜上眉梢，整個人熠熠生輝、活靈活現地講述舞蹈排練的瑣事。

「繆繆真的很可愛。」

於美君看著這個小女孩，莫名感嘆。她曾想過如果自己生的是女兒不曉得會是什麼樣子，會像繆繆活潑可愛，還是像淇淇文靜懂事？不過，她也慶幸自己生的不是女兒，她害怕女兒像自己，總覺得會跟女兒不合，就像她跟她的母親一樣。

「但是我一直很擔心啊。」何篤行不好意思抓抓臉頰。

「擔心什麼？」

「應該說是——對爸爸來說，只要是女兒都會有無盡的擔心吧。」何篤行瞥了裴承飛一眼，但他沒附和也沒否定。

「我也是女生，怎麼可能不知道女生要面對的問題，以及會讓家長擔心的部分。」於美君斂起表情，「可是，這並不分男女吧？你們是男的，在成長過程中一定也有很多男生的問題，父母也會為你們擔憂。」

「妳說的對。」何篤行弱弱地回應，同時也覺得自己太過輕率地把男孩女孩分成要擔心跟不用擔心兩種。

「就算孩子已經成人，可能還有了自己的家庭，做父母的還是會擔心，」於美君望向豆豆，「這種恐懼會一直跟隨著我們，直到親子關係消失為止吧。」

一直沉默的裴承飛在此時開口，「而且，單親的話，這種恐懼是加倍的。」

這次換於美君的回應弱了下來，「是……因為，就只有一個啊。」

「所以才想要變成兩個嗎？」裴承飛的聲音小得像是說給自己聽。

於美君猛地回頭：「不好意思，你說什麼？」

他當沒事似地，指向前方，「我說，火鍋店到了。」

三人領著小孩們走進店裡，這間火鍋店採自助式，淇淇跟繆繆熟練地走到開架式冷藏櫃前挑菜挑火鍋料，還順道捎了豆豆過去。整頓飯吃下來，於美君發現自己竟可以不用一直盯著豆豆，他被兩個姐姐帶得很好。

「淇淇很會照顧人呢。」於美君稱讚道。

「可能因為她照顧繆繆習慣了吧。」

這時剛好何篤行去拿菜，不在席上。

「照顧繆繆？」於美君疑惑道。

「其實我也沒有要她一定得照顧繆繆，但她們是一起長大的，可能自然而然就有姐姐的自覺吧。」

於美君察覺到的矛盾越來越大，但她不動聲色地繼續吃鍋，一邊附和裴承飛的話聊天，得知他們兩家從很久以前就住在一起了。

吃飽喝足後，於美君跟豆豆在火鍋店前與他們話別，裴承飛一行人要去搭車返家時，在路上還遇到了剛從牛排店走出來的黃若真父女。裴承飛跟黃爸爸曾有過一面之緣，點頭致意。

「對啊，我跟爸爸來吃牛排。淇淇，明天見。」黃若真說完便牽著爸爸的手，跟他有說有笑地離開。

裴承飛在心裡吹了聲口哨，沒想到他們父女變得挺好的嘛。

「小真現在常常跟她爸爸出門噢。」淇淇愉快地看著爸爸滿臉錯愕，「沒有，爸，你沒說出來，只是你的表情全說了。」

■

在回程的公車上，兩個小女生坐在前方位子，爸爸們坐在正後方，聽她們唧唧喳喳地聊天。何篤行順著顛簸路況搖晃腦袋，因路程有段距離，一旁裴承飛已經閉目養神。

就在他的意識逐漸飄遠時，淇淇的那一句話像顆觸身球，直直砸進他的腦袋裡。

「為什麼妳會原諒阿姨，跟他們和好啊？」

這亦是何篤行很好奇的問題，繆繆明明很在意這件事，他還想著也許她永遠都無法再接納於美君與豆豆。結果，一束捧花跟一個道歉就打動了她。

「因為——我們有四個人，他們家只有兩個人啊！」
啊？什麼意思？
過於跳躍的回答讓何爸爸差點出聲反問，還好在最後一秒忍了下來。
淇淇被逗樂似地發出咯咯笑聲，「原來是數學題啊。」
「豆豆他家就只有阿姨跟豆豆啊，我們家還有姐姐、叔叔跟爸爸，如果我不理他們的話，他們不就很可憐嗎？反正爸爸答應我不會有新媽媽。」
「所以妳是同情他們，並不是真的原諒他們？」
「同情？」繆繆回問道。
「就是覺得對方很可憐，想對他好一點，我想想例子——如果我很餓很餓，繆繆妳手上剛好有餅乾，會不會分給我一半？」
「當然會啊，」她提高音調說：「如果我不餓的話，會給姐姐全部的餅乾。」
「謝謝，繆繆對我真好。」
隔著公車座椅間的縫隙，何篤行看到淇淇伸手摸摸繆繆的頭表示稱讚。
「所以，妳看到豆豆他們家只有兩個人，就會想要——」淇淇還沒說完，繆繆即激動地靠向她，動作之大讓坐在後方的何篤行都看到座椅些微晃動。
「我沒有要把爸爸送給他們啊！」
又是一句讓何篤行差點驚呼的話，還好他又忍了下來。

淇淇聞言笑得更開心了，「可是把叔叔送過去的話，就變成三對三，公式剛好相等了耶。」

「不可以啦——」

「那他們就一直都是兩個人，一直都很可憐囉？」

「只有兩個人……很可憐，可是我們家有四個人，但爸爸不可以給他們，姐姐跟叔叔也不行……嗚……嗯……啊……。」

繆繆的小腦袋被淇淇的話繞著轉，問題已超過她的思考能力範圍，她嘴裡發出不明的呻吟，身體緊繃，臉頰泛紅。

解鈴還須繫鈴人，淇淇出聲制止，「停，不要想了。」

繆繆回望姐姐，急得眼眶都紅了。

「所以啊，他們家只有兩個人也不可憐啊。」

「不可憐嗎？」

「不可憐啊，家裡有幾個人都不可憐，四個人、兩個人，就算只有一個人也不可憐。」

繆繆似懂非懂地頷首，但隨即又想到，「阿姨跟豆豆不可憐的話，那我還要原諒他們嗎？」

這次何篤行終於忍不住笑出聲音，繆繆把臉擠在縫隙裡怒瞪著他。

「厚——爸爸偷聽我們說話！」

忙碌的一天終於結束，不過何篤行回想起來，今天也沒做什麼特別疲憊的事，大概是心靈上的疲累吧。

他把兩個小的安頓好，叫她們早早上床睡覺，原本自己也準備洗澡就寢了，但看到裴承飛在客廳裡用筆電整理照片，還是興奮地湊了過去。

「拍得好近喔。」何篤行驚呼，連繆繆髮梢上的汗滴都看得一清二楚。

「就說本來是拍鳥的，當然可以拍得很近。喏，你看。」裴承飛一張張翻給他看，沒有最近，只有更近，還有一張可以數出繆繆的眼睫毛有幾根。

「太近……好像也不太好？」

裴承飛白他一眼，你還嫌啊？誰說有多近就要拍多近的？

「啊！這張是美君幫我們拍的吧？拍得不錯。」

何篤行指著一張在文化中心門口的四人合照，淇淇跟繆繆站在中間，他們各站一旁，對鏡頭笑得自然。

他驀地想起剛剛公車上淇淇的那番話，「你女兒真的長大了。」

「你女兒也是啊，就算對方不可憐了，還是決定原諒他們。」

何篤行忍俊不住，「你也聽到啦？」

「從頭聽到尾。」
「淇淇真的很聰明。」
裴承飛卻搖頭，「她剛剛忘了一樣東西。」
「什麼東西？掉在火鍋店嗎？」
「現在應該在你同事家。」
「什麼？」他全然摸不著頭緒。
「她的閱讀器啦，借給豆豆後就忘了拿回來，要我請你幫她拿回來。」
「原來，」他望向臥房門口，「剛剛她怎麼沒直接跟我說呢？」
「怕被你罵吧。」
「我怎麼可能罵她。」
兩人話說到這，裴承飛的手機響起，走到陽臺接電話，自從裴承飛開始戒菸後就很少走到陽臺，不過何篤行一向不是個太敏感的人，不疑有他地去洗澡了。
「阿飛大大，您考慮得怎樣了？」
電話剛接起，Kevin掐著脖子的諂媚聲音直搗耳膜，讓他渾身起了雞皮疙瘩。
「不要。」
「喂！裴承飛！你不要太過分喔！我夾在中間真的很難做人耶！」Kevin用平常的粗聲吼道。
「那就叫她直接聯絡我啊。」

「她不要啊……還是你直接聯絡她？」
「我不要。」
「你們這對夫妻真的——」
「是前夫前妻。」他訂正道。
Kevin氣得發出牙齒相磨的地獄聲響，裴承飛想像對方現在的表情，右手不自覺地往嘴邊靠，才發現自己已經戒菸了。
蘇馥純的婚禮剛過一個禮拜，Kevin就聯絡他，說馥純想約他出來見一面，相隔十二年之久的見面。裴承飛二話不說地拒絕，但馥純似乎沒打算放過輕易透露婚宴消息給他的Kevin，Kevin只好夾在中間一約再約。
「要怎樣你才願意答應啊？」
「我也不知道。」他心裡是猶豫的，雖然大概知道前妻見面想做什麼。
「我什麼招都出了，我真的好可憐，被你們這對狗男女玩弄——」
Kevin說要陪他去，或是免費幫他剪一年的頭髮，還是請他吃飯，各種招數都無效，他這個夾心餅乾餡已經被壓榨到連渣都不剩了。聽著Kevin哀求的聲音，裴承飛的同情心終於冒出芽來。
「好吧，那我就去吧。」
「咦？咦咦咦！為什麼突然又答應了！」
「我吃軟不吃硬，你不知道嗎？」

「可惡，早說嘛！」

■

何篤行睡前收到於美君傳來的訊息，約他明天上班日中午吃飯，要把淇淇的閱讀器還給他。雖然他很想說在辦公室還就好了，但手機裡的文字透露著不容拒絕的強硬，他沒有別的選擇。

翌日中午，他們再次走到那家不太可口的餐廳，一樣都點了味道淡如水的咖哩套餐。

「真抱歉，我不知道豆豆就這樣把淇淇的東西帶回家了。」於美君把裝著閱讀器跟賠禮手工餅乾的紙袋遞給他，「幫我跟淇淇說抱歉。」

「好，我回家會跟她說的。」

她耳尖地抓到關鍵字，「回家？」

「對啊，回——」何篤行這才想起自己的謊言，「我回家之後會打電話跟她說……。」

「不當面說的話，怎麼把東西還給淇淇呢？」

「當然，當面也會說。」

何篤行心虛地低頭吃著咖哩，坐在對面的於美君也沒再逼問，靜靜地用餐，但他覺得好像什麼都被看透了，頭一次感到工作日的午餐時間竟如此漫長。

於美君把咖哩吃完，慢條斯理擦完嘴後開口：「股長，既然繆繆都願意原諒我們了，那我們的計畫可以再進行吧？」

該來的總是要來，伸頭一刀縮頭也是一刀，何篤行在心裡拚命做足準備，東刮西湊來的勇氣終於讓他能開口時，卻聽到她忽然又說一句。

「但在這之前，我想先問你跟裴先生到底是什麼關係？」

至少絕對不是何篤行所說的單親爸爸朋友這麼簡單，但她怎麼看也不覺得這兩個人是情侶關係，說是情侶還比較像兄弟。雖然她沒有與同性戀者相處的經驗，但是不是情人這點她還是看得出來的，當初她前夫跟女同事就不是這種感覺。

何篤行心想，要從這邊開始嗎？也好，就全都說出來吧。

「我跟裴承飛其實不是朋友，至少一開始不是，反而應該說是……情敵？」

她越聽越胡塗，「情敵？」

「我們一直都住在一起，繆繆跟淇淇是一起長大的，所以她們感情才這麼好，常會聽到別人說她們好得跟姐妹一樣，實際上她們也算是血緣上的姐妹——」

於美君不禁插嘴，「淇淇也是你的女兒？還是繆繆是他的女兒？」

何篤行輕搖頭，嚥了口口水才續道：「繆繆是我的女兒，淇淇是裴承飛的女兒這兩點不會錯。」

「那她們怎麼會是姐妹，除非——」她話說到一半就被自己的猜想嚇著，倒抽了一口涼氣，「情敵的話……你的意思是她們都是你的前妻生的？」

「淇淇是我前妻跟裴承飛的小孩，他是我前妻的前夫。」

「等、等一下，但你們兩個住在一起？你的前妻呢？」

「淇淇出生後快一歲時他們離婚，裴承飛應該沒再跟她聯絡。繆繆出生後沒多久我們離婚，雖然我做了一些努力，但也沒能復合。後來我去找裴承飛，發生了一些事，總之我們那時候都蠻辛苦的，我從老家搬出來跟他一起住，彼此互相幫忙照顧小孩。」

於美君幾乎驚訝到說不出話來，何篤行見狀澀笑自嘲。

「妳應該覺得很奇怪吧，這什麼組合？一定要找人住一起顧孩子的話，有其他更好的選擇吧。」

「真的很奇怪……我不太懂，」她不自覺地繃著肩膀，握緊拳頭，「那淇淇跟繆繆呢？你們怎麼跟她們解釋？她們會理解這種關係嗎？」

「我們一直都實話實說，其實小孩子的理解能力遠超出我的想像。」

「這還是很奇怪啊，為什麼非得跟他們住一起呢？當時應該有其他選擇吧？」

「是有其他選擇，但……為什麼不能跟他們住一起？」

「這關係太奇怪了，會給孩子們不好的影響吧？」

他的身子挺了起來，「繆繆妳也見過好幾次了，妳還稱讚淇淇很會照顧別人，妳覺得她們被影響了嗎？」

「有些影響不是表面上看得出來的，就像我之前說的，我們就是得承認單親跟雙親家庭不同，而你們——就是跟一般家庭不同啊。」

何篤行覺得他好像被自己射出去的箭拐了個彎，照著相同路徑刺向自己似的，罪有應得。

那天跟裴承飛吵架時，對方的心情，他現在完全體會到了。

「美君，我們沒有辦法選擇家人，對吧？」
於美君狐疑地望著他，雙手拳頭握得更緊了些。
「我們沒辦法選擇親生父母兄弟姐妹，但是，如果可以選擇的時候，為什麼不能選擇會互相關心照顧、在乎彼此、願意付出、經營家庭的人當成家人呢？
「而且，妳不是打算選擇我跟繆繆當你們的新家人嗎，我也只是當時選擇了他們。」
雖然，並非選擇的當下，何篤行就認定淇淇與裴承飛是家人，但是，他現在已經不會再質疑這件事了。

■

「原來你們家昨天是去看妳妹妹的舞蹈發表會啊。」
早上到校後，淇淇跟小真聊起昨天的巧遇。
「我跟爸爸昨天去看那個很可愛的小豬豬展覽，看完後去吃牛排。那個展覽館雖然不大，但我們拍了很多照片喔——」
小真說起昨天的遊歷，高興得比手畫腳神采飛揚，淇淇支著下巴看她說話，努力當個稱職的聽眾。即使上禮拜她幾乎每天都要聽小真重複她跟爸爸去臺中科博館玩的事，聽到都能默寫出來的程度，還好這禮拜終於換了內容。
不過，即使聽得厭煩了，淇淇也絕不會開口掃小真的興。一定是真的很開心、很開心的事，才會一直想找人分享吧，而每次重複描述，都像再次回味那份喜悅。

小真最近跟爸爸的感情變得很好，講話總三句不離爸爸，也三天兩頭出去玩，聽她說寒假他們還計畫要出國去迪士尼樂園。若是讓繆繆聽到的話，上次何姑姑隨口說說的出國提案必定會再被她挖出來吵吧。

想到那時繆繆各種撒嬌賣萌求爸爸帶她去迪士尼的模樣，淇淇嘴角不禁揚起。

「是吧！淇淇你也覺得很有趣吧，現場有一千隻小豬豬的玩偶耶。」

表情意外對上小真的話題，淇淇尷尬地笑了笑。幸好對方也不怎麼在意，繼續說她跟爸爸看到了什麼、吃了什麼、玩了什麼。

淇淇曾旁敲側擊問小真發生了什麼事，而小真自己似乎也不太清楚，只知道爸爸還是喜歡研究數字跟換車，但是，現在會問她想吃什麼、想去哪裡玩了，拿一百分的考卷給爸爸也會得到他的真心稱讚。

上課鈴聲響起，打斷了小真綿長貌似沒有斷點的日記式描述，淇淇心中暗暗鬆了口氣。

「對了！爸爸還讓我買小豬豬的餅乾桶，等下分一些給妳。」

「好啊，謝謝。」

原本側坐的淇淇把腳收進座位裡，正準備要上課時，坐在她右手邊的小真伸長手敲了敲她的桌子，她細聲道：「淇淇，等下數學考試也一樣噢。」

淇淇的嘴唇微顫，對方搶在她說話前又補了一句。

「拜託妳了，我真的不能考差。」

她輕咬下唇，「我知道。」

這個月初，老師根據身高重新排了位子，原本坐在前座的黃若真身高追上了淇淇，調到她旁邊，而兩人又剛好是全班最高的女生，坐在最後一排。

這對其他人來說只是調整座位，但對她們兩人來說，原本只要交換寫數學考卷名字的方法變得難以實行。兩人現在只能在寫完考卷後，趁老師不注意時偷偷調換，被發現的風險高上許多。

淇淇曾想過要不要就此收手，但是小真不願意。

原本對淇淇來說這是互利互惠的行為，她不想要考高分、不想被視為資優、不想被注目，而小真先前為了得到爸爸的關注，不得不追求滿分。雖然現在跟爸爸關係變好了，但是為了不讓他失望，更有必要維持全班第一名。

被發現的風險提高後，每次數學考試成了淇淇的壓力來源。

老師匆匆走進教室，朗聲道：「好啦，要考試了，課本收好，桌上留文具就好。」

拿到前面同學傳過來的考卷時，淇淇知道小真直盯著自己，確認兩人的約定沒有改變。

此刻，淇淇忽覺肚子隱隱作痛。

10.

已經多久沒來這種假掰吃不飽，又四處擺滿易碎品，毫不適合闔家大小光臨的咖啡店了？

裴承飛拿起玻璃瓶幫自己倒了杯水，他最不能理解這些咖啡店的一點是，明明開水跟餐具都要自己倒自己拿，卻還是被收了服務費，到底是誰服務了誰呢？思及至此，他忍不住苦笑，就連抱怨文青咖啡店的心情也是久違了。

透過Kevin當中間人約好了時間地點，他們這對前夫前妻闊別十幾年將在今天再相見。本來以為馥純會約在更有隱私或安靜一點的地方，結果還是跟交往時期一樣，她就喜歡這種咖啡店。

裴承飛沒跟任何人提起此事，還特地請假約在平日，連他自己都不知道在躲什麼。可能是在馥純的婚禮過後，他們回歸平靜生活，不想要再丟顆石頭弄亂一池春水吧。

裴承飛乾了兩杯白開水，努力找理由說服自己瞞著何篤行是為了大家好、為了一家溫暖、為了世界和平。

「阿飛。」

抬眼看見蘇馥純的同時，他就明白，瞞著何篤行與她見面，還是為了自己。

「你變了好多，我完全認不出來，剛剛打電話給你也沒接，在旁邊看了好久才確定是你。」

蘇馥純邊說邊脫下大衣外套掛在椅背上，用手順了順染成亞麻綠的蓬鬆長髮。她身穿藕色雪紡襯衫與西裝長褲，搭粗跟亮皮黑高跟鞋，妝容精緻得體，像個從外商大樓裡走出來的ＯＬ，點綴在唇上那一抹豔紅則表示她在公司可能有些資歷，或是實力業績得到認可，才選擇這麼搶眼的顏色。

她飛快掃了裴承飛一眼，看他身穿Ｔ恤休閒褲，因此推論，「你還特別請假來啊？」

「剛好有些事一起處理，我的假剩很多。」

裴承飛用手指擦了擦鼻翼，想起蘇馥純在意他人外觀衣著的習性未變，兩人在一起時就常幫他挑衣服，或是嫌他穿得不得體。導致他每次看到繆繆有自己一套流行風格標準時，總會暗道基因的可怕。

「我的補休也很多啊，都放不完。」她抽起菜單隨意翻看。

「但上班時可以跑出來？」他幫她倒白開水，動作流暢。

「我是業務啊，工作時間不固定還很長，換算時薪超低，開點小差老闆不在意啦。你點了嗎？」

「還沒，幫我點杯咖啡就好。」

蘇馥純喚服務生過來，點了下午茶套餐跟裴承飛要的黑咖啡，放好菜單後抬眼正對著他的臉，抖著肩膀噗哧笑開來。

裴承飛豎起眉，「妳也太誇張……。」

「你真的變太多了啊，現在在哪上班？」

見面之前，還僵持著不要聯絡對方的兩人，此刻卻和樂聊著風馬牛不相干的中性話題。若不說破，旁人可能會以為他們倆的關係是保險業務員與她見沒幾次面還不熟的新客戶。

「沒想到你會是班上少數還堅持本業的人。」

「其他人都轉行了嗎？」他休學後就沒再跟大學同學聯絡，唯有Kevin是意外搭上線。

「上次同學會有來的，一半以上都不走這條了吧。」

比起同學們的出路，裴承飛更意外的是蘇馥純竟然去了同學會，據他所知，她在大學時要好的朋友也沒幾個。像是看出了他的心思，她的紅唇勾出一道完美的微笑弧線。

「你都變這麼多了，我也變了很多。」

服務生送上餐點的時機恰到好處，暖身結束了，熱騰騰的咖啡與綴滿奶油的波士頓派放在各自面前，準備進入正題。蘇馥純從包包裡拿出一只有厚度的信封，順著桌面滑到裴承飛的面前，他不用看也知道裡面是什麼。

「我不會收你們兩個的紅包。」

「都包了妳就收下吧。」

「我隔了好幾天才知道你們有來，他一直不想跟我說。」她斂了斂眼色，「老實說，我真的……很意外，而且，為什麼？」

「我可以跟妳講很多理由，但……這有意義嗎？」

蘇馥純苦笑，「也是。」

「妳可以當作我們是去參加朋友的婚禮，」裴承飛把信封滑回到她面前，「給老朋友的賀禮。」

她看也沒看，逕自道：「說到朋友……我聽Kevin說，你跟阿行住一起？」

他輕啜了口咖啡，「是啊，兩個小的也住一起。」

「總覺得你們應該合不來。」

「我覺得我們還挺互補的。」他故意唱反調地說。

「少來，你們應該常吵架吧……不對，阿行不會跟你吵，應該都你在生氣。」

蘇馥純說得十中八九，讓他很不服氣，硬是逞強說了些他們相處愉快的事。

「早上何篤行送她們上學，我下班再去接她們回來，現在大部分都他煮——」

「阿行會煮飯？」她驚呼。

「我教的。」他還挺自豪的。

「他也變得蠻多的……你們這樣還真溫馨，有照片嗎？我想看看她們。」

裴承飛方才忘情地說了一堆家務事，卻被這句話澆得一身清醒。

「妳也會想看她們啊……。」這十幾年間不聞不問，他都要懷疑蘇馥純不記得她是她們的媽媽了。

「阿飛，你不要這麼刺……先聽我說完你要罵再罵吧。」

她顯然也是有心理準備而來，輕吐了口氣。

「生下她們之後，我只當了幾個月的媽媽，我也不覺得自己有資格做她們的媽媽。你可能會說我虛情假意什麼的，但是我為了這件事痛苦了好幾年，也不是沒有想過去看她們，可是我真的很害怕……，我怕自己看到她們，還是生不出母愛。」

■

那絕對是蘇馥純人生中最沮喪的一天。

掛掉電話後，她坐在樓梯間無助地痛哭，方才母親的責罵還在耳邊嗡嗡作響。

「還不都是妳自己要嫁的！」

這句話像把利刃，直接往她心口深處捅。

她與裴承飛不被看好的奉子成婚、婚後的現實磨擦、隨著孩子而來的身分轉變與壓力，全都被捅了開來，猶如山洪爆發摧毀一切。她死命地撐過驚濤駭浪的那一刻後，緊緊抓著名為理智，也許還參雜了母性的救命繩，回到現實。

她用袖口抹著眼淚，喃喃自語地說：「孩子還在房間裡……得去照顧孩子……。」

她扶著牆邊顫顫抖抖地起身，慢慢地走回六樓家中。

小時候看了太多母親與奶奶的婆媳明爭暗鬥，在心中種下一大片不算淺的陰影，搬出來住，成為她婚後對裴承飛的唯一請求。不過，只有母子兩人相依的裴承飛很為難，無法達成共識，最後反倒是裴母察覺到什麼，主動推他們倆出去住。

礙於經濟，他們只住得起頂樓加蓋鐵皮屋，只能樂觀地想著空間還算大，走出門就是寬敞的露臺晒衣空間。但是裴承飛覺得冬天太冷、夏天過熱對小孩不好，多接了幾份工作，希望能在臺北溼冷的冬天來臨前換個更舒服的地方。所以他在家的時間極短且都在睡覺，兩人已經好幾天沒好好說過話了。

她打開房門，淇淇靜靜地坐在嬰兒床上玩積木玩具，聽見聲音才轉過頭來，黑白分明的雙眼直看向她。淇淇是個很好照顧的孩子，不常哭鬧，每天行程固定按表操課，生活過得比她學生時期還規律。

「淇淇，媽媽來了。」她走到嬰兒床旁，想伸手抱起女兒時，雙手卻在半空中停住。又來了，就是這個眼神。

淇淇才快一歲也還不會講話，但已經懂得一些字詞，她能理解顏色與形狀，還能照著媽媽的指示拿積木。發現自己的小孩很聰明時，一般都會很高興吧，然而她看著女兒，內心常常感到害怕。

女兒那恬靜而早慧的雙眼，總像在訴說著——我知道妳沒有好好照顧我。

她意外地太早當上媽媽，原生家庭沒有給予任何支援，再加上因為搬出來住，對婆婆有股虧欠，非必要不願打擾她。

她真的不知道怎麼當個媽媽，覺得自己什麼事都做不好，看裴承飛每天拚命工作，她知道自己得振作起來，但常常想著想著，眼淚又掉了下來。

那是她人生中最沮喪的一天，也差點是她最後悔的一天。

淇淇的哭聲從遠方傳來，奇怪了，她不會隨便大哭啊，怎麼了。

再仔細聽，聲音的源頭來自上方，淇淇怎麼會在上面的，她被人雙手抱著高高舉起。

是誰？是她自己。

這裡是哪裡？矮牆上。

她站在租屋處外的矮牆上，站在六樓高的地方，高高舉起了女兒。

還好那天天氣很好，陽光刺眼。

還好那天最大條的社會新聞是有一隻狗在公園撿到錢包還咬去派出所。

還好那天什麼事都沒有發生。

她不敢跟裴承飛說起這件事，也不敢對任何一個人說。她害怕被指責、怪罪，害怕發現自己沒資格當淇淇的媽媽。

一直到結束這段婚姻時，她才明白自己是產後憂鬱，是大腦生病了。得出這個結論後，她著實鬆了口氣。這也是她願意再給自己一次機會去結婚生子的主因。

跟何篤行結婚時，一切都與上次不同。

有原生家庭支持，夫家經濟寬裕，何篤行比她想像中的還要愛她，就連繆繆的個性也跟淇淇南轅北轍。繆繆哭鬧的時間比安靜的時間長，她永遠不知道女兒在鬧什麼，只能不斷嘗試錯誤，找不出規則。

除此之外，她記取教訓，不要把重心全放在家庭上，她想出去工作。但婆家不同意，總是站在自己這方的何篤行這次竟不給予支援。她沮喪、苦惱，卻也無法說出理由是她怕待在家裡會害死自己的小孩。

結果，迎來她的第二次離婚。

她知道何篤行死守女兒監護權的理由是想要復合，不過，她意外發現自己對於親自養育孩子並沒有太大的執著，覺得由爸爸帶女兒也許比她更適合。

兩個女兒都由父親扶養已成既定事實，倘若一切重來，她會選擇不生育，這樣她就不用常常探問自己，是不是因為她不愛自己的小孩，才導致這樣的結果。

■

其實，要不要來見裴承飛這一面，蘇馥純很猶豫。

要把禮金還給裴承飛與何篤行，有一百種不用見面的方法，但是，她仍選擇約裴承飛出來當面歸還。照蘇馥純對裴承飛的了解，八成會嫌她透過Kevin約見面沒誠意，而不願意出來。但是反過來說，如果連這樣的邀請，裴承飛都願意出來的話，就表示他會願意好好聽她說話吧。

蘇馥純的個性與嬌美的外貌相反，十分好強。這次能平靜地對前夫說出自己脆弱的那一塊，連她自己都有些意外——就連裴承飛的反應也讓她感到意外。

裴承飛聽著前妻訴說自己被產後憂鬱反覆折磨、向母親求援卻得不到幫助，還曾經想要殺死自己的孩子……一波接著一波的詫異過後，與其說是對蘇馥純講的內容難以置信，不如說是——他不敢相信前妻在經歷這些事情時，自己就在她的身邊。

婚姻走到後期，兩人從什麼事都可以吵，到後來什麼也不說，拒絕溝通。最後，引爆的導火線是裴承飛發現蘇馥純把未滿一歲的女兒丟在家中出門，而且還不只一、兩次。

現在回想起來，那是蘇馥純在孤立無援又憂鬱的情況下，能救淇淇的唯一方法吧。

「我……妳……」他吞吞吐吐地說不出一句完整的話，最終化為一句，「對不起。」

「真的很不像你呢。」

若是以前的裴承飛必定會一件件事情攤開來討論，說不定還會怪罪她為什麼當時不說，逼問她為何選了最爛的解決方法……總之，絕對不會像現在一樣直接低頭認錯吧。

裴承飛面露不解，蘇馥純淡淡一笑。

「我一直把這件事壓在心底不敢跟別人說。後來阿智追求我，我為了甩掉他，把這件事情跟他說了，我還告訴他，這輩子不可能再生孩子。阿智是獨子，本來以為這會讓他因此對我死心，但……他接受我的決定，也願意跟父母溝通，他尊重我想做的事，我們兩人都結紮後決定結婚。」

與現任丈夫阿智相處時，蘇馥純終於理解了那句話，「愛不在於互相凝視，而是一起往同一個方向眺望」。

「講這些不是要比較或是埋怨什麼，我也沒有想把事情全推到生病上，我有錯，我做得不好，我是個不及格……甚至不夠格的媽媽。」

「我也不是個夠格的爸爸，」裴承飛搖頭嘆道：「人並不會因為成為父母而馬上變得像個大人。」

「是啊，前一天我們倆都還是沒想那麼多的大學生，隔一天就不得不開始想一些之前都沒想過的事。」

「對不起……。」

「你什麼時候變得這麼愛道歉啊？被阿行傳染了？」

「我哪——」

「不對，我記得你跟我求婚的時候也說了對不起。」

裴承飛瞬間被堵得說不出話來，然而心裡也不得不承認，朝夕相處的時間比蘇馥純還要久，自己或多或少被何篤行影響了一點點。

「阿飛，那時候我們都想要努力撐起一個家吧。」

蘇馥純雙手交疊放在桌前，直到現在她偶爾都還是會回憶起來，他們外出遊玩時、坐在大學湖畔聊天時、在街上看到幸福美滿的家庭時，從裴承飛的話語與眼神中透露的，對美好、完整家庭的想像與憧憬。

她也想像過自己可以為孩子付出所有，與孩子一起成長，成為孩子最溫暖的依靠，但是……。

「我知道你一定也有些很難受的事沒說出來，」她哽咽地說：「阿飛，過度自我犧牲並不會替對方帶來幸福，我們之前都太勉強自己了。」

裴承飛聞言鼻頭一酸，如果可以重來，如果可以讓現在的他跟馥純去替代剛結婚的他們的話，結局一定會有所不同吧。然而，這是先有雞還先有蛋的問題，他們沒有經歷這番過程，就不會有這層體悟，也不會化作現在的相互理解與溫柔。

現在他們唯一能做的事，便是帶著從過去錯誤中得到的刻骨銘心經驗，好好地生活吧。裴承飛打開手機裡的相簿，轉了個向，將照片一張張翻給蘇馥純看。

「這是淇淇，現在六年級了。她很聰明，喜歡看書，這是她房裡的書櫃，都快塞不下了，後來買了閱讀器給她。這張是她跟繆繆在房裡玩的照片，繆繆剛上一年級，很愛漂亮，她比較外向也很有主見。她們兩個感情很好……。」

隨著指尖一一滑過照片，蘇馥純的眼淚滴滴滑落，把妝都哭花了。

「她們真可愛。」

「也沒有那麼可愛啦。」

「害羞什麼，又不是稱讚你。」

裴承飛悶不吭聲地翻到下一張照片，剛好是他們第一次去動物園玩的照片，雖然是趟很失敗的出遊，但四個人仍留下一張合照。

「真像一家人……」蘇馥純說完連忙再補充，「我不是說你跟阿行——」

「我知道啦。」

「你們……很常被誤會？」

他忍住翻白眼的衝動，「我不想跟前妻討論這個問題。」

蘇馥純悶悶偷笑時，裴承飛補充了一句。

「對了，我們不是『像』一家人，就是一家人。」

是的，他們就是一家人啊，沒有什麼好羞於承認的，也並不需要他人認同才能成立。他們四個人彼此付出、相互關懷，就是一家人，沒有什麼能質疑他們。

兩人離開咖啡廳前，裴承飛委婉地問蘇馥純想不想跟淇淇和繆繆見面，她沒有猶豫地拒絕了。

「這件事不應該讓我決定，而是她們想不想跟我見面。你不是說淇淇很聰明、繆繆很有主見嗎？」

「妳說得對，那至少——」他搔了搔頭把禮金抽一半出來，另一半推回給她，「我的這一半我收下，另一半妳自己約何篤行出來給他吧。」
「不行，我做不到，」她斂了斂眼神，「我們兩個的情況是各退一步，互相有錯。但對於阿行……是我對不起他，我如果再跟他見面，就更對不起他了……。」
裴承飛沒再追問為什麼，卻隱約知道了答案。
在捷運站與蘇馥純話別後，離接孩子的時間還早，裴承飛一時之間也不知道要怎麼打發，總之先跨上機車時，接到來自裴母的電話。
她說，淇淇在學校昏倒了。

11.

淇淇從小到大沒讓裴承飛擔心過什麼，可能因為她的懂事早熟小大人個性，裴承飛也不覺得有哪裡奇怪。雖然何篤行常提醒他，淇淇不讓人擔心、又太過替人著想這點反而讓人擔心。可是，他總覺得是大人們想太多了，小孩子才沒想這麼多，只是把他們天性原原本本地表現出來而已。
他並不是不關心淇淇，而是女兒總是表現得令人放心，身體健康、生活自律、學業中上，還會照顧繆繆，何必杞人憂天？套句他媽媽的話，這孩子可能是生來報恩的。
唯有淇淇的懼高症，父女倆似乎都拿它沒轍，淇淇不願意看心理諮商，裴承飛也不想要勉強她，而他們似乎也習慣了，生活上並無大礙。

所以，當他接到母親的電話時，第一時間的反應，就是想到會不會是這顆不定時炸彈引爆了？裴承飛幾乎是飆車回到母親家，開門衝進房裡只看到母親坐在客廳裡唸佛，表情莊嚴沉重。

「淇、淇淇呢？」他連口氣都來不及喘，急問女兒在哪。

見兒子倉皇失措、六神無主，裴母卻處變不驚，「你怎麼全身是汗啊，先坐下、先坐下。」

「她在哪？」他不自覺地吼出聲來。

「小聲點啦，淇淇在房間裡休息，你別去吵她，她剛睡著。」

聽見淇淇入睡了，裴承飛鬆了半口氣，剩下一半仍不放心地問道：「她昏倒是怎麼回事？老師怎麼沒打給我反而打給妳？妳怎麼沒先通知我？」

裴母瞥了兒子一眼，老神在在地用桌上的茶具加水沏茶。

「那是淇淇要求的。」

「她不是昏倒了嗎？」

「在教室昏了一下，好像還沒到保健室就醒來了。」

「聽來好像不嚴重？」

「每個人的狀況不一樣啊，不嚴重的時候不嚴重，嚴重起來也會痛得要人命哦。」裴母把其中一杯茶放在他面前，溢出清新茶香。

「媽妳在說什——」

裴承飛話說到一半忽地頓住，像被按下暫停鍵似地整個人僵直幾秒後，恍然大悟。他緊繃在心上的那條弦終於鬆開，兩條腿也瞬間軟下，整個人跌坐在沙發。

「是……生理期？」

「是啊，雖然好像早了點，淇淇才十二歲吧，接下來得月月難過三、四十年了。」

「媽，妳這樣講也太奇怪了。」

「你們男的不懂啦。」

在這件事情上永遠不要跟女性爭辯。

裴承飛被母親一個人拉拔長大、兩人生活緊密，但是他也搞不懂母親為什麼偶爾會情緒化不可理喻像另一個人似地，或是前一天還生龍活虎，隔天就病懨懨地拿錢叫他自己去買飯吃，然而她卻說不是生病。

直到他交了第一個女朋友後，才稍稍了解女生的生理期究竟是怎麼一回事，並摸索出最高指導原則——少說話、多做事。

他摸摸鼻子轉移話題，「那要不要買衛生棉、暖暖包什麼的？太痛的話要不要讓她吃止痛藥？」

「回來的路上都買了，還要等你想到喔，」裴母一記眼神又丟過來，「你這幾天都沒發現淇淇哪裡怪怪的嗎？」

「沒有啊。」他歪頭回想這幾天的生活，沒特別察覺女兒哪裡有異樣。

「會不會是她忍著不說啊？但她生理期也第一次來，可能不知道這就是生理期。」

裴母講著講著自言自語了起來，裴承飛心想與其猜老半天，還不如等淇淇醒了再問她比較快。

「我去看看她。」

裴承飛輕手輕腳地打開房門，這間房間沒有對外窗，即使是白天，不開燈也一片漆黑。他靠著門縫透進來的微光走到床邊，淇淇安穩地睡著了，就像平常的她一樣，毫不讓人費心。

裴承飛伸手輕撫女兒的額頭，手心卻碰到一層冷卻的薄汗，他趕去拿了條毛巾幫她擦拭。他邊擦邊想著，難道淇淇這幾天都不舒服卻隱忍不說？難道何篤行一語成讖，他都沒看到淇淇的痛苦與煩惱，就像這汗滴一樣，明明就在眼前他卻視而不見，直到觸碰才意外發現。

何篤行是看到什麼事都可以過度聯想，而裴承飛則是牛角尖不鑽則已，一細想就越鑽越深。內心的防禦機制急忙踩煞車，他暫時把負面想法甩出去，亂猜亂想沒用的，等淇淇醒了再問她吧。

然而，淇淇一路睡到接近晚餐時間都沒醒，裴母也叫裴承飛讓她好好睡，餓了就會醒來的。怕吵到淇淇，他在廚房打電話給何篤行，說明狀況後，表示今天他跟淇淇可能要住裴母家。

「淇淇還好嗎？是不是很痛啊？要我過去幫忙嗎？」

「你能幫上什麼忙？」他啞然失笑。

「買衛生棉、暖暖包——泡熱可可？」

裴承飛現學現賣地用裴母的語氣回他，「還要等你來喔。」

當他掛了電話要走回客廳時，鈴聲卒然作響，以為是愛擔心的何篤行又打電話來問，正要接起好好念他時，瞥見螢幕上顯示的名稱是淇淇的班導師。

「裴先生嗎，沛淇還好嗎？」

裴承飛說淇淇在休息，目前看起來還好，後來又順便問了導師下午事情的經過，大致上跟裴母講的差不多。在教室昏倒後送保健室醒來，校護詢問後發現是她生理期來了，身體其他地方並無異狀，故尊重她的意願請奶奶帶她回家休息。

「那我知道了，謝謝老師費心。」

「沛淇沒事我就放心了。」導師頓了一下，這才說出打這通電話的主要目的，「其實還有另一件事情，電話說比較不方便，不曉得能不能約裴先生明天到學校討論？」

■

肚子好痛……。

當全班同學振筆疾書專注在試卷上，淇淇卻獨自一人身處在不同的世界。她痛得直不起身，只能蜷縮抱著肚子，冷汗直流，緊咬牙關忍耐。

「再寫十分鐘喔。」

聽到數學老師的聲音時，黃若真用鉛筆敲桌，提醒淇淇。

淇淇平常寫數學考卷極快，幾乎都在發試卷後的十五分鐘內寫完，等著跟她交換。但是今天不知道怎麼了，她遲遲等不到淇淇的暗號，轉頭發現她已經趴著休息了，難道早就寫完了嗎？

淇淇聽見敲桌聲時，腹痛已緩和一些，她用手臂壓桌撐起上半身，對小真面露苦笑搖頭，指了指考卷。

小真用口形道：「妳還沒寫完嗎？剩十分鐘了。」

淇淇頷首表示知道，隨即埋頭書寫，最後總算趕在收卷前寫完。

不過，還有一個最大的難關，兩人得趁老師不注意時交換考卷，但此時他已經站起身在講臺上走來走去，難度相當高。眼看時間一分一秒過去，小真心裡越來越焦急，淇淇雖然也緊張，而且肚子又痛了起來，但她卻不想冒著被發現的風險出手。

小真按捺不住地用氣音說話：「淇淇。」

淇淇發現老師雖然走到教室另一頭了，但還是有點危險，更好的時機應該是等下收考卷時，全班都開始動作，她們倆趁亂交換也比較不會被發現。她搖了搖頭要小真再等等，卻因無法告訴對方自己的盤算而產生誤會。小真以為她這次不換了，急得強硬遞出自己的考卷，並伸手要抽淇淇的試卷。

「淇淇，快把考卷給我。」

淇淇被她的動作嚇著，緊壓著自己的考卷並望向老師，幸好老師沒注意到這邊的動靜。確認沒問題後，她才接過小真的試卷。然而，卻在遞出自己的考卷時，腹痛猛然偷襲，像是有人拿錐子重重地在她的肚子上用力敲上一記，瞬間鬆開了全身的肌肉，手中的紙張因此落下，順著教室裡光滑的磨石子地板，滑到數學老師的黑皮鞋前。

在淇淇眼中，這一切猶如電影的慢動作播放，並在重點處特寫、放大音量。

老師撿起考卷，看到姓名欄寫著黃若真，但掉考卷的人卻是裴沛淇，正要質問她們兩人時，黃若真卻搶先開口。

「老師，是……是淇淇要我把考卷拿給她的，她想要跟我交換考卷。」

淇淇胸口劇烈起伏，膝蓋顫抖，她不可置信地看向小真。

小真握緊雙拳，更堅定地說：「是她要我幫她作弊的。」

此刻，淇淇不覺得肚子痛了，她被更強烈、更可怕的東西淹沒全身，她甚至感覺不到自己的存在，就連身體也暫時失去支撐，倒在地上都不覺疼痛。她一直都不知道小真是這樣想的，是這樣看待她的。

果然……是不是沒有她就好了，這些事就不會發生了。

■

老師辦公室的角落設置了一個小小的會客區，擺放一組木桌椅，還有泡茶的器具、報紙與幾本被翻得破爛的讀物，這裡也是老師們平常小歇的地方。裴承飛被請到這裡等候班導老師，因心情浮躁不安而東張西望，爾後還因為太過躁熱，把身上外套脫了下來。

在裴母家中過了一晚後，早上淇淇的情況卻未見好轉，從不賴床的她，時間到了也沒起床，裴承飛跟裴母連番關心，但她縮在棉被裡不發一語。他猜想淇淇可能還很痛很難受吧，便一早先幫她請假，自己再去學校找導師。

在電話中，導師並未詳細說明要找他討論什麼，他後來也去問了淇淇，但淇淇沒有任何反應。

淇淇的課業並非名列前茅，但也不算差，先前導師們的評語都說她文靜有禮貌、待人親切。雖然好朋友好像只有小真一個，但淇淇並不討厭上學，也常會說一些在學校發生的事情。

所以，導師究竟是為了什麼事，他心裡完全沒個底。

下課鐘聲響起，像是把喇叭音量用力轉到最大，校園瞬間充滿各種吵雜聲，過沒多久，老師陸續回到辦公室。

「裴先生嗎？我是沛淇的導師。」

一名留著及肩長髮、戴著黑框眼鏡的女子走近桌邊，她看起來約莫三十出頭，身穿淡藍色襯衫搭黑寬褲，穿著打扮刻意表現老成穩重，實際上可能更年輕。

裴承飛只在今年開學時的說明會上見過導師一次面，猶記得當天有一位家長問題不少，連他都覺得這種小事不用拿來問老師，而感到不耐煩時，這位導師卻仍耐心地回答，他便覺得這個老師應該是個認真、不投機取巧的人吧。

「不好意思，特別請你來一趟，沛淇今天狀況還好嗎？」

「還是不舒服，所以請假讓她在家裡休息一天。」

導師再多關心幾句，並詢問裴承飛是否需要倒茶添水，等能做的事情都做完後，她才進入正題。

「我也有找若真的爸爸看能不能一起過來談，不過他今天有會沒辦法排開，後來覺得先請您來個別談談也比較好。」

淇淇的事情跟小真有關係？她不是單純生理期來昏倒嗎？他一時滿腹疑問，但仍耐著性子繼續聽導師說完。

「是這樣的，那天除了沛淇身體不舒服以外，其實還發生了另一件事，我們懷疑……沛淇跟若真在數學小考的時候作弊。」

「作弊？」

這兩個字讓裴承飛一時情緒激動，音量大到整個辦公室的人都往這邊瞧。

各種猜想的理由裡，這應該是最不可能的一個，而且，他相信自己女兒，淇淇絕不會作弊。

「淇淇怎麼可能會作弊，這應該有什麼誤會吧？而且她昨天明明肚子痛怎麼可能還作弊？你們有查清楚嗎？」

導師安撫道：「裴先生你不要太激動，請先聽我說。」

他聞言收斂厲色，雙手緊握著膝蓋，打算聽老師會說出怎樣的誇張故事。

「昨天的事由我來說吧。」

一道低沉的男聲插入兩人之間，裴承飛回頭看見一名中年男子，面容不苟言笑，正經八百。

「裴先生，這位是李老師。」導師站起來為他們互相介紹，「因為昨天的事是在李老師的數學課上發生的，所以我請他一起過來說明狀況。」

「昨天小考收卷前，我看到沛淇跟若真在講話，走過去要警告她們的時候，有張考卷掉到我腳邊。我撿起考卷，上面的名字是若真，但是桌上沒有考卷的人是沛淇。若真說，是沛淇要她跟自己交換考卷、交換寫名字，強迫她作弊的。後來沛淇昏倒，我要扶著她去保健室的時候，她就醒了過來，但不管我問什麼她都不回答，我看她臉色慘白，就還是讓她去保健室休息了。後來我再問若真，她堅持是沛淇要她幫忙作弊的。」

李老師詳述完後，頓了一下，面向裴承飛，「聽說沛淇今天請假，她還好嗎？」

可是，他無法從這句話裡感受到任何老師對學生的關懷之情，反倒比較像警察質疑著犯人是否在裝病。

「她整個人很虛弱，只能躺在床上休息。」裴承飛堅定地替女兒辯護道：「真的沒辦法來上學。」

李老師若有似無地點了點頭，看不出是否接受這個說法。

「所以，裴先生你昨天都不知道沛淇在學校發生的事？她都沒跟你說？」導師適時地發問，也有緩和氣氛的意圖。

「沒有，她身體真的很不舒服，昨晚也沒吃晚餐一直躺著。」他搖了搖頭，「關於作弊的事，我今天回去會再問她，可是從剛剛李老師的話裡，不覺得有幾件事很奇怪嗎？」

「哪裡奇怪呢？」導師反問，一旁李老師只挑了挑眉。

「一般要作弊的話，不是都會借抄一下答案之類的，怎麼會是交換考卷？筆跡很明顯不一樣，老師你們應該很快就會發現了吧。」

李老師不以為然地說：「她可能沒想那麼多。」

「那分數呢？交換考卷的話，小真的分數不就變成了淇淇的分數？如果我沒記錯，小真是班上第一名，應該都拿高分，她會願意跟淇淇交換分數嗎？」

「所以若真才會說是沛淇強要她幫忙作弊的。」面對裴承飛接連丟來的問題，李老師顯得不耐煩，

「不知道裴先生你是在質疑什麼？」

「我一方面是覺得這件事聽起來很怪，說不太通，當然，另一方面也覺得我家淇淇不太可能作弊。」

「但事實就擺在眼前啊，難不成是若真作弊，誣賴沛淇嗎？」

「我也沒這麼說，我只是想要搞清楚狀況。」

「若真每次數學考試都是滿分，反倒是沛淇上我的課的時候常常心不在焉。」

此話一出，讓裴承飛有些怒意，「只因為我的女兒上課你覺得她不專心，就一口咬定她作弊？」

「裴先生你別生氣，李老師不是這個意思……」導師急忙出來打圓場，「我們也還在釐清整件事情，還沒有個定論。其實請你來，主要是想要詢問你對沛淇課業、成績上的態度……我們在教學上其實常遇到，很多時候，孩子們作弊都是為了不讓父母失望。」

他吐了口大氣，垂下肩來，「這也是我完全無法相信淇淇會作弊的原因，我從來沒要求過她的成績，也沒有因為她考的差就罵她啊。而且，她其實很喜歡數字跟算數之類的，還主動要求要學珠算。你們真的覺得淇淇會作弊嗎？」

兩位老師沒有明顯表態，三人再談了一陣子也沒討論出個結果，最後仍得留待淇淇說明才能更清楚真相。

李老師先行離席後，導師送裴承飛到門口。

「裴先生不好意思麻煩你跑這趟，還要麻煩你等沛淇身體舒服點了，再問她這件事。明天她來學校，我也會再跟她談談。另外，若真那邊我也會再去了解。」

經過這次談話，裴承飛對這位導師明顯有好感，特別是跟另一位李老師相比之下。

「老師妳才辛苦了，要請妳多費心了。」

裴承飛一直想著淇淇的事，走到校門口才發現外套好像留在老師辦公室裡，又急忙跑回去拿。碰巧走到門邊就聽見那位李老師與人聊天，聲音大得整間辦公室的人都聽得到。

「那同學一被發現作弊就裝病說是生理期來，今天也沒來上課，應該是心虛吧。她家就只有一個單親爸爸，八成連她是不是裝的都看不出來吧。」

■

「結果老師說怎樣啊？」

裴承飛回到裴母家，前腳才剛踏進門，母親便擔心地問他被叫去學校的事情。

「沒什麼啦，就老師把昨天發生的事再跟我說明一下。」

他撐著笑容說假話，母親這輩的人絕大多數都相信老師或學校的權威，為了不節外生枝，在弄清楚整件事情前，他選擇暫時隱瞞。

「是喔，這樣又把你叫去喔？」

「老師關心淇淇啊。」他邊脫下外套，探向客廳及餐廳，「她還沒起來嗎？」

裴母搖搖頭，「我剛剛去問她要不要吃午餐，她還是搖頭，多少還是要吃一點吧，你再去問問她，我去下水餃。」

裴承飛緩步走進房內，床上那顆被子大水餃就跟他早上離開時一樣，似乎沒動過。他在床邊坐下，回想今早在學校的事，一時之間竟不知怎麼開口，沉思了半晌才開口。

「淇淇，我早上去學校找導師，跟她談過了。數學課發生的事我大概知道了，不過我想聽聽妳怎麼說。」

淇淇沒有任何反應，裴承飛甚至懷疑棉被裡面有沒有人、女兒有沒有在呼吸？他把手放在棉被上，感受到些微上下起伏的呼吸動作，才放了下心。

「淇淇，爸爸不會罵妳，我只想知道妳發生了什麼事情，是不是受委屈了？」

手心感受到的震動幅度大了點，他以為女兒終於想開口了，但最終還是沒有聽到任何聲音。他在房裡待了快半小時才離開，步出房門時，才意識到淇淇從昨天他過來這裡到現在都沒有開口，也不願意面對他。

裴承飛內心沮喪並產生動搖，淇淇從來沒有過這種逃避的行為，難道她真的做了什麼不該做的事？他的心理活動激烈，但表面上仍得保持平靜，跟母親邊吃午餐邊話家常。裴母說起少女時期初次生理來潮也很疼，痛得哭天喊地的，沒像淇淇這麼安靜，不過每個人的狀況不同，淇淇可能是覺得累所以嗜睡。

「真的會痛成這樣啊？」他無意識地反問。

裴母白了自家兒子一眼，「真的很想讓你們痛一次啊，你就知道那是忍不住的。」所以，淇淇是真的忍住了？還是——裴承飛猛吞了幾顆水餃，把負面想法丟到九霄雲外。不過，就算淇淇真的作弊或是裝病，只要她說出來，他都可以陪她面對，她還那麼小，會犯錯都可以說是理所當然。

然而，裴承飛一直到那天晚上，都沒等到女兒開口。

■

何篤行牽著繆繆走到裴母家附近時，遠遠就看到裴承飛站在路邊抽菸，對方也在同一時間發現他們，並慢條斯理地把菸捻熄，絲毫沒有想要遮掩的意思。

他聲音沙啞地說：「你們先上去吧。」

已經一天多沒看到姐姐的繆繆迫不及待地跑進房間裡，何篤行則跟裴母聊了幾句後，轉身下樓再去找裴承飛，卻看他正在點第二根菸。

他看到何篤行有些詫異，還以為這個人會跟他女兒一起繞著淇淇關心她好一陣子，怎麼就跑下來了？

「怎麼不在陽臺抽？」何篤行問。

「之前在那邊抽，害我媽被隔壁的鄰居囉嗦。剛剛買完菸想站在便利商店前抽，看到那邊貼一張禁止吸菸，我就只好站路邊了，這個世界到底要把抽菸的人逼到哪裡去啊。」

「嫌麻煩的話，可以不要抽啊。」

裴承飛沒答話，倒是惡狠狠地吸了一口菸。何篤行見狀有點後悔，剛剛心直口快，似乎惹對方生氣了，但他也只是想吐槽一下，不是之前說不抽就不抽，怎麼就破戒了？他正覺得氣氛變得尷尬，兩個小朋友都不在身邊，無法隨意轉移話題時，裴承飛忽然開口，而且內容讓他更加不解。

「對了，我今天還得謝謝你。」

「謝謝我？為什麼？」今天都快結束了，他們這才到見面啊。

站得腳痠了，裴承飛一手撐大腿蹲下，吐了口悠長的白煙，「你以前說過的話，拉住了今天的我啊。」

他記得那年，繆繆開始上幼稚園，何篤行打算專心準備一年高考，他們四人還沒適應新的生活形態，就出現了新的問題。

繆繆去幼稚園報到的第一天，沒有離情依依的場面，她頭也不回地走進教室，連老師都說沒看過這麼快就適應的小孩，反倒是何篤行很捨不得地在外面偷看老半天。

但沒過幾天，問題就浮現出來，繆繆在午休時經常尿床。

小孩子難免會尿床，雖然繆繆在家裡已經不尿床了，可能初到新環境不適應又故態復萌。老師跟何篤行都沒有責怪繆繆，嘗試用各種辦法協助她不要尿床，像是午睡前少喝點水、睡覺前先上廁所、想上廁所的時候就直接說，不要憋著。

但這些方法都未見成效，而繆繆是個自尊心很強的孩子，某次還是尿床之後，她乾脆就不睡午覺了。老師拿她沒辦法，讓她在一旁畫圖或玩玩具，卻有其他孩子看到也不想睡，頓時讓班上的午休時間亂了套。

何篤行去接繆繆時，老師可能急著想要解決這個問題，便把話說得重了點。

「繆繆先前天天尿床，現在是不睡午覺，還把全部的小朋友都吵起來，何爸爸能不能多叮嚀她一下？我知道何爸爸只有一個人很辛苦，但繆繆這樣我們也有點困擾。」

■

裴承飛回溯往事後，回頭卻看到對方茫然的臉。

「你該不會忘了吧？」這些都是何篤行事後跟他講的，怎麼他自己就忘了？

「我當然記得這件事啊，只是，這跟你說要感謝我的事連結不起來啊。」

「也對，跟繆繆有關的事，你怎麼可能忘。」裴承飛暗罵自己傻了嗎。

「所以到底有什麼關聯？」

「你不是回來跟我講了老師的酸言酸語嗎？我當下聽了都生氣了，但你說你還是先向老師道歉，說都是自己的錯，承諾會好好指導女兒。」裴承飛抖了抖菸灰，「我那時候不是罵你嗎？別人都嗆你了，你還是溫良恭儉讓那套，我還氣不過想跑去幼稚園幫你理論。結果，你卻回我說，如果當場對老師生氣可以讓繆繆在幼稚園得到更好的照顧的話，你會生氣。但事實上，如果對老師生氣，繆繆又還得待在那一間幼稚園的話，難保繆繆不會被老師差別對待吧？」

何篤行憶起那天的情況，裴承飛是真的發火，氣到隔天早上還想跟他一起去幼稚園找那位老師。而他本人當時的心情，比起生氣更接近沮喪難過，因為他的緣故，讓女兒不能得到平等的待遇，所以選擇隱忍退讓。

「這是因為我……那時候對人性比較負面看待。」

「不，你這麼做是對的，雖然我到今天才明白你是對的。」他的語氣與當年要找人吵架的樣子判若兩人。

「我怎麼會是對的？順從那些歧視的人怎麼會是對的？我只是沒有你那當面嗆人的勇氣。」

裴承飛一愣，怎麼幾年後立場卻對調了。

「但就跟你當年說的一樣，當下生氣或找他理論出個高下，都無濟於事，而且孩子還得待在那個環境。」

「可是，我們還是不能低聲下氣地順從。我有跟你說過其實我很後悔嗎？」何篤行也蹲了下來，與裴承飛並肩，他遙望著對面商家的螢光招牌緩緩開口：「後來繆繆的狀況變好了，沒那麼常尿床，好像隔了快半年吧，她又不小心尿床，那次她連老師都不敢講。我去接她的時候，她才偷偷跟我說。我擔心她穿了一個下午的溼褲子會著涼，問她怎麼不先跟老師講？

「她說，跟老師講的話，老師會罵爸爸，我不想要爸爸被罵。我才想起那時老師諷刺我的時候，她就站在旁邊，都看在眼裡。」

見裴承飛沉默不語，他再問道：「你今天發生了什麼事，是淇淇怎麼了嗎？」

對方還沒回應，何篤行即接到裴母的來電，要他們倆快回來，淇淇跟繆繆吵架了，這彷彿代替了裴承飛回答問題——淇淇是真的發生了什麼事。

12.

淇淇跟繆繆吵架了。光這句話帶給何篤行的資訊量就巨大到難以置信。

他未曾看過淇淇跟誰吵架，就算跟她爸爸有口角，淇淇也總是心平氣和地說話，頂多就是不笑，也不會鬧彆扭跟人冷戰。他有時候覺得，其實四個人當中，淇淇才是最像大人、最成熟穩重的那一個。

就算退一萬步，淇淇真的生氣的話，那她生氣的對象也永遠不可能是繆繆。除了淇淇對繆繆的態度總是包容以外，繆繆其實是尊敬淇淇、以淇淇為榮的。她對爸爸可以無限任性，但對淇淇就自有一條界線。

在這些前提下，何篤行無法想像淇淇跟繆繆究竟為何而吵。

當他們趕回家，看到現場狀況後，才發現裴母說的「淇淇跟繆繆吵架」其實並不精確。繆繆在地上大哭大鬧，而淇淇整個人悶在被子裡，不給任何窺探的空間，沒有任何互動，不算吵架。

她哭到一半換氣的空檔看到何篤行回來了，立即飛奔過來，把頭埋進爸爸的肚子裡，將所有的委屈說出。

「爸爸，姐姐都不理我，她都不說話好奇怪——」

他邊安慰邊說姐姐不舒服我們不要吵讓她好好休息，看向裴承飛，對方搖了搖頭打開房門，示意先出去再說。

「淇淇還是很不舒服嗎？」

一旁裴母回道：「下午她有起來吃飯，不過問她是不是還在痛，要不要看醫生，她也都不講話。」

「那應該還是很痛吧，淇淇可能不想讓我們擔心。」但他隱約覺得還有什麼事情，回頭想問裴承飛，發現他在安慰繆繆。

「姐姐現在很痛很痛，我們不要打擾她好不好？」

「可是……我看不到姐姐……她都躲在棉被裡，我想要看她，她就把被子拉得緊緊的。」

裴承飛滿臉無奈，自己這一兩天也沒看到女兒的臉，他方才還有一絲期待以為繆繆可以得到特殊待遇，進而了解淇淇現在的狀況，沒想到還是一樣吃了閉門羹。

隨後，他建議何篤行先帶繆繆回家，他剛好也回家幫淇淇拿衣服，對方很有默契地聽出有些話沒辦法在這裡說，遂點頭答應。

返家的路上，繆繆仍一直問姐姐什麼時候會好、姐姐什麼時候可以回來、明天也要去找姐姐。走在他們後方的裴承飛每聽她說一句，心裡就多沉重一分。

到家後時間也不早了，何篤行先帶繆繆洗澡，裴承飛在小孩房裡整理淇淇的衣服，待會拿過去母親家裡給她替換。

他走過中間那張用來寫作業的大桌子，不經意地瞥見桌上寫滿童稚筆跡的計算紙，笑著拿起來隨意閱讀時，卻發現上面不只有繆繆的字，還有淇淇的。而且，即使排序混亂，也看得出來端正的字跡在教歪歪的字跡怎麼算減法。

裴承飛頓時不能自已，他的女兒這麼好，怎麼可能作弊。就算作弊，一定也有什麼不得不為之的理由吧。心中的立場與想法在一天之內不停反轉，最終，最後悔的是，他沒有反駁那位李老師講的話，而是裝聾拿了外套快步離開。

過了半晌，何篤行打開房門，迎頭對上裴承飛凶神惡煞般的目光，不自覺地後退半步才問他怎麼了？

裴承飛拍他的肩，說在陽臺等他。

裴承飛冷靜地講完今天發生的事情後，何篤行的反應跟他如出一轍。先是否定，質疑細節，再聽到李老師說的那些話後，忍不住惱怒，也才終於明白裴承飛提起那件往事的由來。

何篤行手裡捧著照顧到一半的多肉盆栽，訝異地轉頭問道：「所以你沒找那個李老師理論？」

「對，我很後悔。」他長吐了一口煙，這是今天第四根，「我後悔怎麼就沒揍他一拳呢。」

何篤行報以苦笑，「我小時候也遇過那種老師，就是偏心成績好的同學，而且還理直氣壯。」

「我小時候也是啊，成績好的人放的屁都是香的，」他咂了咂嘴，「沒想到現在還有，而且還是淇淇的數學老師。」

「但我還有一件事不懂，這麼聽來，小真指控淇淇要她幫忙作弊，但是小真不是淇淇的好朋友嗎？」何篤行記得她們從一年級就認識了，感情很好，還都去過對方家裡玩。

裴承飛用力抓了抓頭，「這也是我不懂的地方……導師說會再問小真情況。」

「還有淇淇……感覺她並不是因為肚子痛才不理人的，數學小考到底發生了什麼事，問她了嗎？」

他壓低下巴，靠近胸口，悶著聲音說話：「從昨晚到現在……她都沒有開過口。」

「淇淇是個很會忍耐的小孩，就算身體再怎麼難受不舒服，也不至於連跟繆繆說話都不願意吧？這中間一定是發生了什麼讓她很難過的事情……」何篤行說著說著自己也不知怎麼地難過起來，甚至有些鼻酸。

他蹲下來把手中的盆栽放好，假裝在整理其他盆栽，藉此緩和自己的心情。先前狀況頻繁的熊童子，現在新芽冒了好幾根，就算好幾天不在意也不會有事，但原本長得好好的玉露卻一夕之間萎了大半葉片，他完全不知道發生了什麼事，只能再把影響它生長的變因都檢查過一次。

「你等下還要回去那邊嗎？」他背對著裴承飛說話，「我跟你一起過去吧。」

方才顧著繆繆，他都沒能好好慰問淇淇。

「你跟我一起過去的話，誰在家看繆繆？」

何篤行驚呼一聲，「不然，我先過去你在家，等等不對……那你先過去後再回來我再過去……呃……。」

裴承飛被對方的耍笨逗笑了，這也是他這兩天來第一次放鬆心情。最後他們決議，晚上還是裴承飛先過去，隔天何篤行下班後再去探望。

當時都兩人都沒有發覺，這是一場長期的修復與治療過程的開始。

裴母將做好的培根蛋餅放上桌，對於成果甚是滿意，她早上向來只吃饅頭或是粥，這還是兒子前幾天買了材料教她怎麼做的，一切都是為了暫住在這裡的孫女。

「淇淇，早餐做好了，出來吃飯囉。」

裴母敲門通知孫女出來吃飯後，自己慢條斯理地走到客廳，打開唸佛機進行每天的日課。隨著平板沒有任何起伏的佛經開始播放，彷彿這才是通知吃早餐的訊號，木製房門上的喇叭鎖緩緩旋轉，開了一個恰巧能讓人通過的小縫隙，少女從裡面飄浮般現身。

她走到桌前，雙眼空洞，機械式地進食。裴母見淇淇走出來，把音量調小聲點，對著牆壁說話。

「繆繆跟妳何叔叔昨天也有來喔，妳有發現嗎？他們想說就不進去吵妳了。

「繆繆畫給妳的圖我放在房間桌上了。

「妳爸爸這兩天加班，都蠻晚過來的，不過他每天都會進去看妳喔。

「淇淇，我們都很關心妳喔。」

雖然孫女一句話都沒有回，吃完飯就直接回到房間裡，但裴母確信她聽到了。人啊，總會有一段時間像這樣不想說話，不想跟外界交流，把一切都拋棄了，什麼都不管，離得遠遠的。她不覺得這是件壞事，就像好幾年前她罹癌住院，那時候兒子離婚孫女還小，本來以為自己身體還行，可以幫忙帶小孩，結果卻成了拖油瓶，還得拖著多花錢。

也不是沒想過讓自己或大家都輕鬆一點，但兒子好像隱約發現她的負面想法，跟她說，媽妳辛苦了一輩子，這段時間就是老天要讓妳好好休息的，妳別多想顧好自己就好了，我有朋友幫忙，撐得過去。家人就是互相的啊，你還小的時候我照顧你，你休息的時候我陪著你。

她也勸這兩個禮拜以來都擔心焦慮的兒子，再給淇淇一點時間吧，她會好轉的。裴母再次把音量調大，讓平靜的唸佛聲充滿室內。

■

因裴承飛要加班，何篤行來接繆繆放學，市內沒塞車，他來得早了點，站在校門口放空等待。數一數日子，已過了兩個禮拜，淇淇還是不願意說話，就連互動也幾乎是零。她唯一願意接觸的人是裴母，但也僅止於會出來吃她做的飯而已。

學校的部分已經請了長假，淇淇的導師也很關心她，曾多次表達想來探望，不過，裴承飛詢問淇淇沒有得到回應後便婉拒了。關於作弊的事情，小真仍堅稱是淇淇要求跟她交換考卷，但她的證詞前後略有矛盾，一下子說這不是第一次，一下子又說真的交換成功只有這次，讓導師覺得此事另有隱情，但淇淇不肯來校也不開口，此事便僵在那裡。

當班上同學不再討論那次作弊的事，小真亦正常上課，其他老師也直接無視淇淇的空座位時，仍有個局外人惦記著這件事。

「爸爸！」

放學後繆繆小跑步到何篤行面前，卻左右張望，隨即失望道：「叔叔沒有來嗎？」
「叔叔今天要上班啊，怎麼了？」
「蘇哥哥要找叔叔！」
何篤行這才注意到站在繆繆後方的小男生，他們平常在住家附近的小公園相遇。小男生總穿著色彩鮮豔的T恤與牛仔褲，有時候戴頂棒球帽，他還是第一次看到對方穿學校制服的模樣，也才想起他跟前妻一樣姓蘇，聽過他媽媽叫他時宇。
蘇時宇雖然個頭不高，但面容輪廓深邃，雙目有神，若過幾年抽高、五官長開，必是一個小帥哥。何篤行心中一直不願承認，吵著要當蘇哥哥新娘的繆繆很有挑潛力股的眼光。
他走向前，眨了眨大眼，「叔叔，我想找淇淇。」
在小公園裡蘇時宇只跟繆繆有互動，所以何篤行常忘記其實他跟淇淇同班。
「可是淇淇她還在休息，我會跟她說你們都很關心她——」
他一廂情願地以為對方是因為淇淇太久沒去上課而擔心，未料蘇時宇卻強硬打斷他的話。
「那沒關係，我找她爸爸！」
「找淇淇爸爸？有什麼事嗎？」
「我……有事想跟他說，」他一手揪緊了短褲下緣，吐了口氣才道：「是關於淇淇作弊的事。」
他聽了訝異又好奇，「你發現了什麼嗎？怎麼沒先跟老師說呢？」
「因為我不喜歡數學老師，」他撇撇嘴，「而且，淇淇跟小真她們好像……真的有作弊。」

何篤行都還沒來得及擺出吃驚的臉色，蘇時宇就再補了一句。
「但不是小真幫淇淇作弊，是淇淇幫小真。」

■

跟繆繆吃完飯後，他們就走到平常散步的小公園，就連繆繆也察覺今天氣氛好像不太一樣，拘謹地坐在長椅上，沒跑去玩公園裡的運動器材。
「爸爸，等下蘇哥哥會來找我們嗎？」
「嗯，剛剛跟他約好了。」
何篤行方才在校門口用電話聯絡裴承飛後，便跟蘇時宇約定時間在小公園見面。裴承飛一聽是跟淇淇有關的事，便排除萬難地丟下工作離開公司，正往這裡趕。
「姐姐生氣不理人是因為蘇哥哥的關係嗎？」
他搖搖頭，「不是，而且姐姐沒有生氣，她只是……要休息一下。」
「可是她休息好久喔，」繆繆噘嘴，「都不陪我玩。」
「要有耐心，妳生病的時候，姐姐有吵著要妳陪她玩嗎？」
「可是、可是……」她一連講了好幾個可是，卻越講越心虛，最後才用細若蚊蚋的聲音說：「可是真的等了很久啊。」
何篤行苦笑地暗忖：真的等了很久，希望今天會有所轉機。

蘇時宇來公園時，換上了何篤行較熟悉的打扮，寬鬆的土黃色帽T與休閒褲，右手還拎著滑板。他有點不好意思地說，我跟我媽說來練滑板的。隨後應繆繆要求，他還練了一下滑板給小觀眾看。蘇時宇滑了兩三圈後，裴承飛著急地趕到公園，像是直接從公司跑過來似的，內衣襯衫全被汗水浸溼。

「他人呢！」

他急吼吼地說話，嚇到了繆繆跟從後面滑過來的蘇時宇，何篤行趕忙出來打圓場。

他小聲暗示裴承飛，「你嚇到他了啦，你們好好談，我帶繆繆過去那邊玩。」

清場剩他們兩人後，蘇時宇莫名覺得害怕緊張，他較常見到繆繆的爸爸，沒想到淇淇的爸爸近看這麼兇。裴承飛抹掉額頭汗水，坐在長椅上，「你就是淇淇的同學吧？我是淇淇爸爸。」

「叔叔你好。」

「你有關於淇淇的事要跟我說？」

「對，是淇淇她們……作弊的事情。」

「來，坐在這邊慢慢說。」

裴承飛硬擠出親切的笑容，邀請蘇時宇到身旁坐下。可能是因為不用與裴承飛面對面，他的情緒也緩和下來，抱著滑板緩緩開口。

他會發現淇淇跟小真作弊的事情，其實是他跟淇淇曾在分組活動中待同一組。老師發下來的問答題目，淇淇一秒就能說出答案，但只在嘴邊喃喃自語地說，沒舉手搶答。那時他就覺得奇怪，淇淇明明知道答案，為什麼都不回答。

他沒直接問淇淇，只是偷偷地注意她，後來才漸漸發現，在數學小考時，淇淇跟小真的舉動很奇怪，總是鬼鬼祟祟地。

「其實我沒有看到她們換考卷，我也是那天才知道她們會換考卷。但是，那一定不是淇淇要小真換的，因為她們兩個在一起的時候，都是小真說什麼，淇淇就做什麼啊。」

裴承飛先把這個小男生似乎特別在意女兒的事暫放一旁，他的證言讓整件事都說得通了。

「你的意思是，淇淇的數學很好，不用作弊，小真才是需要作弊拿高分的人。」

「對！我還看過有人問小真數學問題，但她說忽然忘記怎麼算，後來也是淇淇教別人算的。她們兩個真的很要好，所以我沒跟老師說……可是，這次小真說是淇淇要她作弊，」蘇時宇的手指掐出了痕跡，越講越不甘心，「還害淇淇不敢來上學……。」

「你覺得是因為小真的關係，淇淇才不想上學？」

「不是這樣嗎？」他反問，「如果我的好朋友說都是我的錯，我也會生氣啊！」

「那你有問小真嗎？」

「有啊，可是她不理我。」

「所以你才想直接跟我說？」

他重重地點頭，「數學老師只喜歡小真那種成績好的學生，一定不會相信我說的話。」

裴承飛苦笑，這可真是英雄所見略同。當他還想再多問幾個問題時，公園另一頭傳來高亢的女聲。

「時宇——不是說八點前要回來寫作業嗎！」

一名抱著嬰孩的婦人正氣呼呼地朝這邊走來，嚇得蘇時宇跳下長椅，擺好滑板踏上。正準備往前溜的時候，他轉頭漲紅著臉說：「希望淇淇可以趕快回來上學。」

■

那天晚上，裴承飛直接聯絡導師告訴她這件事，當然隱去了蘇時宇的名字，他同時也說，希望能直接跟小真及她爸爸當面討論。導師很積極處理，隨後就拍板約定後天在學校見面。

裴承飛沒跟淇淇透露這件事，他想要等一切水落石出之後再告訴她。倒是何篤行對這個作法很猶豫，憂心忡忡地問：「這樣好嗎？真的不跟淇淇說嗎？」

「就算現在跟她說，她也不會講吧？」這段期間他們試過多少方法，淇淇都毫無反應。

「你又沒問過……。」

裴承飛見他囁囁嚅嚅的模樣，急躁地說：「你想說什麼就直接說吧。」

被催促後，何篤行才緩緩地道：「如果交換考卷是反過來的話，會不會淇淇是想保護小真，或是她們之間有什麼約定，因此淇淇才不講話？」

「怎麼可能，」裴承飛果斷打翻他的猜想，不耐地說：「你自己想想啊！是小真先誣陷淇淇的耶。淇淇就是因為這樣太難過了，選擇不跟任何人講話。」

大人被親信背叛都不一定能在短時間內重新振作了，更何況淇淇才十二歲還那麼小，沒有遇過人情冷暖，她嚇壞了吧，不知道該怎麼面對這件事，才導致自我封閉。

思及至此，裴承飛只想趕快到學校替淇淇討回公道。

「可是，小宇說的也不一定是事情的全部，我覺得還是先問淇——」

「淇淇就是不說話啊，你有辦法的話你去跟她說啊！」他站在陽臺大聲吼完，隔壁隨即傳來用力關上窗戶的聲音。

何篤行直接面對他排山倒海而來的滿腔怒氣當然不好受，但他知道這些都是因為關心女兒所致。

「淇淇雖然不說話，但她都有在聽我們講話啊。你好好跟她說，她也會有反應。」何篤行去看淇淇的時候，講到自己哽咽處，棉被裡的人總會輕輕地抖動一下。

「我會跟她說，但不是現在。」

「可是你這樣衝動去學校——」

「你不要再說了，到底誰才是淇淇的爸爸？」

一句鋒利的言詞劃開了兩人的界線。

這是無可辯駁的事實，裴承飛才是淇淇的親生父親。在法律上，何篤行跟淇淇可以說是毫無關係。雖然血緣或法律上的關係無法代表一切，但在情感撕裂的時候，那就是繫住彼此的一線，或好或壞，全都綁在一起。

不像他們，縱然有再多相處、再多回憶，只要轉身，彼此就是陌生人。

況且，他們從一起住開始早有不成文的約定，有事才呼救支援，沒事就各自管理，裴家與何家有各自的規矩。

「我知道了，對不起，是我管得太多了。」

何篤行伸手拉開落地窗，要走進室內時，還是忍不住將卡在喉頭的話吐出。

「裴承飛，你如果因為這樣就把全部的過錯推到小真身上，覺得淇淇會變成這樣都是她造成的。那麼，你跟那個數學老師，又有什麼兩樣？」

當裴承飛開口想辯解時，唰的一聲，窗戶關上，將兩人隔開變成兩個世界。

13.

會談當天的陣仗異常浩大，除了小真跟黃爸爸、班導師、數學老師，還有輔導主任也參與其中。導師在會前已先知會過裴承飛，因為淇淇連兩個禮拜不上學的事情不小，輔導主任想關心一下。

討論的地點也從人來人往的老師辦公室，移動到了隱密性較高的會議室。室內中央有張偌大的長桌，眾人在導師的安排下分坐兩方，一邊是導師、裴承飛、輔導主任，另一邊是數學老師、小真、黃爸爸。

小真與黃爸爸最後才由導師領著走進，早已知道今天要來談什麼事情的小真低頭跟在爸爸身後。然而，室內氣氛嚴肅，每個人臉上都沒有笑容，似乎更加深了她的緊張與壓力，走到一半還踉蹌一下。

導師與黃爸爸急忙伸手攙扶，導師溫和地說：「若真，妳不要緊張，我們只是想跟妳談談那天的事，放輕鬆就好。」

「那……淇淇會來嗎？」

小真細聲問導師，導師告訴她淇淇不會來時，她雙肩垂下似乎鬆了口氣。這些對話與反應，坐在對面的裴承飛都沒漏掉，這也讓他更加肯定一切是因小真而起，她不敢面對淇淇是因為心虛。

就座後，導師起身一一介紹並說明這次會議的目的。

「兩個禮拜前的事發生後，沛淇在家休養而且有拒絕上學的傾向。今天找大家來，主要還是希望能好好處理那次的事，請大家提供協助，找到她不願上學的真正原因。」

導師話音剛落，黃爸爸便率先發言：「其實我不太懂，那次作弊的事不是講了好幾次了嗎？小真也都講過了，如果只是要找沛淇不想上學的原因，那應該是問沛淇吧，怎麼把我們又找來了。」

「黃先生，在電話中也跟您說明過了，其實是因為還有一些疑點需要討論，所以才請你們過來——」

「這還有什麼好說的？是老師妳一直拜託我，我們才來的，不然這其實跟我們家沒有關係啊，而且不是只有她一個人受影響，小真也很難過啊。」

黃爸爸截斷導師的話，盛氣凌人的模樣與那次跟裴承飛在麥當勞相遇的形象判若兩人。

不過，裴承飛可以理解這種轉變，甚至覺得對方比當時更像個爸爸了，懂得護住小孩。

只是，為了淇淇的話，他也是什麼都肯做的。

「不好意思，我個性比較直接，那我就直說了。」裴承飛一手撐著桌板，身體微向前傾，「這整件事你們家絕對不可能置身事外，因為我懷疑這整件事其實是相反的，應該是淇淇幫助小真作弊。」

一旁導師沒來得及攔住他，點燃的導火線以迅雷不及掩耳之勢引爆了。

「怎麼可能！開什麼玩笑！」黃爸爸激動地站起，「小真一直都是全班第一名，怎麼可能要你女兒幫她作弊？」

「就是因為我女兒幫你女兒作弊，她才拿全班第一名啊。」

「你是說小真的成績都是靠作弊？道歉！給我道歉！」

「裴先生、黃先生，你們兩位冷靜一點。」

場面眼見一發不可收拾，三位老師都起身相勸，室內剩下小真還坐在椅子上，皺眉緊咬著下唇，用腳踢著長桌的桌腳。

——咚咚咚。

「我只是希望你女兒說出那天的真相，要不是那天發生了什麼，淇淇也不會這樣。」

「那是你家的事啊，犯錯不認錯，是家教問題吧？」

「你女兒誣陷別人，教養又好到哪去。」

「你沒有我女兒作弊的證據，你才誣陷吧！」

——咚咚咚咚咚，桌下的節奏隨著兩個爸爸吵架的內容增快。

「你們先冷靜一下，讓我們坐下來好好地談。」

導師轉頭細聲問輔導主任需不需要先帶小真回教室時，對面的李老師用平淡的語氣說了驚人之語。

「要證據的話，其實我有。」

「你有？」黃爸爸錯愕地看向他。

就連裴承飛也有點驚訝，但他立即懷疑起這究竟是哪一邊的證據。

「你說的證據是？」

「你們自己過來看吧。」

李老師拿出平板電腦放在桌上，坐在對面的三人繞過來，幾個大人圍著李老師。只見他打開相簿，點開一張張照片，都是考卷或習題的照片。他點開一張已經後製好的相片道：「左邊是沛淇五年級的數學考卷，右邊是最近一次若真的考卷。」

眾人不自覺地彎下腰，仔細觀察兩張考卷，看起來字跡十分相近。

「我比對過了好幾張，筆跡是一樣的。她們開始交換考卷應該是從五年級下學期開始，是沛淇把自己寫完答案的考卷交給若真沒有錯。」

女兒作弊取得高分的證據就擺在眼前，黃爸爸臉上一陣青一陣白，快步走到小真身旁。

「妳為什麼要作弊？妳讓我很丟臉妳知道嗎！」

小真低頭不語，此時裴承飛也走到她身旁。

「我只想知道妳為什麼要說是淇淇叫妳跟她換考卷？淇淇因為這件事都不說話了……她已經兩個禮拜都沒說過一句話了，妳為什麼要這樣對她？」

小真幾乎要將頭埋進雙膝之間，長髮遮去了她大半表情，只聽見她細碎的喃喃自語，「我就知道、我就知道……。」

「黃若真，妳要不要好好說清楚！」

黃爸爸盛怒至極，伸手才要碰女兒，她就重重地踢了桌腳一下，倏地抬頭厲聲說話。

「你們為什麼都怪我？明明是淇淇自己答應要跟我交換考卷的啊，她也是作弊啊！而且，是淇淇自己說如果被發現的話，她會說是她的錯啊！」

■

「黃若真。」

叫到自己名字的時候，小真很緊張，深怕走到講臺前領考卷時，老師會忽然對全班同學說，黃若真作弊，這些都不是她寫的。她一路上膝蓋打顫，看都不敢看老師，直到伸出手接過考卷時，聽到頭頂輕飄飄地落下這句話。

「若真這次有進步喔。」

小真拿著滿分試卷走回座位時，還處於失神狀態，人生初次作弊得到高分的竊喜與滿足、害怕與罪惡感，兩種極端情緒交織的奇妙矛盾感，讓她腦袋一片空白。

「小真，太好了。」

一回頭，坐在後方座位的淇淇對著她笑，彷彿兩人共同完成了什麼了不起的事。明明是自己提出要作弊的，但前幾天第一次實行時卻亂了陣腳，還打算反悔，最後竟是淇淇推她一把。

「小真，我會寫妳的名字喔。」

要是出現了兩張「黃若真」的考卷就不好了，她最後才急忙填上淇淇的名字，其中第一個字還看得到橡皮擦塗改的痕跡。

下課後，小真拉著淇淇到教室外花圃旁無人處。

「剛剛發考卷的時候我真的好緊張，萬一被發現怎麼辦，爸爸一定會罵我，但我考不好他也會生氣。」

「小真，如果被發現的話，我會說是我的錯。」

「咦？」

「我會說是我提議的，這樣的話，小真就不會被罵了吧。」

「那淇淇妳不會被罵嗎？」

淇淇搖頭，小真瞪大眼身子向前傾，「這是作弊耶，怎麼可能不會被罵！」

是老師千叮嚀萬囑咐不可以做的事情、是做了爸媽會被叫來學校的事情，淇淇卻不怕爸爸知道。

「沒關係，我不怕被罵。」

那次之後，也許是淇淇的話起了安慰作用，兩人一回生二回熟，她甚至食髓知味，有的時候對數學不求甚解也覺得無所謂。直到換了座位，終致東窗事發。

當數學老師撿起考卷的那刻，她全身的血液都被抽乾，覺得世界會因此崩解，所有一切就要終結在這刻。

驀地，她想起淇淇說過的話，抱著最後的希望看向她。

但淇淇卻抱著肚子，一句話都沒說。

淇淇會不會是後悔了？怎麼可能作弊沒關係呢？如果淇淇說是我要作弊的該怎麼辦？最近爸爸對我很好，說又考了第一名，讓他很有面子，還帶我去吃牛排，真的很開心。

我不想要被罵，要是被爸爸知道作弊了，他一定會怪我，說都是我的錯。他跟媽媽吵架的時候，也說都是我的錯。又不都是我的錯，弟弟也很吵啊都不怪弟弟，淇淇說要幫我的啊，而且淇淇也說過，她會說是她要作弊的啊她又不怕被罵。

「老師，是……是淇淇要我把考卷拿給她的，她想要跟我交換考卷。」

■

「為什麼要怪我……淇淇自己也有講啊……」小真抽泣道：「我也不知道為什麼她就不來學校了啊。」

在場的大人得知事情的全貌後，心中各有不同心思。黃爸爸茫然看著嚎啕大哭的女兒半晌，最後吐出的話卻讓人覺得諷刺。

「妳為什麼要作弊呢，用功唸書不就好了？」

一旁的裴承飛暗忖，黃爸爸還是不知道女兒為何作弊，然而，自己又了解自己的女兒多少呢？若是淇淇主動要求承擔作弊主謀，為什麼會拒絕與外界溝通呢？是因為小真先跳出來指著她嗎？還是另有原因呢？

即使得知了事情的全貌，也沒有任何問題被解決。

輔導主任將黃若真與她爸爸帶開另行溝通，數學老師先去上課了，剩下導師與他還在會議室裡。

「老師，謝謝妳今天的幫忙。」

裴承飛向導師致謝，但對方的表情僵硬，勉強露出笑容，他並不意外，畢竟會談最後留下了難受的餘味。

「希望真的能幫上忙，那沛淇的部分——」

「我會再試著跟她溝通看看。」

「幫我轉告她，老師還有同學們都在等她回來。」

「好。」裴承飛拎起外套時，忽地想到補充一句：「也幫我跟李老師說聲謝謝，沒想到他還留有考卷的照片存檔。」

導師聞言卻面有難色地別開頭，他關切道：「怎麼了嗎？」

「關於這件事，其實，剛剛他拿出照片時我蠻意外的，留存照片的事，我個人不太贊同。當然，如果今天是累犯或是其他原因蒐集證據的話比較說得過去，但是直接全部都拍照存檔，像是預設學生會做出什麼事情一樣……」她抿了抿嘴，「而且，我剛剛發現，他只針對特定學生這麼做，裡面只有某些學生的考卷照片。」

裴承飛的吃驚全寫在臉上，但是再仔細想想，對照之前李老師的言行好像又很合理。

導師發現自己好像講得太多了，連忙補上幾句官腔：「關於這點我們會再討論要怎麼跟李老師溝通，請裴先生不用太擔心。」

然而，裴承飛回家的路上一直在想，如果老師的偏見是無法改變的，那麼他該怎麼辦？還要讓淇淇待在這個環境嗎？可是，再擴大想，人不管走到哪裡都會受到刻板印象與偏見影響吧，而這些都是他帶給淇淇的原罪。

■

裴承飛低著頭在大門口找鑰匙時，身旁伸出一隻瘦得看得見皮膚底下青色靜脈的右手，執鑰匙直接開門。他沒多想地道謝，對方卻回他一句，「謝什麼？」

裴母提著一大袋食材，瞇眼看著這個連老媽都認不出來的蠢兒子。

「媽，妳去哪……等等，淇淇呢？」

裴承飛連對方回答都沒聽，三步併兩步地爬樓梯到裴母家，把袋子裡的東西全倒出來找到鑰匙，就著鞋子跑進房門。看到床上隆起也無法放心，他輕輕地掀開棉被，露出淇淇的睡顏，才吐了口大氣。

「你不幫我提東西就算了，東西還亂丟在門口啊，啊——鞋子沒脫！」門外傳來裴母的抱怨聲，他這才苦笑著去收拾殘局。

「妳怎麼把淇淇丟在家裡就出門啊。」裴承飛邊埋怨邊吃著裴母剛從市場買的草仔粿，充當遲來的早餐。

「我不出去買東西，哪有米能煮來吃啊？而且，淇淇都十二歲了，我就出去一下。」

「是沒錯啦，但妳可以——」

「可以怎樣？叫誰來顧嗎？」裴母的眼神帶怨，「你現在是有事了才心疼，之前也沒看你這樣照顧淇淇。」

裴承飛沒敢回嘴，母親說的是事實，他低頭乖乖被念。然而，媽媽的話比草仔粿還難找斷點，他硬生生聽了快十五分鐘的訓，最後才因裴母去廚房準備午餐得以放行。

裴承飛走進房裡時，棉被仍蜷成一團，放在床頭要給她解悶的紙本書跟電子書幾乎沒動過。他走到床邊就地盤腿坐下，這兩個禮拜以來，他常常以這個姿勢，等待女兒的回應。

「淇淇，我今天又去學校了。小真跟她爸爸也去了，小真她⋯⋯都跟我們說了。」

裴承飛把今天發生的事跟淇淇報告一次，期間注意她的反應，不過，事與願違地沒有任何回音。他真的很懷疑何篤行說的話，因為他從未接收到淇淇的任何反應。

還是，她的沉默只留給身為父親的他？

工程師的邏輯很簡單，哪裡壞了，就修哪裡；哪裡有問題，就去找出那個問題的答案。他一直以為，只要找出數學小考作弊事件的真相，找出主使者是誰，淇淇就能恢復原樣。但是，經過會議室發生的事情後，他才明白一切都是自己一廂情願。

其實他跟李老師，甚至與小真的爸爸都沒什麼兩樣，只想把出錯的原因歸咎在一個點上，急著趕快處理掉礙眼的錯誤，讓所有的人事物回歸成自己熟悉的、應有的模樣。

就像當年他跟馥純婚後的生活，他從未認真關心馥純的心理狀態，只想把漸漸脫軌的生活導正，讓自己有爸爸的樣子，強迫馥純有個媽媽的樣子，現在則是不求理解地，強要淇淇恢復成原來的模樣。

經過這麼多年，還跟前妻談和了，他還是重蹈覆轍，最終只學會了人真的永遠都不會改變的道理。

「淇淇，爸爸之前錯了，其實妳一點都不怪小真對不對？妳說要幫她頂罪也是認真的，只是那天太多狀況了，妳不知道該怎麼辦。」

「小真說的話嚇到妳了，但妳還是不怪她的。」

「妳是不是想到了什麼？還是妳心裡面有更難受的事？」

裴承飛的背靠在床邊，雙手握拳放在額上，他原本只是靜靜流著眼淚，然而情緒的線頭一旦被抽了出來，便一發不可收拾地傾洩。

他嗚噎地說：「淇淇，我只是不希望妳一個人忍耐著，一個人難過，讓爸爸陪妳一起好不好。」

房裡依舊沉默無聲，但在他看不到的地方，棉被靜靜地溼了一角。

■

何篤行前往裴母家的路上，第二次在路邊看到裴承飛抽菸。

對方瞥他一眼問道：「繆繆呢？」

「今天我姐帶她回老家玩。」

何蔚瑜聽聞淇淇的事也想來探望，但被何篤行以「淇淇現在狀況還不明朗不要太打擾她」勸退了。

她另問有什麼幫得上忙的地方，他便讓姐姐週末暫時帶繆繆回去玩兩天。

「你也很久沒回去了吧，怎麼不一起？」

「還是想過來看一下淇淇。」從裴承飛冷淡的反應看來，今天在學校的事八成沒有什麼好結果，他還是不要現在追問比較好。

「那你過去吧，我再抽一下。」

何篤行離開後，裴承飛對著人來人往的馬路抽了兩根菸，心中的苦澀與鬱悶絲毫沒有緩解。

又過半晌，他看到何篤行跌跌撞撞地從遠方跑過來，雖然早知道這傢伙的運動神經不好，但那副跑步的模樣堪比提線人偶，而且還不是跑直線，歪七扭八跑到巷子中間，被後面的機車叭了好幾下。

「裴、裴承飛……」何篤行跑到他跟前，一口氣還沒喘過來就急著說話，還被自己的口水嗆到咳了幾下。

他挑眉，「什麼事？」

「淇、淇淇……。」

他這才有些緊張，「淇淇怎麼了？」

「淇淇說她想去心理諮商。」

14.

走進小房間的時候，她覺得自己好像打開了奇幻故事裡的魔法箱。那個世界並不大，仰頭看是土耳其藍，低頭是青草綠，四周皆是頂天立地的木製層櫃，上面擺放著數量難以置信的各種小模型，彷彿有人用哆啦A夢的縮小燈，把全世界的東西都照過一次後，蒐集在這裡。包含看得到的、看不到的、幻想中的。

她脫下室內鞋，踏在綠色短毛地毯上，柔柔毛毛的質感很舒服。她不自覺地繞了室內一圈，或蹲下或踮起腳跟，仔細欣賞一個個色彩繽紛的物件。其中她最喜歡的是一隻貪睡又貪吃的黃貓，蜷成一團入睡時嘴邊還咬著魚骨頭。

等到看得心滿意足了，她才走到房間正中央，長桌上放著兩個矩形的木盒，在右邊木盒的旁邊有個鮮紅色的澆水器，跟叔叔用來照顧多肉植物的澆水器有點相似。

來此之前，她就聽過這些東西的用途。

「左邊是乾沙盤，是細白砂，摸起來很舒服，我常常這樣把兩手埋進沙子裡，掬一堆砂起來讓它慢慢從手中落下，妳也可以試試看。右邊是溼砂，顏色比較深一點，我們選了一種澆水後比較黏的沙子，澆水器裡面有水，妳可以澆在沙子裡，再捏成想要的形狀，這個也很好玩。

「木架上所有的小東西妳都可以拿來放在沙子裡，隨便玩隨便放，就算弄溼也沒有關係，妳可以把它們拿來放在妳的世界裡，這個沙盒就是妳的世界。

「淇淇，我會在旁邊陪妳，但我不會說話吵妳，妳有任何需要或問題都可以問我，我會幫助妳。我們會在這個房間裡待五十分鐘，前半小時讓妳玩，剩下的時間，我希望妳可以為我介紹妳的沙盒、妳的世界。最後，我會幫妳的世界拍照作為這次沙遊記錄，好嗎？」

她坐下把手伸向乾沙盒，裡面的白砂一顆顆反射著燈光，有股魔力般使人不自覺地伸手撫摸。沙子明明是固體，卻有流動性，從手縫滑落時像水流，指尖按壓它卻又是硬的。

她深深沉迷其中，心靈也越來越平靜，就算時間快到了，她也沒在沙盒裡放置任何物品，而坐在房間一隅的另一個人遵守承諾，並未出聲催趕她。

直到最後，她才站起身拿了兩個人偶，一男一女，立在沙盒的正中央。

■

「裴爸爸，請坐。不好意思，我先去加個水，要幫你倒一杯嗎？」

裴承飛搖頭謝過，待諮商師暫時離開後，他在舒適的絨布沙發上坐下。商談室裡一切布置都是為了讓人放鬆，採用間接照明讓眼睛舒服的柔和光線，幾個看起來很好抱的幾何形狀抱枕，仔細聞的話，會發現連空氣中的味道都是精心挑選過的。然而，這個讓人感到舒適的環境，他卻怎麼樣都無法放鬆坦然，可能是因為來到這裡，就是為了女兒的事。

諮商師端著熱氣蒸騰的馬克杯進來，她是一位身材豐滿、笑起來很有親和力的中年婦女。把她放在菜市場或是公園裡跳健康操的媽媽群裡一點都不會突兀，反而在座位後方牆上的國內外學經歷證照跟她還比較不襯，就連上面的大頭照也不像本人。

找到這位諮商師的過程有點離奇，又帶點緣分。

原先裴承飛毫無頭緒，雖然學校有輔導老師可以問，但他心中有股無以名狀的力量讓他不想再與校方接觸。最後想到Kevin很久以前曾提過，因為自身性向認同與他父親的事，有看過一陣子的個人諮商。經Kevin聯絡到那位諮商師後，對方卻表示親子諮商並非他的專業，可以另外轉介他的老師給裴承飛。不過，Kevin也告訴他，諮商師有分合得來跟合不來的，還是要慎選才行。

裴承飛戰戰兢兢地約了第一次門診，到了他才知道親子諮商會各別談話，在外面等了半小時，換他進去。諮商師問了他許多基本問題，請他談談父女平常的相處情況等等，就是沒聊到剛剛淇淇的諮商狀況。

最後時間快結束，裴承飛按捺不住好奇與擔心，詢問諮商師剛剛跟淇淇講了什麼。

她圓圓的臉上掛著和藹的笑容，一字一句清楚地道：「她一個字都沒有說，我也只說了兩句自我介紹，然後，我們度過了很平靜的半小時。」

當下，裴承飛就認定了這位諮商師，應該是合得來的。

「今天是第四次諮商，上次我們聊到你跟你前妻的事情，可以再多說一點嗎？」

頭兩次來的時候，裴承飛並不知道會談這麼多關於自己的事情，以為只會針對淇淇的狀況討論。經諮商師說明後，父母對孩子的影響遠比想像中的還要多，而且，人本身的想法、心理狀態也都是長久累積下來的，想要了解人，就得從頭了解起。

「我了解突然要在陌生人面前講自己的事情好像很奇怪，特別是男性，我有一些個案說，他也不知道為什麼就覺得講自己的事很彆扭。不過，就試著講講看吧，如果不行的話我們也有別的方法。」

裴承飛從一開始簡單的描述句，到後來加上情緒性的字眼，最後像拍記錄片似地，娓娓道來的話語成了一幕幕剪接出來的人生重點場景，每個畫面都影響著整部片的結局。

「我一直對前妻抱著怨恨，不知道這點會不會影響到淇淇，我是不會避著聊她媽媽的事，但我們的確很少認真談過。其實……我不知道她對她媽媽的真正想法是什麼。」裴承飛摟著抱枕，穩了下情緒再道：「之前跟前妻再次見面，終於解開了當年的心結，才知道她當年產後憂鬱，還曾經想過要把淇淇從樓上丟下去再自殺……。」

「原來是這樣，」諮商師嘴邊溢出的話讓他感到困惑，對方也隨即察覺，接著說：「因為今天我讓淇淇做沙遊，她也說了類似的事情，真的很奇妙呢，親子之間好像會互相牽引著。」

「她說了什麼？」他急問。

「淇淇在沙盤裡只放了兩個物件，一個男人偶跟一個女人偶，我請她介紹時，她說，那是還沒有她的世界，只有爸爸跟媽媽。我問她，為什麼要做一個沒有她的世界在她的世界裡，她說，因為那是最美好的世界。」諮商師斂了斂眼神，「孩子會有這種『如果沒有我就好了』的想法，可能是想逃避情境，或是父母吵架時說了類似的話。」

「不，怎麼可能……我離婚的時候淇淇還不滿兩歲，怎麼可能記得。」

諮商師搖搖頭，「她記得，記得很清楚。」

■

她一直都知道的，那個常常夢到的夢其實不是夢，是真的發生過的事情。她的記憶力很好，還未識字前發生的事，雖然當時不能理解，但只要閉上眼睛，那些影像都歷歷在目。有的時候是爸爸跟媽媽吵架，問她為什麼不在家裡顧小孩？媽媽反問他為什麼不肯早點回家顧小孩？

等到可以理解這些字句之後，她便發現最大的原因就是自己。

這並非她臆測猜想，而是當事人親口說出來的。

她還記得，那天風很涼，以為是媽媽帶她出去玩了，媽媽很少帶她出去玩，所以她很開心。媽媽把她抱得高高的，通常只有爸爸會這樣跟她玩，但她還是很開心。她看到一大片藍色的天空，聞到腐爛植物的味道，聽見嗚嗚的哭聲——

媽媽淚流滿面地對她說，如果沒有妳就好了。

她其實不是真的怕高，而是走到高處就會想起這件事，也怕自己會去實行媽媽沒有對她做完的事。後來媽媽跟他們分開了，剩下爸爸、奶奶跟她，但奶奶生病了，爸爸很累又很忙，根本沒太多時間照顧她。她只能忍耐著不哭鬧，努力讓自己長大，不要給爸爸或奶奶添麻煩。

後來，叔叔跟繆繆來到這個家，她覺得自己變得有用多了，她可以照顧繆繆，叔叔也常誇獎她懂事又聰明。但她還是覺得自己常做錯事，沒看好繆繆。繆繆那麼小，不是她的錯，是自己的錯。

上小學後，她隱約知道自己好像跟其他同學不太一樣，老師教的東西她早就會了，或是先在書上看過了。她自己看書調查後發現，這種情況叫做資優兒童，需要給予跟一般學生不一樣的教育。她不想要得到特別的對待，若是讓爸爸或叔叔知道了，他們會很困擾吧，而自己又會成為一個麻煩。

她的存在已經讓爸媽覺得麻煩了，她必須極力隱藏自己，她很努力想要成為這個家中的一分子，只要給她一小塊容身之處就可以了。

每天在學校扮演著不像自己的人，不能隨便說出不符合小學生的見解。在家裡也得時時刻刻顧好繆繆、各方面都讓著繆繆，看到想要的東西也不能像繆繆一樣吵著要。

然而，壓抑著自我並不是件易事，她以為自己辦得到的，但她實際上根本做不到。

想照顧繆繆卻害她吃到致敏食物，想幫小真拿好成績卻搞砸了，想當個不麻煩別人的小孩卻也無法如願。當小真指責她的時候，她只想到後續會帶給大家多大的麻煩，對小真、對老師、對爸爸……。

她對不起這一切，就跟媽媽講的一樣。

——如果沒有我就好了。

■

諮商結束後，裴承飛與淇淇一前一後走在往捷運站的路上，他走在前面，與淇淇相差約三步的距離。眼看離目的地越來越近，他就越走越慢，慢到淇淇甚至要停下來等他。

最終他停下了腳步，回頭爽朗地笑著問：「淇淇會餓嗎？」

淇淇搖搖頭，一邊想著前幾次來諮商結束後，爸爸心情總不太好，為什麼今天卻特別開心？她答應讓諮商師將沙遊的結果還有她的自白跟爸爸說，爸爸剛剛已經聽到了嗎？還是——

「是噢，可是我餓了，陪我去吃點東西吧。」裴承飛不由分說地牽起女兒的手，淇淇也任爸爸帶著走。兩人默默走過好幾個公車站的距離，附近的巷弄街道、店家招牌漸漸熟悉起來。

「妳還記得吧，我們以前住在這附近。這裡有很多緬僑，也有很多泰國緬甸料理店，可惜妳不太吃辣，不然有幾間還蠻好吃的，我跟妳媽媽常來吃。」

再走過一個街口，若說剛剛只是熟悉，那麼眼前坡道旁的小公園則讓她的回憶源源不絕湧現。媽媽很少帶她出門，就算出門也只會來這裡散散步，坐在小涼亭的長椅上，用腳推著嬰兒車，哼著不知名的曲子。

不知道爸爸是知道或不知道，也帶她坐在同樣的位子。

「坐一下吧。」裴承飛見淇淇張大眼看著他，像是在問：不是說肚子餓要吃東西嗎？

「時間有點早，我想吃的麵店可能還沒開。」

兩人並肩坐了一會兒，裴承飛拿出手機翻找出一張翻拍紙本照片的照片，遞給女兒。

畫面中坐在病床上的蘇馥純抱著剛出生沒多久的淇淇，裴承飛一手摟著妻子，另一手放在淇淇的肩上，不管怎麼看都是一家幸福的畫面。雙親皆歡迎著女兒的到來，他們的眼神中對女兒、對彼此、對這個家，都有無限的期待與想像。

「這是妳出生後沒多久拍的照片，看到妳平平安安、健健康康的來到這個世界，我跟妳媽媽都很感動，奶奶還哭了所以嫌醜不跟我們拍照。」

裴承飛想起那天的情景，那的確是改變他人生的一天，他也希望如果時間能永遠停在那天該有多好。

「我跟妳媽媽之前見過一次面，她告訴我那時候她生病了，對妳做了很殘忍的事，她覺得很後悔，她一定也想當面跟妳道歉。

「很可惜，我跟妳媽媽當不成家人，但我們並不怪任何人，這是我們兩個人的問題，更不是妳的問題，不要再怪罪自己了。」

裴承飛紅著眼眶回頭，看見淇淇眼淚掉個不停。

「妳絕對是我最重要的女兒、最重要的家人。不要再擔心妳會帶給大家麻煩什麼的，好嗎？家人就是互相添麻煩又互相幫忙的關係啊，」他忽地一笑，戲謔地道：「以後爸爸老了就會給妳添很多麻煩的，妳可要好好賺錢養我啊。」

淇淇被他逗得哭笑不得，只是拚命搖頭，裴承飛只得裝哀怨地說：「那我只好到路邊當流浪老人了。」

兩人再坐了一會兒便離開公園，裴承飛熟門熟路地走小巷，來到他說想吃的刀削麵店，結果門口貼著大大六個字，今日因故公休。

「不會吧，想說好久沒吃這家刀削麵——」裴承飛無比失望地蹲了下來，緊接著一道陰影籠罩，淇淇的咖啡色鞋子緩緩出現在視野中。

「爸，我們回家吧。跟叔叔、繆繆一起吃吧。」

經過了一段比實際時間還要更長的盼望，他終於聽到了女兒的聲音。

15.

「姐姐妳快點來看我的小房子！」四人外食後回到家，繆繆就迫不及待地拉著淇淇到房間獻寶。她的床邊地板上多了一幢縮小版的紅色屋頂房子，房子可以從中間剖開，分為左右兩側，共三層樓六個房間。在一樓的兩個房間之間還布置了地板，形成一個露天的大客廳，每個房間都有小巧的家具跟動物房客們。

「這隻白色的兔子是我喔，住在三樓的房間。姐姐妳是這隻貓咪，牠住在我旁邊的房間喔。兔子爸爸在樓下煮飯，貓咪爸爸會開車喔，他那臺車還可以坐四個人！」

繆繆開心地向淇淇一一說明，這些小東西讓淇淇想到方才沙遊室裡的模型，不禁會心一笑。這個就是繆繆的世界吧，四個人和樂融融地住在大房子裡，永遠洋溢幸福快樂。

淇淇瞥見小房子外面還有一隻松鼠騎著單車，肩上還背著小包包，模樣挺可愛的。

「繆繆，那這隻是誰啊？」

「是蘇哥哥啊！」繆繆拿起松鼠把玩，皺起眉說：「可是爸爸說沒有賣滑板，就只能給他騎腳踏車了。」

淇淇忍著笑，不知道為什麼，那鼠頭鼠臉的樣子，跟班上的蘇時宇還真有那麼點像。介紹完小房子後，繆繆又拉著淇淇到書櫃旁，抽出這陣子新買的繪本跟彩色圖鑑，這些新購入的商品介紹一時半刻間還不會歇息。

外面兩個大人放下心中重擔，坐在餐桌旁，喝著方才順道買的咖啡。

「淇淇的懼高症竟然是因為這樣，我都沒發現……。」何篤行聽了裴承飛的說明後，低著頭有些自責。

「她不說的話，不可能會發現的。」他暗忖：我都沒發現了，更何況是你？

「淇淇真是——」他停頓幾秒卻怎麼也搜索不到形容詞，最後只能深深嘆一口氣。

兩人無言地喝了幾口咖啡，何篤行再問：「所以，諮商還是會繼續吧？」

裴承飛頷首，「這也不是一、兩次就能全解開的事。」

「那學校那邊？」

「其實諮商師也想知道淇淇在學校的狀況，所以我後來請導師跟她聯絡，老師那邊也希望淇淇能過來做個測驗。」

「測驗？」

「智力跟數理方面的測驗，導師說如果淇淇真的有這方面的天分，就會幫忙安排轉班。」

「這樣啊，你覺得呢？」

裴承飛撫著手臂，看向小孩子們的房間，「我一切以淇淇的意願為主，不過她現在還不太想回去上學的樣子。」

「回原本班級的話好像……。」

「所以導師也是貼心，才建議先做測試看能不能轉班。」

「那……小真？」

「聽導師說小真爸爸會讓她轉學。」雖然他不覺得轉學就能解決所有的問題，但也不意外對方會做這個決定。

為了暫時打住沉重的話題，裴承飛指著門口旁邊那疊還沒拿去回收的紙箱。

「你最近為了穩住繆繆花了不少錢吧？」

何篤行聞言搖頭嘆氣，繆繆成天在問為什麼姐姐不回來？為什麼叔叔不回來？他只得用錢包來轉移大小姐的注意力。

「別說了，」他雙手抱頭，哀痛地道：「你們再不回來，百貨公司的玩具部就要被她搬空了。」

「你要是錢都花光了，就跟我一起去路邊當流浪老人吧。」

何篤行看對方哈哈大笑，雖不明就裡，但也跟著笑出聲音來。

■

「如果妳還不想去學校的話，不用去也沒有關係，不想做測驗也可以，那就不要做。」

從那次之後，裴承飛對待淇淇的方式起了很大的變化，無論做什麼事都會再三詢問她的意願，把她當成易碎物品來看待。她一有什麼小動作，或是開玩笑地說了什麼，爸爸總會嚴陣以待，讓她很不習慣。

何篤行私下偷偷跟她說：「這是個過渡期，就請妳忍耐一下吧。」

不過，看著爸爸努力地改變，雖然有點用力過了頭，但她也想要回應爸爸。

如同諮商師所說的，「不要把依賴別人當成是一種過錯，不要去抗拒它。改變對人來說是很困難的，不管是大人或小孩都一樣，就像疾駛前進的車輛無法立即迴轉掉頭，但是我們可以有意識地做起，慢慢地，從小地方開始，一點一滴地，等到回頭看的時候，妳已經不知不覺轉了個方向。」

她還沒準備好要去學校，可是卻想做測驗。之前學校曾經做過一次，題目很有趣，但她只寫了一半就停筆，那時候她就想著，如果還有機會的話，很想試試看能不能在時間內把全部的題目寫完。

「我想做測驗，但還不想回學校上學，可以嗎？」後面那句話她講得很小聲，覺得說出自己內心真實的願望很害羞。她一直很羨慕繆繆，喜歡什麼、討厭什麼都能大聲說出來。

裴承飛聞言，彷彿女兒剛剛解答了數學千禧年大獎難題，欣喜若狂地點頭說好，去學校就只做測驗。

跟導師約定好時間後，裴承飛便帶著淇淇回校，直接約在上次那間會議室。導師親切地跟淇淇打招呼，說些無關痛癢的寒暄，便讓淇淇開始寫試卷。

測驗時間並不長，導師與裴承飛坐在一旁安靜等待，淇淇一鼓作氣寫完所有試題，覺得十分暢快。

「我現在就改，你們等一下喔。」

導師回收試卷後批改，邊改臉色越不對勁，隨後拿起紙張說要回辦公室拿個東西。裴家父女互看了一眼，裴爸爸又擔心過頭地開始打預防針，裝作雲淡風輕地說：「其實就是個測驗，結果好壞都不用放心上。」淇淇輕應了一聲，沒說出口的是，那些問題她都會寫，而且覺得很簡單。

沒過多久，導師又拿了幾張紙回來，請淇淇寫寫看，說這次不測時間，不會寫的話直接說就可以了。

這次的題目比較有挑戰性，淇淇弓起背，筆尖在紙上飛速磨擦，發出唰唰聲響。雖然多花了點時間，她仍全部寫完了，而且有些問題她覺得很有意思。

導師對完答案後，走到淇淇身邊跟她說有事要跟她爸爸講一下，請淇淇在這邊等一等。

兩人離開後，淇淇拿出隨身攜帶的閱讀器來打發時間。過沒多久下課鐘響，會議室外走廊學生人來人往，但是這間會議室平常很少在學生上課時使用，門又關著，所以並沒有人注意到淇淇正坐在裡面。

然而，有個少年從校園的另一頭飛奔過來，像隻眼中只有目標的鬥牛，橫衝直撞地來到會議室前。他一把打開門發出巨響，嚇了淇淇好大一跳。

蘇時宇親見看到淇淇、確認真的是淇淇之後，才感到脫力腳軟，倚著門框直喘氣。

「我……從三樓音樂教室……看到妳……。」

蘇時宇上音樂課時撐著下巴看窗外發呆，遠遠看到對角線那頭淇淇的身影，還以為是自己眼花，整堂課都在猶豫要不要過來看看。結果，一打鐘他的雙腳就自己動了起來，把音樂課本跟直笛都丟在教室裡，音樂老師好像對著他的背罵了什麼也沒聽見。

淇淇抱著閱讀器，沒來由地警戒。

她與蘇時宇一點也不熟，在學校根本沒講過幾句話，放學後在公園遇到也都是繆繆跟他聊天，說不定繆繆跟他說過的話還比她多。

「妳……」蘇時宇大力吞口水後再道：「妳要回來了嗎？」

「我只是來做測驗。」

「那、那妳會回來上學嗎？」

她垂頭悶聲說：「我不知道。」

他往前跨了一大步，「我、我知道妳數學很好，其實妳都會，是小真不會——」

淇淇雙眼微睜，她從來沒想過班上除了小真以外，還有人發現這件事。

「我跟妳爸爸講了，這樣他們就知道真正作弊的人不是妳了，妳沒有做壞事啊，接下來妳就會回學校了吧！」

蘇時宇越講越興奮，甚至認為自己參與了救援淇淇的大行動，與有榮焉。然而，他卻不知此時此刻，淇淇因他的話而聯想到的，是背道而馳、完全不同的事情。

蘇時宇知道她的事情，但是因此誤會了小真，那麼其他同學又會怎麼看她們兩個人？淇淇這才真正意識到，一旦自己回到學校上課，將要面對什麼，若是坦然一切，她將以一個全新的樣貌出現在班上，以前假裝的事，全會被攤陽光底下。

還有小真……小真她……她臉上血色褪去，抱著閱讀器的手越來越緊，蘇時宇以為她害怕另一件事。

「淇淇妳不用擔心，小真她轉學了，不會欺負妳了。」

■

「沛淇在瑞文式圖形推理測驗的PR值是九十八，也就是說她比百分之九十八的學生得到的分數都還要高，她的圖形跟推理能力很優秀。我拿了智力測驗跟高二的數學題目、語文測驗讓她試著寫寫看，她的智力估計可能超過一百四十，但那份是簡單版的，可能還要另外再幫她做正式的測試。高二的語文測驗她拿到不錯的成績，語言跟抽象理解力很好，數學題更是滿分。我比較意外的是，一般平常沒看過這些題型雖然也解得出來，但會需要一點時間，而沛淇都能流暢地解題，她是不是平常就在跳級學習了呢？」

「跳級？」

一個想都沒想過的詞冒了出來，裴承飛急答道：「沒有沒有，她連參考書都沒有買，平常只有上珠算補習班，頂多就喜歡看課外書。」

「那她平常都看什麼課外書呢？」

裴承飛拿出手機登入電子書的帳號，把淇淇買的書給導師看。

「她說要買的書，我都有稍微看一下再讓她買。」這話講得有點心虛，其實他也只是瞄一下標題跟簡介，不是她這個年紀不該看的書，或是什麼奇怪的書就好了。

導師借了手機飛速瀏覽過書單後，板著臉認真地說：「這些書裡我看過這幾本，裡面的內容已經遠遠超過國小、國中生能理解的範圍了。」

他聞言腦袋有點混亂，本來以為淇淇只是數學可能比同班同學好一點，但現在聽起來似乎不止於此。

「老師妳的意思是，淇淇平常上課，都在學她已經會的東西嗎？」

「她可能會覺得上課很無聊吧，就像我們現在重新去上小學一年級的課一樣，因為都會了都學過了，感受不到學習的樂趣跟成就感。」她重重地嘆了口氣，「難怪她這麼喜歡看課外書。」

因為書本才能滿足她的求知欲，才能帶領她認識這個世界。

導師這番話給予裴承飛再一次沉重的打擊，沒好好關心淇淇，讓她抱著巨大的壓力生活，已讓他苦不堪言，好不容易現在心結稍稍解開了，卻又發現他其實連淇淇的課業狀況都不清楚。以為對成績沒有要求就是對她好、讓孩子自由發展，結果回頭看來，這些都是讓自己對女兒的漠不關心變得好聽的藉口吧。

「裴先生，」導師忽然低頭，因光線折射鏡片而看不清她的眼神，「真的很對不起，我身為沛淇的導師，沒有注意到她的狀況。」

這時，裴承飛終於明白了，為什麼有些家長會把小孩子的事全怪罪到學校跟老師，甚至是整體社會上。因為承認自己對小孩做錯了事、承認自己的教養方法錯誤，是一件非常困難且痛心的事情。明明是希望捧在手裡疼愛著，用自以為最適合她的方式對待著，想讓她成為世界上最幸福最特別的孩子——怎麼就錯了呢？孩子在別人眼中怎麼就不一樣了呢？

把錯誤全推給別人很輕鬆，還能維持著自己給予小孩的愛是真真切切的假象，不過，否定自己對她所做的一切，就等於切斷了親子之間的關聯吧。

所以即使做錯了，也要勇於承認，因為——

「老師，這怎麼會是妳的錯，再怎麼說，我都是她的爸爸。」

■

「爸，你的沾醬是醬油再加一點醋，對不對？」

裴承飛還在回想剛剛跟導師的談話，聽到淇淇的聲音，才像是大夢初醒般，茫然頷首。

「那我去盛沾醬。」

兩人離開學校後，到附近的連鎖煎餃店用餐。女兒貼心地替他準備沾醬還拿了筷子跟面紙，還恰好趕上了一批，表皮微焦、香味四溢的煎餃上桌。

看著淇淇一如往常慢條斯理地用餐，裴承飛毫無食慾地放下了筷子。

「爸，你不吃嗎？你下午不是還要上班？」

他再次拿起筷子，想說多少吃一點，但最後還是動了口沒動手。

「淇淇，學校的課對妳來說是不是太簡單了？」

淇淇才要開口說「不會啊」，然而這三個字卻噎在了喉頭，她在心裡暗忖：改變方向真的很困難呢。她看見爸爸渾身上下散發著「我好擔心妳啊」的氣息，不可以再做「不想讓他擔心」的事了。

——妳已經弄糟過一次了，不可以再重蹈覆轍了。

「我、我覺得學校的課有點簡單。」

「老師也覺得妳的程度要再更高一點。」

裴承飛一下搔搔臉，一下撫著耳朵，換了好幾個姿勢，心裡也換了好幾種說法。

「妳覺得現在這樣就好的話，還是可以留在原來的學校。當然，等妳想上學的時候再去……不過，如果妳想學更多東西的話，老師給了一些建議。」

淇淇難得截斷他的話，「是轉學嗎？」

「對……如果妳想轉的話，老師會幫忙找適合妳的學校。」雖然他真的很難想像淇淇跳級上高中的樣子，但如果她願意的話——。

「好啊，我想轉學。」

「真的？」裴承飛補充說：「妳不要因為我們希望妳轉學——」

「我是真的想轉學，我還想學更多東西。」

淇淇用筷子把煎餃的皮剝開挑出肉餡來，有一次她看到繆繆吃水餃時這樣做，雖然後來繆繆被何爸爸義正詞嚴地糾正，但她一直想試試看。

「還有，爸爸，我不想去上珠算班了。」

「咦？可是珠算班——」不是妳自己說要去上的嗎？裴承飛還堅信那是淇淇少數表現過喜好與任性的時刻。

「爸爸跟叔叔之前在聊天的時候說，繆繆去才藝班時，家裡會忽然變得很安靜。叔叔說他這段時間才能做自己想做的事，所以，我……其實沒那麼喜歡珠算。」

「妳——」

裴承飛頓時不知道該說什麼才好，雙手猛地抱頭，「那妳剛剛說不想吃麥當勞是真的吧？」

淇淇咧起嘴，右頰邊酒窩深凹，「是真的啦！」

她再也不想去那間麥當勞了，她跟小真有太多回憶在那邊。其實，要不要轉學到符合她程度的學校，她都無所謂。然而小真轉學了，她也轉學吧。小真留下來的話，她們應該能一起面對，就像小真牽著她的手走到三樓音樂教室時，總對她說：「淇淇妳怕高就不要看，我會拉著妳的。」

但小真離開了，她無從得知她最後的想法是什麼，只能選擇跟她一樣的路，重新開始。

16.

最近，繆繆有一件開心的事跟一件不開心的事。

開心的事情是她的生日就快到了，小孩子在生日時可以許三個願望，可以用來做任何事，包含坦誠說謊並得到原諒。她今年是個乖寶寶，沒有說謊做壞事，所以不用為此花掉寶貴的願望。

但是，她預支了其中兩個願望，她希望姐姐能趕快好起來，希望姐姐能趕快回家陪她玩。最近願望都實現了，她好開心。還剩下一個願望她卻很煩惱，因為爸爸最近買了很多玩具給她，她已經沒有想要的東西了。

繆繆獨自煩惱了好幾天，終於在睡前想到一個最棒的生日願望。

「怎麼了？笑這麼開心。」淇淇瞥見繆繆抱著兔寶布偶在床上扭來扭去，像有人搔她癢似地笑個不停，故好奇地問道。

「我終於想到我要許什麼生日願望了。」

「喔？是什麼啊？」

「就是——」繆繆話說到一半倏地噤口，豎起眉對淇淇說：「不行，不能現在講啦！要生日那天才可以說。」

淇淇微瞇起眼，「是喔，妳也學會賣關子啦。」

她知道，賣關子就是故意不跟人家講，讓人家一直問一直問。姐姐常對她「賣關子」，這次她終於也能「學以致用」。

繆繆坐直起身挺胸驕傲地說：「對，我會賣關子了！」

「好吧，那我就只能等到妳生日那天囉。」淇淇走到牆邊，手放在電燈開關上，「繆繆，要關燈睡覺囉。」

「咦？姐姐妳不問我嗎？妳問一下嘛！問一下啦！」

結果那天姐姐笑了好久好久，還笑到咳嗽了，就是不問她的願望是什麼。

而那件讓繆繆不開心的事情是，她書包上的花朵小吊飾與小鈴鐺掉了。原本背著書包走路會發出叮噹噹的聲音，她很喜歡，總讓她聯想到小貓小狗項圈上的小鈴鐺，就像有隻小動物陪著她上學似的。

某天，那聲音突然就不見了。

「掉到哪去了呢……繆繆，妳記得早上出門的時候還在嗎？」何篤行問。

繆繆癟嘴搖頭，「我不知道！爸爸快幫我找出來啦，我的小花——」

何篤行陪著繆繆在家裡找了一圈，在外面也找了一輪，還是沒找到那個吊飾，想買一個差不多的給她，她又非得要一模一樣的不可。也曾想過要狠下心為了吊飾重買一個書包給她，卻被裴承飛出言阻止。

「你不覺得你太寵她了嗎？而且話說回來，就是她弄掉的，應該要讓她學會負責承擔後果。」

何篤行內心深處也知道裴承飛說的對，但他就是做不到。

「繆繆，妳在學校也找找看好不好？如果真的找不到的話，我們再想想看有什麼別的方法？」爸爸都這麼說了，繆繆也只能接受這個暫時的方案。

她問了同學有沒有看到她的小花，同學都說沒有，老師們也都沒有看到。繆繆沿著走廊找過，最後還跑到操場上找，雖然她根本沒有背著書包去操場過，但她不願意放棄任何可能性。

最後，她在一個最不可能出現的地方，看到了小花吊飾。

「何芸繆，這是妳的吧？」

陳俊禾雙手捧著吊飾走到繆繆面前，吊飾本身並不大，用雙手只是因為他擔心害怕，手不住地發抖，唯有這樣才能穩穩獻上吊飾。

自從上次的「新媽媽事件」之後，繆繆就不理他，再也沒跟他講過一次話了。陳俊禾嘗試幾次都碰釘子後，小男生沒什麼耐性，也漸漸不再去煩繆繆。但是，畢竟仍住在同一棟大樓，偶爾見到面，陳俊禾的目光還是會忍不住飄向繆繆。

那天，陳俊禾看到繆繆跟她爸爸在門口找東西，他故意走得很慢，偷聽到原來是繆繆書包上、那個他常常惡作劇拉扯過的小花吊飾不見了。

陳俊禾便默默加入了小花搜索隊，回憶繆繆的行動路線，跟他自己印象中還有看過吊飾的時間點。他猜繆繆大概是掉在回家的路上，來回找了兩三趟後，終於在人行道路邊發現被踢到一旁的吊飾。

他還拜託媽媽幫忙清理吊飾上的汙漬、補上遺失的鈴鐺，最終才能還它原貌，物歸原主。

「你在哪裡找到的？」繆繆伸手就把吊飾抓了過來，仔細翻看，是她的小花沒錯。

陳俊禾撇過頭看地板，「回家的路上看到的，我記得妳在找這個。」

繆繆其實並不在意在哪找到的，只要能找回來就好了，她開心地把吊飾掛回書包上，還背起書包原地踏步，叮叮噹噹。

失而復得的喜悅漸漸緩和後，她才發現陳俊禾還站在身後。繆繆自詡是個好孩子，別人幫助了她，就算她再討厭對方，在好孩子的招牌底下，還是會好好地向對方道謝。

「陳俊禾，謝、謝謝。」

「嗯，不客氣。」他重重地點頭，「那個鈴鐺本來掉了。」

繆繆聞言拿起吊飾細看，鈴鐺的線好像真的跟之前是不同顏色。

「我媽媽會做吊飾，她的箱子裡有小鈴鐺，我請我媽媽加上去的。」

「所以這是新的鈴鐺？」

「對，妳不要嗎？」

繆繆頓了一下才道：「我要。」

陳俊禾終於笑了開來，「妳還要就好了。」

一直到放學前，繆繆想了好久，才做出一個艱難的決定。

她在繪本上看過，別人幫助了自己，就要好好答謝對方，最好是送禮物，或是跟他變成朋友。

「陳俊禾，你要不要來我的生日派對？」

何篤行與裴承飛兩人最近工作家事兩頭燒。

裴承飛之前為了淇淇的事情，請太多假，已被主管「關切」，不得不回頭加趕進度，而何篤行卻是天上掉下來的工作。

近日有市議員將公共住宅議題再次拿出來討論，痛批市政計畫未與時俱進、跟隨現代社會發展規劃。長官在議會被釘得滿頭包，回市府後便把自己受的氣免費加碼送給下屬們。何篤行與同事們得在短期內擬出新的公共住宅計畫，難得地留下來加班多日。

晚上七點過後，何篤行還沒吃飯血糖太低，在都市計畫圖上找了五分鐘仍找不到計畫預定地，一旁的梅娟才淡淡地說，「股長，你拿錯年度了，這是民國八十年的。」

何篤行這才想起剛剛他把原本的圖紙壓在下面了，抽出正確年度的計畫圖平鋪在大桌上後，他頓了一下。雖然想趕快弄完下班回家，但這種做事效率……還是先去茶水間泡杯即溶湯包墊個胃吧。

他靠在牆邊無意識地攪拌湯匙，於美君從門口走進，雙方對上眼就各自別開。

那次午餐不歡而散後，他們就沒再與對方交談過，兩人本來就不同科別，階級與業務也不同，要避開沒那麼難。只是，畢竟在同一層樓上班，有時仍會像現在一樣不期而遇。

若是平常，何篤行必定會快步離開，覺得美君現在大概很討厭他吧，沒必要留下來惹人厭。但今天他實在是太累了，累得連閃躲的力氣都沒有，只想在這個看不到文件與計畫圖的小空間裡，安靜地喝一杯湯。於美君背對著他用飲水機裝水，何篤行聽著音調隨杯中水位高度變化，默默倒數這即將結束的尷尬時刻。水聲驟然消音時，於美君也開了口。

「股長，你也加班？」她用客套的同事語氣說話，彷彿兩人未曾有嫌隙，也未曾親近過。

「是、是啊。」

「局長交代下來的那個？」

「嗯，你們也忙這個？」

「對啊，應該全局都總動員了吧。對了，你加班的話，那你女兒呢？」

「他去幫我接了。」

她端起杯子淡淡一笑，「這樣互相幫忙真不錯。」

「豆豆呢？」何篤行反問道。

「我爸媽看我最近忙，說願意幫我帶一陣子，現在他在桃園，每天晚上跟我講電話的時候都會哭。」

何篤行完全可以想像那個情景，豆豆很黏媽媽，好幾天見不到她應該很難過，而帶豆豆的人也不好受，美君自己也兩難。

——如果現在對她說「辛苦了」之類的話，反而像是諷刺吧。

「股長。」

於美君像是體貼無話可說的何篤行，正視著他再道：「還好我們沒繼續下去，不然，像這樣我們兩人都要加班的話，也沒人可以帶小孩啊。」

她說完後頭也不回地離開茶水間，何篤行獨自一人留在原處，忽地露出苦笑，竟在這個時候，對她了產生近似好感的情愫。

然而，這份時機不對的情感，就像殘留在杯底、沒被攪拌乾淨的沖泡包粉末，終究是無用且必須清除掉的。

■

「你怎麼在這？」

何篤行與裴承飛在自家大樓門口巧遇，不約而同地說出同一句話。

「我以為你在加班？」

「你怎麼現在才回來？我以為你不用加班，所以請你去接繆繆啊？」

「沒辦法，我弄不完也要加班所以請我媽去接了，我不是傳訊息跟你講了嗎？」

何篤行掏出手機證明自己沒收到訊息，裴承飛則拿出手機證明自己有輸入訊息——但忘了傳。

「不會吧？」他整張臉垮下，竟然會犯下如此低級的錯誤。

「你媽應該有去接繆繆吧？」

「有，我打電話跟她講的。」

何篤行鬆口氣瞥眼道：「還好她不想學怎麼傳訊息。」

「那你呢？」裴承飛略有不甘似地回問：「我以為你要加班到很晚。」

「忽然——」他摸了摸手臂，「加不下去就先回來了。」

「加班還可以看心情喔？」他大笑，「不過我懂啦。」

兩人沒上樓進家門，直接轉了個方向去裴母家接小孩，路上聊著淇淇要轉學的事。

當裴承飛跟何篤行說淇淇是個可以跳級的資優生時，對方卻不怎麼意外，一臉「我早就知道我們家的淇淇本來就很棒」的表情，他真的不知道何篤行對淇淇的信心是打哪來的，但他應該要學習這點。

「決定要轉去哪間學校了嗎？」

「還在考慮，老師也還在幫我們看。」

「這是件大事啊，得好好考慮，當然，淇淇自己的意見也很重要。」

「是啊，」裴承飛邊走邊伸了個大懶腰，「在這之前還有另一件大事要忙吧？」

「繆繆的生日啊……。」

若真有前世今生，裴承飛猜想繆繆可能是哪國的公主，而何篤行是公主底下辦事的僕人，某次不小心把公主的生日搞砸了，所以今生得每次都準備萬全，向公主賠罪。

繆繆每年生日，何篤行總以全面備戰狀態應對。

何篤行扳著手指數道：「蛋糕訂了，禮物也準備了，當天的布置分工我們不也講好了？還有什麼嗎？」

「沒有了吧。」

「總覺得還漏了什麼。」

不過，任憑兩人想破頭都不知道遺漏了什麼，何篤行沒來由地擔心煩惱，走到裴母家前時，裴承飛替他下了結論。

「煩惱想不出來的事也沒有用，到時我們再隨機應變吧。」

■

裴承飛的那句「隨機應變」，彷彿是這次繆繆生日派對的主題。

何篤行一大清早就醒了，因為心中莫名不安穩而睡不好，不如早點醒來做準備。他盥洗後時間還早，用過簡單的早餐，到客廳把之前買好的裝飾品拿出來準備布置。

將寫有Happy Birthday且用線串好的紙條用紙膠帶貼在牆壁上，再拿出那箱原本用來掛在聖誕樹上的裝飾品，星星、蝴蝶結跟小彩球，全都是壽星喜歡的東西。他將東西一樣樣放桌上，打算待會交由繆繆自己決定要擺哪。而奇怪的是，桌上的東西卻越來越少，定睛再看，原來是小彩球一顆顆掉在地上了。

——咚、咚、咚。

何篤行還沒意識到怎麼回事，裴承飛就從臥室衝了出來。

「地震！」

他接著往小孩房裡跑，淇淇已經醒來坐起，默然看著掛在牆上的捕夢網吊飾搖晃，而一旁繆繆卻還睡得香甜，把地震的晃動當成搖籃擺動。

「大家沒事吧？」何篤行也接著跑進來。

「應該停了……吧？」一早被地震震醒、急著跑過來的裴承飛還覺得暈，不確定地震是否平息。

淇淇下床伸手將吊飾按住，讓它不再隨慣性擺盪後放手，三人皆盯著它觀察幾秒。

繆繆此時才幽幽轉醒，揉眼看清事物後，樂呵呵地笑了開來。

「你們是來祝我生日快樂的嗎？」

三人便用「生日快樂」代替了「早安」，讓繆繆樂不可支。

他們看新聞發現震央在中部，北部震度雖有感但其實並不大。裴承飛撇過臉覺得自己似乎太大驚小怪，何篤行則幫他找臺階下，說他們都是經歷九二一的世代，難免對地震敏感，還好只是小地震。

然而，這場地震卻已打亂了何篤行的生日布局。裴承飛打電話關心裴母，確認她那邊也沒事後，就接到公司電話要求他回去支援。

「你現在要去公司？」何篤行跟著裴承飛的腳步回臥室，看他肯定地點頭更衣。

「我們公司在中部好幾個案子，要確認有沒有受地震影響，裡面也有我負責的，得先去公司看看狀況。」

何篤行這才憶起他先前常去臺中出差，好像是蓋橋還是蓋大樓，希望都不要有事才好。

「那你趕快去幫忙吧。」

裴承飛套上公司制式的外套，邊順衣領邊道：「那你這邊沒問題吧？還是要請我媽早點過來？」

「沒事、沒事，」他連忙揮手，「你媽早上不是要上抄經班？不用麻煩她啦，我姐待會也會過來，就隨機應變吧。」

他在心裡大大嘆了口氣，早知道就別烏鴉嘴了。

裴承飛出門後沒多久，淇淇跟繆繆也吃完早餐了，三人在客廳裡合作把裝飾用的氣球灌滿氣。何篤行的手機亮起，又是一則突發訊息。何蔚瑜傳訊給他說因為地震的關係，客戶堅持要去施工中的房子裡看一下有沒有事，還非得拖著她去不可，所以她會晚點到。

「叔，怎麼了？」淇淇注意到何篤行看了手機後臉色忽變，輕聲用不讓繆繆聽到的音量關心。

「姑姑她可能會晚一點來。」

她眨了眨眼，「有我可以幫得上忙的地方嗎？」

若是以前，何篤行會覺得這孩子怎麼這麼貼心善解人意，但是先前知道淇淇的心結之後，他現在只感到心疼。先關心他人而不顧自己已經化成她的本能了吧，她永遠把自己放在最後一位，覺得自己不是最重要的。不過，淇淇終於願意開口，且接受諮商輔導了，這一切都會變好的吧。他想要對淇淇更好一點，想讓她知道每個女孩子都可以是公主。

何篤行把手放在淇淇頭上，輕輕順了順她的及肩短髮，「沒事的，淇淇只要跟繆繆一起享受派對就可以了。」

「不行，今天是繆繆生日，只有她是主角，搶了她的風頭她會生氣的。」

「好吧，那只有今天拜託淇淇姐姐讓她當主角了。」何篤行用戲謔的畢恭畢敬語調說話。

「只有今天喔。」淇淇揚起下巴用不習慣的高傲語氣說完，兩人笑成一團，一旁的繆繆見狀卻生氣大罵。

「你們兩個為什麼不吹氣球——我都吹三個了！」

何篤行趕忙拿起氣球猛吹，淇淇則拍手誇獎繆繆厲害，這才安撫了生日公主的心情。

然而少了個人手幫忙，何篤行還是忙不過來，準備到一半抬眼發現時間不等人。原先應是裴承飛負責去拿訂好的蛋糕跟餐點，眼看時間要到了，客人待會就來了，沒有食物可端上桌怎麼像話。

何篤行評估了一下時間，搭計程車的話應該可以在三十分鐘內來回，便把淇淇跟繆繆喚到跟前。

「我要出門去拿蛋糕，很快就會回來，妳們兩個可以在家裡等一下嗎？」

繆繆興奮地說好，只想要爸爸快點把蛋糕拿回來。淇淇則一如往常讓大人心安地說：「叔，你不用擔心，我會看好繆繆的。」

何篤行匆忙地出門，站在電梯前喘口氣等待時，一個反思的回馬槍讓他懊惱不已。才想著要讓淇淇好好當個不用煩惱的孩子，卻又仰仗著她的懂事體貼讓自己好辦事。是否正是他們在生活中的依賴與忽視，加深了淇淇的心結？

電梯門打開，他只能一頭栽進今日的各種瑣事裡，把這個問句暫鎖在心房中。

17.

「爸爸坐我旁邊，姐姐坐這邊，叔叔坐這裡，梅梅坐這裡——」

繆繆身穿綴著星星亮片的粉紫色洋裝，髮型是複雜的公主魚尾辮，用同樣亮晶晶的髮飾點綴，她像個小精靈穿梭桌前桌後，施展魔法。

繆繆把自己用色卡做的名牌一一放在座位前，上面的名字都是她自己寫的，很努力沒寫注音全寫了國字，每個人還都用不同顏色的筆跟紙寫，符合她的色彩繽紛美學。

全都排好後，淇淇發現竟然有那個男生的名字，而且只有他寫了全名——陳俊禾。

她忍不住打趣地問：「妳邀請了陳俊禾喔？」

「因為⋯⋯是他幫我找到小花的啊。」她嘟著嘴說：「之前的事不管了，我們現在是朋友了。」

繆繆稚氣的臉龐配上那句成熟大人似的戲劇臺詞，奇異的反差感讓淇淇哭笑不得。可是她得忍著笑，好不容易他們變成了朋友，不能讓繆繆再鬧彆扭。

「那很好啊，我覺得他很厲害，常常幫他媽媽提東西或跑腿喔。」淇淇在大樓偶爾看到陳俊禾跟媽媽外出回來，兩隻手吃力地提著購物袋，堅毅的眼神叫人印象深刻。

「我也會幫爸爸提東西啊。」她雙手環胸理直氣壯。

「可是妳一下子就說手痠了。」而且叔叔才捨不得讓繆繆提，只是偶爾讓她滿足成就感。

「因為很重啊。」

「陳俊禾可能也覺得很重，但他忍耐著幫忙把東西提回家裡，所以很厲害啊。」

繆繆思索半晌，最後才不甘心地道：「好吧，他好像有點厲害。」

淇淇暗地裡幫陳俊禾加了點分，雖然對方可能永遠不會知道。但她這麼做也不光是為了陳俊禾，而是希望繆繆能看到每一個人都有特別之處，並不是只有討厭的地方，或是討人喜歡的。

「嗯？繆繆，妳手上那張名牌是？」淇淇轉頭看位子上都擺好了名牌，如果還有一個人的話，就得去房間搬椅子出來了。

「這是蘇哥哥的，可是他說今天要補習不能來。」

繆繆上禮拜天天都去小公園找蘇時宇，真的找到人了她卻難得害羞結巴起來，差點要把自己的身體扭成麻花時，在爸爸的協助下終於說出邀請，可是卻得到對方萬分抱歉的婉拒。

「為什麼蘇哥哥就不能明天再補習呢？一定要在我生日的時候補習嗎？不去不行嗎？」繆繆歪著頭繼續說：「他還問我姐姐好不好？我說姐姐很好啊，他又問我說那姐姐怎麼不回來上課呢？我說我不知道啊，我幫你問她。姐姐妳怎麼不上學啊？」

淇淇的手停在半空中，愣怔半晌。

她回想起那天在會議室，後來因為上課鐘聲響起跟她的猶豫懦弱，而沒有好好向蘇時宇解釋小真的事。那天發生太多事了，隨後，導師跟爸爸回來，爸爸知道了她是個程度甚至可以跳級的資優生。她從祕密中解放鬆了口氣。緊接著，她終於下定決心轉學，還試著對爸爸任性，不上珠算班了……這些都讓她無暇顧及之外的人際關係，也有可能是她選擇逃避不願面對。

現在被繆繆再次提醒，淇淇心中的恐慌迅速萌芽，像藤蔓般纏繞著全身，無法動彈，無處可逃。若是不說，她在蘇時宇面前就是受害者姿態，她不想要這樣；但是，如果說了，蘇時宇就會知道他是害她跟小真轉學的推手……雖然，回過頭來，都是她自己的錯。

如果她那天不要肚子痛就可以繼續作弊了，或是向數學老師承認是自己的錯就好了……不行，不要再想下去了。停下來！不停下來的話，又會想要躲進自己的世界裡了。

淇淇腦海中所有人的話都交織在一起，就跟那時候一樣，她沒有辦法算出一個最佳解答進而說話、行動。為什麼這個世界上沒有像數學一樣的唯一且完美的解答，告訴她該怎麼做。

爸爸說：「不要再擔心妳會給大家添麻煩什麼的好嗎？」

諮商師說：「不要把依賴別人當成是一種過錯，不要去抗拒它。」

——所以，她也可以任性，也可以逃避嗎？

「不、不可能……我不會回去了，我要轉學了。」

淇淇用發顫的嘴唇吐出這句話後，繆繆只聽見「轉學」兩個字。她知道轉學是什麼意思，一年級剛開學沒多久，坐在她旁邊的女生就轉學了，雖然只講過幾次話，但就再也沒看到她了，還是會感到失落。

「轉學？姐姐妳要轉學？」

繆繆發出高頻叫聲，讓淇淇更加焦慮。

「對……我要轉學，我不回去了。」
「不要！我不要姐姐轉學啦！我不要看不到姐姐，我要跟姐姐上下學啦！」
「妳現在不就自己上下學嗎？妳都已經習慣了啊。」
「我不要——」她不可理喻地放聲尖叫。
「繆繆，妳不可以這麼任性。」
就像她會遇到忍耐也無法撐過去的事情一樣，繆繆遲早也會發現自己的擇善固執不是對誰都通用的。她嘴上訓誡繆繆，可是心裡有一塊卻想著，從來就只有繆繆使性子，如果她也任性的話會發生什麼事？
「而且，如果轉學的話，我跟爸爸也有可能會搬走——」
「搬家？姐姐你們不跟繆繆住一起了嗎？」
「只是有可能，還不確定，所以繆繆妳——」
「我不要、我不要、我不要！」
淇淇話沒說完，繆繆就含淚跑到大門邊，出去前還回頭留下一句淒厲決絕的話。
「我討厭你們！」

■

陳俊禾跟繆繆家只差一個樓層，他走樓梯來到她家門口，不到五分鐘就抵達了。而且他還不知道自己因為太興奮的關係，看錯時針的角度，早到了一小時。

陳俊禾的媽媽不喜歡繆繆，還常提醒他那一家人很奇怪，不能跟那家人講話。上次他請媽媽幫忙修理繆繆的小花，也騙她說是班上另一個女同學的，媽媽還一直問那個女同學爸媽做什麼的、家住哪裡、有幾個兄弟姐妹，他只得隨口胡謅。說她有一個爸爸一個媽媽，爸爸當老師，媽媽在家裡煮飯，沒有兄弟姐妹。

不知道為什麼，媽媽聽了之後很滿意，細心地擦拭小花上的髒汙，還說下次可以邀她來家裡玩。這次，媽媽也不知道他要來參加繆繆的生日宴會，他謊稱自己是要去另一個同學家慶祝生日，恰巧那位同學也住在同一個社區大廈裡，之前就常獨自去他家玩。

只是，陳俊禾拜託媽媽帶他去買禮物時，媽媽問他：「你那個同學不是男生嗎？你怎麼會選粉紅色的？」陳家媽媽的規則第三百四十五條，男生只能選藍色、綠色系，女生只可以選紅色、橙色系。

他一時之間想不到什麼理由解釋，只好把粉紅色的兔子圖案鉛筆盒放下，拿了紫色的貓咪圖案。媽媽仍然不太滿意，但也無法精準歸類紫色是男生還是女生，只好放行。他默默祈禱，希望繆繆會喜歡紫色。

陳俊禾站在暗咖啡色鐵門前，冒手汗的左手拿著包裝好的禮物。他知道繆繆喜歡鮮豔的顏色，特別選了閃亮五彩的包裝紙請店員幫他包起來，還好那時媽媽在看別的東西，沒對包裝紙表示意見。

對於這個生日派對，他既期待但又怕像上次一樣搞砸害繆繆不開心。他給自己定下規則，絕對不能亂說話。表哥教過他，要讓女生開心的話，稱讚她就對了。

待會看到繆繆的時候，他一定要說，妳今天好漂亮。

「繆繆妳今天好漂亮、繆繆妳今天好漂亮。」

陳俊禾低聲練習臺詞時，眼前的大門忽然被拉開，他看見繆繆從裡面跑出來，兩行淚水滑過漲紅的小臉，那是他從未看過的繆繆。繆繆在學校裡總是笑容可愛，自信滿滿，就算是生氣也充滿魅力。

然而，她現在卻像是被大雨打散的凋零花朵，楚楚可憐，讓他一時之間不知該做何反應，竟機械式地重複剛剛的詞句。

「繆繆妳今天好漂亮……。」

陳俊禾剛說完就懊悔萬分，我在說什麼啊！繆繆哭了耶！她為什麼會哭？對他來說幸運的是，繆繆根本沒聽見他說什麼；不幸的是，繆繆亦無視他往逃生樓梯口跑了過去。隨後，淇淇跟著繆繆跑出來，問他繆繆跑去哪了，陳俊禾呆然指向樓梯口，她便追了上去。

陳俊禾左顧右盼，不知如何是好，該跟著追上去，還是留在原地？繆繆家的門還大開著，他探頭弱弱地詢問。

「請問……裡面還有人嗎？」

■

繆繆雖然不像淇淇天資聰穎，但是她也有敏銳的地方。

她很早就看得出來哪個大人對她是真心的好，哪個大人是虛假的好，這也是她喜歡姑姑，討厭阿嬤的原因。因為知道姐姐是真的愛她、疼她，聽到姐姐親口說要離開她的時候，才會如此生氣難過。

她還知道姐姐有懼高症不敢上頂樓，所以她刻意往頂樓跑，不想讓對方追上來。爸爸怕她危險禁止她自己跑上來，故她只上來過兩三次，但是，她才不怕呢。繆繆放慢腳步走到頂樓門口，高樓風大，把她的髮飾吹掉了一兩個。頂樓的空間常被住戶偷偷擺放私人雜物，右邊的舊鞋櫃裡像躲了一隻怪物，左邊好幾個盆栽的植物似乎長滿眼睛。

但是，她不會害怕的，她就是要躲在樓上，不要姐姐了！

未料，淇淇追了上來，在她身後呼喊著：「繆繆！很危險快下來！」

「我討厭姐姐啦！」

她趕忙往前跑，跑到頂樓矮牆邊，矮牆比她還要高一點，除非爬上牆，不然繆繆幾乎是百分之百安全的。可是淇淇還是擔心地逼自己往前走，只想把繆繆帶回家。

——不要看旁邊，不要往上看，不要回想，專注在繆繆身上。

「繆繆快回來，姐姐拜託妳了。」

「我不要我討厭妳！」

「繆繆，妳好好聽姐姐說——」

「我不要聽啦，我不要啦……嗚嗚嗚。」

繆繆哭慘了一張臉，淇淇萬分不捨，今天是繆繆的生日，她都做了些什麼……。

忽然，頂樓一陣大風吹來，繆繆腳步不穩差點跌倒時，淇淇快步向前抱住了她。懷中溫熱的實感讓她鬆了口氣的同時，聽到繆繆抵著她的胸口，用悶悶的聲音說。

「姐姐，妳可不可以不要轉學，我想要永遠跟姐姐在一起，雖然爸爸說我們沒辦法永遠住在一起……。」

淇淇眼眶溫熱，她緊緊抱著她最親愛的妹妹，她多想答應她的請求，她多想實現她的願望。會有別的方法嗎？她能找到其他解答嗎？已經崩壞的友情可以修復嗎？她可以用另一種面貌示人嗎？她能既體貼家人又對家人任性嗎？她能永遠跟叔叔和繆繆當家人嗎？

她無法給繆繆肯定的回答，即如同她無法回答以上的問題。淇淇抬頭看到牆邊盆栽裡長出的枝椏，矮牆水泥的壁縫，遠方的大廈與招牌，還有那過分藍色的天空。

她這才發現，唯一肯定的事情是——深埋在心裡的傷，沒能那麼快復原，身體會幫妳記住，無可控制。她倏地鬆開雙手，像斷線人偶般倒在地上，呼吸急促而痛苦，最後聽見的是繆繆的哭喊聲。

「姐姐！」

■

何篤行風塵僕僕地趕到蛋糕店，這是繆繆跟淇淇之前吃過，讚不絕口的一家店。兩個小女生不喜歡吃太甜的蛋糕，而這間店的奶油甜而不膩，蛋糕體鬆軟綿密，最加分的一點是，師傅總不嫌多地將草莓排得比通勤捷運人潮還滿。店員把蛋糕從冰箱中拿出，熟練地包裝著。

「蠟燭要數字的，還是一根一根的呢？」

「一根一根好了，七根。」繆繆最喜歡吹蠟燭了。

「七歲了啊，恭喜，是弟弟還是妹妹？」

「是妹妹。」

「我家是兩個男生，每天都過動，你們家有幾個啊？」

「我有兩個——」何篤行脫口就發現自己說錯，可是面對萍水相逢的人，卻轉了心念，「兩個，一個姐姐一個妹妹。」

「兩個掌上明珠真不錯，一定比男生貼心多了吧。」

「別這麼說，男生女生一樣好，」他嘴角微揚，笑容緩緩變得燦爛，「但她們真的又乖又貼心。」

店員別有深意地看了他一眼，「光看你的表情就知道你們家很幸福呢。」

話別蛋糕店店員後，何篤行搭計程車趕往另一家店拿預約的餐點，結果帶的購物袋不夠大，跟店家手忙腳亂一番，才把東西裝好。大地遊戲跑完後，他恨不得生出第三隻手來用，大包小包費勁地回到家。

走出電梯時，何篤行看到陳俊禾站在自家門口，繆繆說過有邀請一個住在同棟的小男生，所以他並不意外，以為對方是不好意思進去。可是，繆繆或淇淇怎麼沒來帶他呢？

「怎麼不進去呢？」何篤行走近親切地問道。

陳俊禾看到何篤行就像看到救世主，急著向他說明目前困境：「繆繆跑出去了，那個姐姐也跑出去了，可是你們家的門還開著，我、我——」

他聞言驚訝，率先跑進家門，東西隨便亂放在地上。

「繆繆？淇淇？」

家裡的房間全找過一輪，連陽臺也沒放過，都沒看見人影，何篤行全身發寒，但他沒時間懼怕，急回到門口抓住陳俊禾問話。

「她們跑去哪裡了？你有看到嗎？」

就像方才指路給淇淇一樣，陳俊禾指向樓梯口，愣愣地說：「她們往上跑了……。」對方依舊二話不說丟下他跑走了，大門依舊開著。

要回家嗎？還是要在這邊等他們？他依然不知所措。

■

何篤行不知道她們跑到哪層樓，所以逐層尋找，連著幾層樓的走廊都沒有人。他心中莫名冒出一個猜想，該不會在頂樓吧？可是淇淇懼高不會上頂樓，而他平常也總是叫繆繆不可以自己上去啊。縱使如此，他的雙腿仍堅定地往上爬，走近頂樓大門時，外頭的陽光還一度刺目，約有半秒鐘的時間，眼前是一片白茫，緊接著，一道如雷聲般的大響。

「爸爸！」

何篤行看清眼前景象，淇淇倒在地上雙手抓著胸口，表情痛苦，嘴巴大開短促喘息著。繆繆跪在她身旁，無助地不停哭喊著爸爸、姐姐。

「淇淇，妳怎麼了？」

他飛奔到她們倆身邊，扶起淇淇的上半身。淇淇聽得見何篤行的話，但她呼吸困難，無法回應，像個溺水的人用力抓著叔叔的手臂求援。何篤行驚覺事態嚴重，背起淇淇就往樓梯跑，一路從頂樓跑到一樓。他向大樓警衛救援，警衛幫他攔計程車送醫院。

接下來的過程對他來說，就像是電影蒙太奇剪接似地，跳脫了時間與空間，有些畫面與聲音過分特寫、過分清晰，有時候又是慢動作播放，還有時候，他忽然掉進了回憶裡，想起前妻要生產的時候，繆繆半夜發高燒送急診的時候。

在計程車裡，他好怕淇淇的喘氣聲倏地消音，多次收緊環抱著她的手。

「淇淇，醫院就快到了，慢慢呼吸，妳可以的。」

「妹妹加油！快到了！」飆車的司機也替她打氣。

車子甩尾停在醫院門口，何篤行抱著淇淇跑進門就大喊。

「拜託！我女兒沒辦法呼吸！」

他後來才發現自己跑到候診大廳，幸好隨即有醫護人員過來關心，還直接推擔架床過來，將淇淇送到急診室。急診室的護理師問他妹妹怎麼了，他只能猜想剛剛的狀況，回答淇淇有懼高症，而且剛剛她跑到高處去，可能太過害怕引發呼吸困難。

醫生了解狀況後，隨即為淇淇做緊急處置，布簾被拉了起來，他只能站在外面乾著急。體感時間像等上好幾個小時，但其實才過了五分鐘。護理師拉開布簾說妹妹打了鎮定劑，目前沒事了。醫生向他說明狀況，待會再為她做一些檢查。何篤行腳步虛浮走到床邊，淇淇白著一張臉，用氣音說話。

「叔叔對不起。」

他伸手撫摸她的臉頰，手心感受得到微微溫熱，心終於放了下來。

「淇淇，不要說對不起，這不是妳的錯。」

「可是……」淇淇斂了斂眼神，沒再說下去，反問道：「繆繆還好嗎？」

何篤行瞬間僵直，他剛剛為了淇淇，竟把繆繆一個人放在頂樓了！

「妳能不能趕快過去？我已經打電話請管理員跟鄰居幫忙找人了，但管理員說頂樓跟我們家都沒看到繆繆……我等一下醫院這邊處理完也會趕快回去。」

何篤行站在人來人往的醫院走廊，心急如焚地打過一通又一通電話。他沒辦法立刻跑回家找繆繆，因為淇淇還躺在急診室裡接受檢查，他不可能丟她在這裡。能聯絡能幫忙的人都找了，他只能祈望繆繆還好好的待在社區大廈裡，沒亂跑出去。

他走回淇淇身邊時，護理師正準備為她抽血，看見何篤行便道：「太好了，妳爸爸過來了，妹妹不要害怕喔。」

淇淇虛弱地說：「我本來就不怕打針抽血。」

戴著口罩的護理師眼眉彎起，一邊稱讚淇淇很勇敢，一邊快手精準地將針頭插入血管。結果，轉過頭不敢看的人反而是何篤行。

「抽好了喔，爸爸過來幫妹妹壓一下。」

他才要走到床邊幫忙，淇淇就自己伸手壓住出血處。

「叔叔可以先回去沒關係，我在這邊等奶奶過來。」

何篤行沒對淇淇講實情，只瞎說來醫院前已請人看著繆繆。不過，這個聰慧的女孩早就從他的表情跟動作看出來了吧。

「沒關係，我跟妳一起等，妳爸爸收到訊息之後會趕過來的。」他瞥了一眼手機螢幕，傳給裴承飛的訊息始終是未讀狀態，電話也打不通，可能是在郊外收訊不良的地方吧。

「對了，妳要不要喝水？還是肚子會不會餓？要吃東西嗎？」

「這邊可以吃東西嗎？」

「啊！我去問問看！」

「叔，我喝水就可以了。」

「好、好，我去拿水……水在哪？」

相較於手忙腳亂、腦袋不清楚的何篤行，恢復後的淇淇倒是出奇的冷靜，被針扎了不害怕也不覺得痛，是因為心裡有更痛的地方吧。

不過，也有讓她堅定信念的地方。

看著何篤行跑去問護理師哪裡可以拿飲用水的矬矬模樣，與方才大喊求救的模樣判若兩人。

——拜託！我女兒沒辦法呼吸！

淇淇對於剛剛的經歷只留下這一個印象，卻足以讓她心安，能為了尋找解答而繼續前進。

過沒多久，裴母急急忙忙地趕到，摟著淇淇說沒事就好，何篤行說明完狀況後便趕著回家。一下計程車，管理員看到他便跑出來說：「何先生，你女兒沒事啦！她在陳太太家。」

陳太太？哪個陳太太？

何篤行腦筋一時之間轉不過來，管理員還提點他，是住在十樓的陳太太啊，她家的小兒子跟你女兒同年紀。他這才想起剛剛那個站在他家門口的小男生，名字跟臉終於對上了，陳俊禾。

何篤行不好意思地向管理員問了陳俊禾家的門牌號碼後，便上門找人。

按了電鈴後，欄杆型鐵門後方的門先打開，一名短髮婦人隔著縫隙往外看。眼裡帶著各種打量。他被看得不太舒服，但想到對方好心幫忙照顧繆繆，便擺出百分之百的誠意笑容。

「請問是陳太太嗎？我是繆繆的爸爸——」

何篤行話還沒說完，就聽到屋子裡繆繆大叫的聲音。

「是爸爸嗎？爸爸來接我了！」

繆繆隨即跑到鐵門前，踮起腳跟他說話：「爸爸！」

「繆繆，太好了。」

他心上的重擔終於能全數放下，陳太太亦將門打開，讓父女倆團聚相擁。

「姐姐在醫院已經沒事了，繆繆妳沒事吧？會不會害怕？」他緊抱女兒，用臉頰磨蹭著她的小臉。

繆繆聽聞淇淇沒事，鬆口氣的同時，目光亦暗了下來，像是怕被發現似地嘴上趕忙倔強。

「我不怕，而且有陳俊禾陪我。」

他放開繆繆，才想跟陳俊禾及陳太太道謝，對方就先開口。

「何先生，雖然我是個外人也不好對你家說什麼，但是——」陳太太揚聲微慍，「你會不會太誇張？把你女兒一個人丟在頂樓耶，要不是我兒子去找她，把她帶回來，會發生什麼事都不知道！」

何篤行被罵得只能低頭直說對不起，無可反駁，他自知自己該罵。

「聽說你是為了救另一個小女生，可是，這是你女兒耶，應該先顧好自己的女兒再去救別人吧？」

「對、對不起……」

他聞言一時紅了眼眶，然而，並不是因為陳太太的責罵而難過痛苦。來自外在或他人的譴責與教訓都逃得掉，逃不掉的是自己心中的無限後悔與責難。誠如對方所說，如果今天繆繆怎麼了的話——。

陳太太見他一個大男人竟差點被她罵哭了，轉而同情起他來，收起臉色說：「好啦好啦，趕快帶你女兒回家休息吧。」

何篤行牽著繆繆的手站在電梯口，他盡量深呼吸試圖平復自己的情緒。忽地，他覺得大腿被抱住，接著傳來繆繆像忍耐了一世紀的撕心裂肺哭聲。

「繆繆乖，繆繆乖，沒事了，爸爸在這邊喔……。」

他蹲下來邊拍著繆繆的背安撫，隱忍許久的淚水也無聲從眼角滑落。

18.

繆繆期待許久的生日派對近乎全毀。

淇淇跟裴母人還在醫院，隨意放在地上的草莓蛋糕因室溫過高而形狀扭曲，壽星本人哭到體力耗盡睡著了，而何篤行彷彿全身被掏空似地呆站在室內。牆上印著Happy Birthday彩色裝飾字條隨室內電風扇的微風飄逸，諷刺地顯示著它的存在感。

過沒多久，何蔚瑜匆匆忙忙趕過來，剩下的殘局全是她幫忙收拾的。她向整點來訪的客人道歉，並趕緊致電還沒來的客人，說生日派對暫時取消了。受邀小孩的家長們也都能理解，家裡就是會有這種突發狀況。

她用菜刀扶正蛋糕，掉下來的草莓放回原位，將準備好的餐點蓋上保鮮膜後全部放冰箱，把客人留下來要送給繆繆的禮物放在桌子上，希望生日小公主待會看到能開心一點。忙碌過後，何蔚瑜伸手揮掉額頭上的汗水，揚眉瞪向坐在餐桌前發呆的弟弟。

「你也該振作起來了吧。雖然生日搞砸了，但繆繆跟淇淇都沒事不就好了？」

她是十足的現實與結論主義派，一半是天性如此，另一半則是長期在室內設計界打混，設計裝潢時無論是對客人或是對師傅，什麼狗屁倒灶的事情都經歷過。不過，當最後看到被修幾十次的設計圖、跟師傅吵到翻臉的施工處全變成美輪美奐的房子，還是會覺得——結果是好的就好了。

「妳說的也是。」他嘴上雖這麼回應，但實際卻是一點也沒調適過來，上半身垂倒在桌上，像盆枯死且藥石罔效的植物。

深知弟弟個性的何蔚瑜沒再理會他，先去房裡確認繆繆還沒醒，隨後自己從冰箱裡挖一些東西出來吃。當她在愁眉苦臉的弟弟面前大快朵頤時，裴母帶著淇淇回來了。

不知道為什麼，這兩位女性挺合得來的。何蔚瑜把原本派對要用的餐點拿出來加熱，準備給大家充當晚餐，裴母則在廚房裡切著自己帶來的水果。

「醫生怎麼說啊？」何蔚瑜問。

「她本來就有懼高症，醫生說是過度恐慌緊張，導致呼吸困難，打了鎮定劑就沒事了，後來的檢查也沒什麼問題，也跟醫生說她正在看心理諮商了。」

裴母起先不知道心理諮商是什麼，兒子跟她解釋半天，擔心她誤會淇淇去看精神科。其實，孫女去看什麼科都無所謂，她也不會因為孫女得了什麼病就覺得她見不得人啊，真不知道兒子把她想成什麼樣。

「最近淇淇真是辛苦了。」她雖未全盤了解，但或多或少聽何篤行講過近期發生在淇淇身上的事。

裴母俐落地削著蘋果皮，溫和地說：「那孩子從沒讓我們擔心過什麼，倒不如說現在這樣才是正常的，就當作把之前累積的份量一次用完吧。」

「哇！裴媽媽妳真是看得開。」

「醫生都說孩子沒事，只是要小心別再讓她爬高害怕，淇淇本來自己就會避免去高的地方，這次是因為跟繆繆吵架。而且，姐妹怎麼可能不吵架？」

何蔚瑜邊聽邊點頭道：「我也覺得小孩子沒事就好了。」

「倒是他們都很緊張。」

「對啊，我弟到現在還沒回神。」

「我兒子也是啊，好像最近才想到女兒要放在手心裡疼一樣。」

「男人是不是都這樣啊？明明他們天天都跟淇淇繆繆在一起。」

「可能平常什麼都沒在想，」裴母用食指敲了敲腦袋，「腦袋空空。」

「是不是住在一起都會變得比較像啊？」

裴母挑眉戲謔地說：「還睡同一間房咧。」

何蔚瑜咯咯地笑開，「我也常笑我弟這個，裴媽媽妳是不是還裝作誤會他們的樣子？」

「偶爾挑撥一下而已啦，是他們自己看不出來。」她雙手一攤，「拜託，我又不是眼瞎，怎麼可能看不出來兩個人是不是在一起的。」

「他們是有感情啦，不然怎麼可能一起住這麼久。」

「這種感情不是那種感情啊。」

「是啊，不過這好難跟其他人解釋喔，不如說他們真的是同性戀還比較簡單。」

「所以我才裝誤會啊，如果跟他們說我懂，他們反而還不懂我懂什麼咧！」

「裴媽媽，」何蔚瑜挽著裴母的手臂，親暱地說：「妳真的是最『懂』的人啊。」

兩人在廚房裡說著這家男主人們的壞話，像小女孩般嘻笑開來，而客廳那頭淇淇坐在沙發上看書，何篤行雖看著電視，卻兩眼無神，心不在焉。

「叔，我爸爸該不會就是去那座橋附近吧？」

「什麼？」他像忽然驚醒似地回望淇淇。

「新聞裡面報的那座橋啊，因為早上地震的關係，好像裂開了。」她指著電視畫面解釋。主播的聲音此時才傳進何篤行耳裡，他喃喃點頭說：「有可能耶……。」

當兩人討論著地震的事情時，繆繆靜靜地走到客廳裡，她的頭髮散亂一氣，還穿在身上的美美洋裝起了皺摺，小手用力揉著雙眼，模樣楚楚可憐。

「繆繆，妳起來了啊，不要揉眼睛喔，我去拿毛巾幫妳擦。」

當客廳裡只剩繆繆跟淇淇時，氣氛安靜得很不自然。兩人之間沒有人先開口，淇淇默然直視繆繆，她卻避開了眼神，轉身跑去找爸爸。

淇淇低頭回到書中，但是一個字也沒看進去，手指撫摸著書角，心有所想。

■

早上的地震導致南部某座大橋路面出現長達十幾公尺的裂痕，裴承飛與同事奉公司命令緊急南下勘驗橋墩是否有結構問題。忙了大半天後，確認橋梁主體結構未損害，只需修整橋面後便可再開放通行。一日來回南北，裴承飛晚上快十一點才回到家，彼時裴母跟何蔚瑜早已經回去了，淇淇跟繆繆也洗完澡準備睡覺，家裡一切似乎都很正常。

裴承飛在玄關處脫下外套拍了拍，風砂隨之掉落。

「我快累死了，你們今天還ＯＫ吧？」他邊走進屋裡邊對著坐在客廳的何篤行說話，卻見對方低頭，問了個毫不相關的問題。

「你的手機是不是掉了？」

「手機？」

裴承飛心頭一驚，像警察搜身似地，從胸口口袋一路拍到屁股後面的口袋。最後找了一下外套，還是沒看到，搔了搔頭笑道：「應該是掉在同事的車上了，我明天再去找。找我有事？繆繆還是淇淇明天上課臨時要買什麼嗎？可是文具店也關了啊。」

何篤行忽然有點羨慕起眼前什麼事都還不知道的裴承飛，可是，他總要知道的。

「先進來休息一下吧。」

「沒留蛋糕給我吃啊？」

裴承飛搓著手走進廚房，打開冰箱卻看到剩下一大半的草莓蛋糕，端出來時狐疑地道：「這家不是繆繆說好吃的嗎？怎麼還剩這麼多。」

繆繆醒來之後，他們還是簡單地為她慶生，不過，大概因為發生了太多事的關係，繆繆也沒有什麼興致，連唱生日快樂歌、吹蠟燭許願的橋段都說不用了。畢竟壽星最大，眾人草草吃了蛋糕與餐點，只拆了幾個禮物當代表。

原本準備十幾人的份量，結果只剩四人吃，理所當然地剩下一堆。裴承飛很沒衛生地直接拿起掉在旁邊的一小塊蛋糕，邊吃邊說：「很好吃啊。」

何篤行也進廚房為他跟自己各倒了一杯茶，方要開口時，淇淇從房間裡走出來。

「爸爸，叔叔。」

「淇淇，妳睡不著嗎？」他輕聲地關心，深怕白天的事留下了什麼後遺症。

淇淇扯一下嘴角搖搖頭，走到裴承飛身旁。

「爸爸，我有事跟你說。」

■

何篤行把室內空間留給裴家父女，自己走到陽臺弄盆栽。

他先前查了資料，也買好容器，想要幫越長越大、快溢出容器的熊童子移盆換個家。然而，現在網路的資訊量太多太雜，各種方法難以選擇，步驟先後也有各家說法，查詢時還跳出許多失敗案例的照片。猶豫了半晌，他遲遲無法下手，索性再拿出手機查資料，然而，滑到一半，一個閃神，那句話又插進了自己心裡。

——這是你女兒耶，應該先顧好自己的女兒再去救別人吧？

但是，那是淇淇，不是別人啊。

可是，繆繆才是你的親生女兒。裴承飛也說過了不是嗎？

——到底誰才是淇淇的爸爸？

一直以來，他總是希望自己對待繆繆跟淇淇不該有區別，但今天讓他體認到，遇上真的要做出選擇的時候，該怎麼辦？

通常繆繆大哭過後就會好一點，但她今天卻反常地仍情緒低落。會不會是因為他忙著救淇淇的時候，把她丟在一旁的關係？會不會是她覺得爸爸只顧著姐姐？會不會是她覺得爸爸不愛她了？他一整晚總是不住地這麼想。

他不是超人也不是聖人，如果只能顧全其一的話，是不是該選擇最重要的那一個？

不知何時，何篤行放下了手機，緊閉雙眼，背往後靠貼在冰冷的牆上。當裴承飛拉開落地窗，看到他這副模樣時，還以為他怎麼了。

「你們講完了？」他連忙收拾喪志的模樣，扶牆站起。

裴承飛應了一聲，靠在女兒牆習慣的位子上，手伸進口袋想找菸，才發現自己先前戒了，已經不會隨身帶著。

「你等一下。」

何篤行跑進屋內從抽屜裡找出什麼，回到陽臺時，手裡多了半包菸，連打火機都有。

「你之前亂丟幫你收起來的。」

裴承飛怪笑了一下，不客氣地收下菸，抽一大口。

「沒想到今天家裡發生這麼多事。」

他回望身旁那個戴著眼鏡，柔懦寡斷的男人，很難想像他像淇淇說的一樣，背著她衝下樓，像電影動作片似地送她去醫院。然而，實際上他真的救了淇淇。

「謝謝你帶淇淇去醫院。」裴承飛深深地低頭。這還是何篤行第一次收到對方的慎重道謝，有些手忙腳亂。

「真的……不用謝，」他細聲道，「今天要是繆繆的話，你也會這麼做吧？」

裴承飛斬釘截鐵地說：「那當然。」

何篤行一方面欣慰地笑開，另一方面卻又暗自在心中補了一個問句：如果今天是選擇一個就會失去另一個的情況，你會怎麼做呢？

然而，他不敢問出口，因為這是個連自己都無法回答的問題。

「你知道淇淇跟繆繆為什麼吵架嗎？」裴承飛問。

「不……不知道。」他只顧著糾結這件事，還沒找到機會問淇淇或繆繆吵架的原因。

「淇淇剛剛才跟我說了，她跟繆繆講了她要轉學的事，繆繆沒辦法接受。」

「她是不是以為以後都看不到淇淇了？之前她班上有個同學轉學搬家了，讓她有點難過。不過，淇淇只是轉學而已啊，回家都還是看得到——」

裴承飛頓了一下才續道：「我不是跟你說我們還在選學校嗎？」

「嗯，對啊，選好了？」

「淇淇剛剛跟我說她想去哪一所學校了。」

他隨後說了學校名稱，那是連何篤行都知道的市內明星國中，據說有一流的師資與資源，只是，離他們家有一段距離，搭捷運還得轉車。

「那間學校聽說不錯，但有點遠，這樣淇淇上下學……」他喃喃自語地說到一半，詫異地問道：「難道你們要搬家？」

裴承飛的眉間聚攏，「我剛剛才聽她說，現在還沒細想，你覺得呢？」

何篤行認真想了一下淇淇通勤上下學的可能性，但她還太小實在不太放心，似乎唯一可能性只有搬家，那麼，他們四人便要分開了。

——讓一切回歸原始狀態，是不是就會變得單純多了？

「我……我沒什麼意見啊，你才是淇淇的爸爸。」

裴承飛聞言有點不開心，覺得對方在翻舊帳。

「上次是我把話說得太重了，我跟你道歉，但是——」

「喔不，我不在意上次的事，我是真的覺得你是淇淇的爸爸，你才能做決定。」

「那我會照著淇淇的選擇，讓她去讀那所國中，也許會搬離這裡。」

他使勁撐起笑容，「我覺得很好啊。」

19.

「不會吧？你這樣泡牛奶？

「你不會洗衣服？

「為什麼你幫繆繆換個尿布可以搞成這樣？」

裴承飛剛認識何篤行時，即發現這個人竟是個不折不扣的生活白痴，還想要獨自一人養女兒？真不知他是覺得父愛可以克服一切，還是把生活看得太簡單。

後來他才知道，這一切都是何母寵出來的，卻也因此，他成了個唯命是從的乖兒子，從不敢忤逆母親。唯一挺身對抗的這次是為了馥純，但覺醒得太晚，兩人已經離婚。

性格決定命運，在何篤行身上體現得透澈。不過，何篤行雖然常常猶豫寡斷，然而他一旦決定了，就不會走回頭路，即使不知道怎麼走，也會硬著頭皮走下去。

裴承飛後來曾問他，為什麼那一天要抱著繆繆來找他？如果裴母沒有生病，如果他們倆沒因緣際會湊一起互相幫忙，他會怎麼辦？

何篤行尷尬地笑道：「因為那時候我姐出國，我也沒什麼朋友，不知道要找誰……就想到了你。其實你那天拒絕我，反而給我走下去的勇氣，雖然我實際上也不知道該怎麼辦，但總會有辦法的吧。」

雙方會開始住在一起，並沒有一個特別的時間點或是一句邀請，何篤行幫家裡醫院兩頭燒的裴承飛照顧孩子，裴承飛教導何篤行做家事、煮菜，不知不覺四人就融在了一起。

相較於現在說句話就要分開，裴承飛莫名覺得對方有些無情，但是，明明說要搬出去的人是他跟淇淇。想起前陣子何篤行還說想著未來的事、打算跟於美君湊一塊，結果先離開的人卻是自己，回頭想想還有點諷刺。

那晚之後，裴承飛賭氣似地準備淇淇轉學、搬家事宜，沒想到事情如有神助地進展飛快。導師很高興淇淇選了那所學校，還說其實她心中也覺得那裡最適合淇淇。閒聊時，他跟同事提到搬家，同事就說剛好親戚在那帶有房子出租，裴承飛看過之後十分滿意，雖然房間都不大，但有三間房，還可以接母親過去一起住。

一切順風順水地準備好，就只差搬家了。

裴承飛獨自在房裡，開始收拾行李時，各種回憶驀然湧上，開心或難過的，平淡無趣或生氣怨恨的，形同路人或像一家人的——。

離別時才深刻體會到，他們真的一起過了好長一段日子啊。

■

「我知道他們要搬家了。那我可以跟陳俊禾去中庭玩嗎？」

何篤行原本已經全副武裝，戴好鋼盔，穿上防彈背心，打算要好好跟繆繆講淇淇他們要搬家的事。女兒所有可能的哭、吵、鬧，他都在腦海中演練過，並想好對策了。

萬萬沒想到，繆繆聽完後蠻不在乎地回答，只想著要出去玩，這結局比萬安演習還讓人覺得空虛，卻也該慶幸和平。

「可、可以啊……繆繆，妳沒有什麼想問的嗎？」

「有！」

「什麼問題？」

「爸爸你要帶我下去嗎？還是我自己坐電梯下去？」

何篤行百般不解，女兒的注意力完全不在這件事情上，帶著繆繆搭電梯時，他不死心地追問。

「姐姐搬走了，我們就不會住一起了喔。」

「爸爸你自己也說我們不會永遠住在一起啊。」

「是沒錯……可是，這樣姐姐就不能陪妳玩了耶？」

「我還有爸爸，陳俊禾也會陪我玩。」

那天之後，不知為何陳俊禾在繆繆心中的地位躍升了好幾階，不但常提到他，放學後還會找他玩。

「說到他，妳最近常跟他玩，比較少跟姐姐玩。」

她撇撇嘴，「姐姐很忙啊。」

何篤行心想，淇淇最近為了轉學的事情確實有點忙，可是只要繆繆吵著要跟她玩，她也會停下手邊的事情吧。他還想多問點，繆繆就鬆開他的手，向那個拿著跳繩的小男生飛奔而去。

「爸爸你可以回去沒關係，我會自己搭電梯回家。」

繆繆甩掉爸爸後，跟陳俊禾在大樓中庭玩跳繩，原先的逞強漸漸瓦解，變成悶悶不樂。陳俊禾觀察繆繆這麼久，多少能讀懂她的心情，她其實不是要跟自己玩，只是不想待在家裡。繩子甩動的頻率慢了下來，揚起的弧形亦漸漸鬆弛。

「聽說妳姐姐要搬家了。」

繆繆停了下來，繩子輕輕地打在她的小腿上，陳俊禾有點後悔，應該先收繩再講話的。

「你怎麼知道？」

「我媽說的啊，大樓裡的事，她什麼都知道。她還說這樣很好，她說你們本來就不應該住在一起。」

也可能因為得知這個消息，媽媽才放軟對繆繆的態度，當他說要跟繆繆玩的時候她沒那麼生氣了，反而提醒說，那個小女生沒有媽媽，很可憐噢，你要對她好一點。

雖然他並不覺得繆繆可憐，繆繆也不希望別人覺得她可憐吧。繆繆一直都是快樂而有自信的，雖然現在的繆繆有點不一樣。

她聞言突然大聲道：「為什麼我們不可以住在一起！是誰規定的？」

「繆繆妳不要生氣啦，那是我媽亂講的。」他諾諾地補充道：「所以，妳也不希望妳姐姐搬家嘛？」

「當然不要啊！可是、可是……。」

繆繆蹲了下來，小巧的五官全皺在一起，她上次拒絕接受姐姐他們要搬家的事，結果害姐姐昏倒送醫院，那她也只能看著他們搬走啊。

「有沒有什麼方法可以讓他們不要走？」

陳俊禾邊收跳繩邊道：「沒有喔，我試過了，我媽媽也試過了，沒有。」

「你試過？」

「我爸爸在外面工作，很久很久才回來一次，我媽媽哭或生氣都沒有用，還有一次砸盤子割到手流好多血，結果我爸爸還是出門了。他就是會走，會離開我們。」

■

裴承飛與房東簽訂合約也把搬入日期正式定下後，時間便過得飛快，轉眼就到了搬家日。

在這之前他就陸續搬了一些行李過去，只剩下大型的物品留待這天搬。他跟同事借了廂型車，打算一趟塞滿連人一起載過去。他做事風風火火，優點是快而不拖，缺點則是有時一股腦兒地衝，欲速則不達。

裴承飛扠腰站在車邊，看著已經塞爆的後車廂，腳邊卻還有兩箱行李。正想著要再來一趟還是怎樣的時候，從後方走過來的何篤行跟淇淇手上還各有一箱。

「放不下了嗎？」何篤行問。

「對啊，可能有些東西要先放著。真煩，要再載一趟了。」

他搔著腦袋抱怨時，何篤行把手上的東西放下，歪頭看著車後那堆被塞得很「藝術」的物品，蹙眉思索。

「你要不要再上去，看一下有沒有什麼沒收到的？」

裴承飛應了聲好，在搭電梯的時候才後知後覺地想到，何篤行應該是想重新幫他整理後車廂的行李吧，相似的事情之前也發生過一次。

在淇淇快上小學時，他們為了學區搬家到目前的住處。裴承飛一樣借了臺車，同樣把行李塞得亂七八糟，何篤行當下就指正他應該要全部拿下來，重新擺放就不用多跑好幾趟。但他當時因對方打包動作慢吞吞，腹中早有不爽，被指責後更是一把大火燒起，「你行你來啊」、「這全都我搬的你就只出一張嘴」的尖銳話都脫口而出，那次兩人鬧得很僵。

事後證明，何篤行對於收納挺有一套，裴承飛把事情做得快速也沒有錯，兩者都想做好一件事，因此碰撞產生磨擦，在生活中屢見不鮮。

若是一次、兩次大概還能忍得過去，然而，他們住在一起，生活在一起，就像兩片凹處與凸處其實並不相符的拼圖，硬要湊在一塊，最終必將發生齟齬。其實，事情過了就算了，放著不管也可以，然而一段關係走到破裂，回頭來看往往都是因為小事。

世界上沒有一種關係是需要他人認同才成立的，也沒有一種關係是不經營不付出就能維持的，無論是家人、親子、伴侶……都是一樣的。他跟何篤行這些年來為了維持關係，有時候退一步，有時候忍耐一下，更有時候替對方多想一點，也常常因為彆扭而沒把話挑明，但只要付出，對方若同樣有心總會發現的。

凹處與凸處不相符的拼圖，各往後拉開些許距離，雖然有點縫隙，光透得進來，只要瞇起眼睛欣賞，仍然可以形成一幅美麗的圖畫。

何篤行沒當面說他放得不好，而裴承飛巡完房間後回到車旁，看到所有行李都被放進去還疊得好好的，也沒有堅持無聊的自尊諷刺對方，就這樣解決一件小事，溫柔以待，不留疙瘩。

「樓上沒有漏掉的東西嗎？」何篤行邊把車廂門蓋上邊道。

裴承飛聳聳肩，「沒有，你跟淇淇清得很乾淨。」

「那——你們要走了嗎？」

「差不多了吧。」

他先讓淇淇坐進副駕駛座，要她繫好安全帶，關上車門後，從後方要繞到駕駛座上時，見何篤行站在原地看著他們，不禁停下了腳步。

「繆繆今天還好吧？」

「應該正跟我姐在百貨公司玩得很開心吧，今天好像還有什麼公主扮裝大會。」

為了不出什麼差錯，何篤行讓何蔚瑜帶繆繆出去玩，事前也跟繆繆說明這天淇淇跟叔叔就要搬家，以後不住在這裡，但女兒還是沒什麼反應。

「真的不用我過去幫忙嗎？」何篤行再三確認，反正他今天休假也沒事，可以幫忙他們打掃整理新家。

「不用啦，我媽已經在那邊了。」裴母雖然也跟他們一起搬過去住，但只帶了簡單的行李，說是怕住不習慣，而且搞不好淇淇讀北一女就又可以搬回來了。

「那好吧，車開慢一點啊。」

以為兩人就此話別的時候，裴承飛走向車前的腳步既重且慢，最後轉了一百八十度調回頭。

「怎麼，有東西忘了拿嗎？」

「沒有啦，只是……」他扯著自己耳朵，彆扭地說：「這邊的房租，我還是補給你一點吧？」

還以為對方要說什麼，怎麼又是這件討論過的事，何篤行啞然失笑。何篤行並沒打算搬家，但裴承飛他們兩人搬走後，房子只住他跟繆繆稍嫌大了些，有點浪費。裴承飛便提出補償房租的方案，但立即被他婉拒了。

「真要算那麼精的話，留在這邊剛買的洗衣機，我是不是也要補給你一半的錢？」

裴承飛愣了一下，放聲大笑。

「所以，就算了吧。」

「那臺洗脫烘三合一洗衣機很棒，我當初挑了好久，你留著好好用啊，還有——」他的呼吸漸緩，本來說不出口的事，像擠牙膏似地，到最後一刻全部推了出來。

「你堅強點啊，為了繆繆。不要再猶豫了，你的想法都是對的，有時候就直接做下去吧。」

何篤行推了推眼鏡，像是要掩飾自己的表情，應該要祝福他們，而不是不捨。

「你也是啊，多關心淇淇一點，不要因為太忙忘了跟她說說話。你跟我相反，慢下來也不是壞事。」

「好，那走囉。」

裴承飛旋即轉身上車，跟對方一樣，也是為了遮掩滿溢的情緒，但還是逃不過一旁女兒的法眼。

「爸爸，你看起來好像比我還要更捨不得搬家。」

「妳不會捨不得嗎？」

「搬家也不一定代表分開啊。」

裴承飛吸了吸鼻子，瞥眼發現淇淇手上拿著一小盆多肉植物，似曾相識。

「叔把陽臺上的多肉分一小盆給我了，還教我怎麼養它。」

淇淇輕摸著熊童子肥厚葉片上的白色短毛，柔聲說：「好好照顧的話，不知道會不會長出新芽呢。」

■

家裡忽然空了下來，剩何篤行一個人。

家事都做完了，還真的不知道要做什麼，看電視也覺得索然無味，結果，他竟選了一個最不可能的選項——打開電腦自主加班。

新的公共住宅計畫月底就要向局長報告，其實已經準備了八、九成，只剩下潤稿與檢查。何篤行重新看過一次簡報，這次他用外人的角度來重新審視、挑毛病，竟覺得此案毫無新意，甚至無趣至極。

不過，反過來想，當初科內討論時，就是打保守牌，大多數延用先前案子的規劃，沒有亮點就是此案的最大缺點，優點是已有現行案例，保證一定能執行。

何篤行盯著螢幕良久，鬼使神差地打開資料夾裡一個舊檔案，檔名叫「青銀共居——青年與長者共同居住住宅計畫」。因為高齡化議題，當年的科長丟了荷蘭與德國案例給他，要他寫一個臺灣版的，他忙了一整年前期資料搜集與可行性研究，就在快要完成之際，因政黨輪替、政策方向大更動而束之高閣。現在再把這個計畫拿出來看，雖然還有不足之處，然而，比起何篤行手上新寫好的方案，這個舊檔案還比較讓人躍躍欲試。

他把筆電擱在茶几，躺在沙發上胡思亂想。也許把「青年與長者」拿掉，直接換成不設限的共居也可以，或是像他們這樣各取所需、互相幫忙結合，一個「家」並不是一定得建立在血緣關係之上。

這個想法直接刺激他大腦產生許多突觸，各種有趣、特別的想法都冒了出來。何篤行跳起身，再次埋首於筆電，直到繆繆與何蔚瑜回到家時才抬起頭。

「哎喲——累死我了。」何蔚瑜進門後把手上的大包小包丟在地上，整個人直接倒在沙發上。

「妳們還真去了不少地方啊……。」何篤行瞥向那堆購物袋，「繆繆，肚子會餓嗎？」

「不餓！姑姑有帶我去吃好吃的鬆餅喔！」繆繆拿了幾袋自己的「戰利品」便蹦蹦跳跳地回到房裡去了。

見繆繆離開後，何蔚瑜才抬起頭小聲地問：「所以，他們走了？」

「是啊。」他彎腰收拾那些未第一時間被大小姐臨幸的東西。

她哀叫了幾聲，「難怪這裡變得好冷清啊。」

「妳也太誇張，他們才走幾個小時耶。」
「我幫你喊啊。」她伸了個懶腰盤腿坐起，「吶，說真的，你們也一起住那麼久了，還是會捨不得吧？」
「總會習慣的。」
何蔚瑜眨了眨眼，用誇張的語氣說：「可是——這麼大的房子，就只剩你跟繆繆父女兩個，回想起以前四個人的時光，不會觸景生情嗎？」
何篤行一記眼刀丟過去，「那妳要搬來住嗎？」
「才不要咧。」
「可以天天看到妳可愛的小姪女喔。」
「別人的小孩很可愛，但是住一起又是另一回事了。」她嘖嘖了幾聲，不忘調侃弟弟，「真佩服你跟裴承飛可以一起住這麼久啊。」
他不置可否地乾笑幾聲。
何蔚瑜離開後，他久違地幫繆繆洗澡，問她們今天去哪玩、玩得開不開心。
「姑姑幫我找到滑板喔，原來不在森林家族那一區，在另一邊放很多小東西的地方！」
「那很好啊，小松鼠就有滑板了。」
「我還買了一隻小狗喔。」
「多了新朋友呢。」何篤行心想，新的這個狗狗角色八成就是那個陳俊禾吧。

「而且，兔子比狗狗高喔！」

聽見繆繆刻意強調，他不禁失笑，陳俊禾的確比繆繆矮了點。

洗完澡穿好衣服後，父女倆坐在客廳吹頭髮，何篤行裝作不經意地詢問。

「繆繆，妳今天要不要跟爸爸睡？」

「為什麼要跟爸爸睡啊？我有自己的床。」

他歪頭想了一下，「嗯——因為爸爸一個人會害怕啊。」

「爸爸，你好弱，」繆繆轉過身來，小手搭上爸爸的肩，「爸爸你一個人也要勇敢睡覺喔。」

他哭笑不得地說：「好、好，爸爸會勇敢的。」

帶繆繆安頓就寢後，何篤行自己也盥洗完畢，睡前檢查廚房瓦斯電器門窗有沒有關好。這原本是裴承飛的工作，現在得自己扛起，第一次做還不是很習慣，還差點漏掉一項。

睡前他走到小孩房間，照例要幫繆繆蓋好被子時，卻發現她床上竟空無一人，連棉被都不見了。

「繆繆？」

何篤行著急地要找女兒，怎知一回過身，卻看到讓人心疼的景象。

繆繆拉著她的被子跟布偶，跑到原本淇淇的床上睡，那張床只剩下一張沒鋪床套的床墊，已經什麼都沒有了。

繆繆用棉被把全身都裹了起來，整個人縮得小小地靠在牆邊，死命地抱住懷裡的布偶。雖然睡著了，但表情一點也不安穩，五官緊皺，像是努力感受淇淇留下來的一點點餘溫或味道。

——他們都還是捨不得啊。

■

嘗試過才知道，孩子的適應能力遠比大人還要強大。

搬到新家兩個禮拜，裴承飛回家時還會坐錯車，淇淇卻已經在學校交到新朋友了，兩邊還會用視訊通話討論作業，對方是個戴著厚厚眼鏡的小女生，看起來跟小真是完全不同的類型。

剛轉學的時候，裴承飛很擔心淇淇的狀況，天天關心女兒到她都覺得有點煩的程度。

面對眼前的爸爸不停詢問「今天過得好不好？」、「有沒有什麼困擾要說出來喔，不要忍著」，淇淇只能報以無奈。

「爸爸，我沒事，我要寫功課了。」

「妳今天怎麼寫這麼久？」

「因為你一直跟我說話……。」而且，學校的作業終於變得比較有趣了。

不過，即使淇淇再三強調自己沒事，裴承飛還是放不下心，在搬家後的第一次諮商中，向諮商師詢問淇淇的狀況。

「我覺得淇淇新環境適應得挺好的，不知道你有沒有注意到？她有展現出想要改變的心情，這點我也有些意外，本來還以為需要一點時間……不過，對於新環境，每個人的狀況本來就不太一樣，也不一定都是壓力，像這樣變成助力的情況也有喔。倒是——」

她說話到一半換了個姿勢，裴承飛吞了吞口水，戰戰兢兢地等待，但是、倒是、可是，這些連結詞後面總是接重點句。

「裴爸爸，你好像有點過度緊張喔。」

「咦？」他表情一愣，「我嗎？」

「是啊，你要放鬆點，好好適應新生活，你如果太過焦慮，會給淇淇帶來壓力的喔。」

諮商師一語打醒裴承飛，確實，他搬完家後，怎麼住都覺得不太舒適，就連睡也睡不好。

他終於不用與人分享，可以獨占整張床後，躺在正中央翻來覆去像煎肉排似地睡不著，直到最後還是跟以前一樣只躺半張床，才沉沉入睡。

下班回家後，淇淇要寫功課還要跟同學討論，而裴母向來早睡，裴承飛竟發現自己好像沒個聊天對象。某天跟公司同事聊家裡事，對方卻接不上話題，說家裡的事都老婆管的他不太清楚。

悶了幾天後，Kevin有事北上，提及常借住的朋友最近剛跟伴侶同居，他不好意思打擾可能要住青年旅舍。裴承飛問了家裡兩位女性，大學同學要來借住一晚可不可以，淇淇沒什麼意見，裴母欣然答應，而且也沒懷疑誤會什麼，這點倒讓他有點意外。

Kevin光臨的那晚，淇淇跟裴母出來打聲招呼就各自回房了。

「房子不錯耶，地點好又大。」Kevin整個人癱在新買的布沙發上讚嘆道。

「是租的又不是買的……你要喝啤酒嗎？」裴承飛拎著一手臺啤走過來，似乎也沒打算給對方拒絕的機會。

「哇！」Kevin翻了個身坐起，伸手就拿一罐，「你是怎樣，明天不用上班嗎？」

「要啊，想說你難得上來——」

「你少來！是不是又有什麼無聊的煩惱？快跟心靈大師Kevin我說說吧。」他怪笑幾聲，「要是你晚上太寂寞，我犧牲委屈一點也不是不可以啦。」

裴承飛白他一眼，「就……想找人聊天吧。」

Kevin乾笑兩聲，「最好是，你們直男真的很煩耶，有話都不直說的，為什麼不老實承認你想他們了呢？」

他揚眉微慍，「怎麼可能，才搬家不到一個月。」

「真的有感情的話，分開十分鐘就想念囉。」

「哪有什麼感情，你別跟我媽一樣又誤——」

Kevin截斷他的話堵住他的嘴，「我說的是感情，不是愛情。我連附近便利商店很熟的店員辭職都很難過了，更何況你們還一起住那麼久——」

「那店員是帥哥吧？」

「是蠻帥的啦。」Kevin挑了挑眉，「但你別想轉移話題啊，你有沒有跟他們說過，你很愛他們、很重視他們，你們情同家人呢？」

裴承飛低頭，回憶過往，是有那麼幾次，好像要說出口了，但最終他還是從沒跟何篤行和繆繆說過，而且——

「這種話不用說也知道吧。」

「不知道喔。」Kevin啜了口啤酒後道：「人啊，只要不把話說出來、說清楚，對方就不會明白。說什麼『這種話不用說你也知道吧』，只是自我感覺良好，就跟我爸一樣。」

「你爸……那就太直了。」裴承飛知道，Kevin的爸爸直到肝癌過世，都沒有認同這個同性戀兒子。

Kevin伸手攬住他的脖子，順便吃個豆腐，「所以你就彎一點吧。」

「是啊，有話直說，那我要拍照給你男朋友看喔。」

他嚇得連忙放手，隨後才在裴承飛的大笑聲中想起，「你哪有他的聯絡方式啊！」

20.

「我覺得這個提案蠻有意思的！」

「股長，可以試試看啊。」

何篤行忍不住在開會結束前提了一下「青銀共居」計畫，原先只是想當個會後聊天話題，而且他的那些想法經過幾天蜜月期後，明顯的規劃漏洞浮現，大概引不起什麼共鳴。

怎知，在場同事聽了都眼前一亮，紛紛表達各種意見，討論得比主要會議內容還要激烈有火花。某個同事建議直接用此案發表，在場眾人都點頭贊同，倒是何篤行又開始搖擺不定。

「可是，原本的案子我們都快做完了，剩下的時間也不夠——」

何篤行話說到一半收口，原本打算就這樣放棄的，理智告訴他，沒有必要冒險犯難，安全穩健牌才是最合情合理的，不過就是份工作。然而，裴承飛說過的那句話在此刻推了他一把——你的想法都是對的，有時候就直接做下去吧。

他推了推眼鏡，小小聲地說：「如果大家願意……加一點班的話？」

平常沒什麼存在感，總是隨上頭長官搖擺的「盆栽股長」第一次提出主見，同事們意外地相挺，加了整整一個禮拜的班，大家一起把案子修改完成，趕在週一的會議上簡報。

何篤行為了這個案子，不得不把繆繆帶回老家，拜託母親照顧。他跟何母在搬家後的那個農曆年和解，何母再怎麼氣兒子、再怎麼怨懟馥純，繆繆畢竟還是她的孫女，在女兒何蔚瑜居中協調下，讓何篤行帶繆繆回家認阿公阿嬤。雖然何母要他們父女倆搬回來一起住，但當時何篤行強硬地拒絕了，只答應會帶孫女回來讓他們看。

幾年下來，何母的態度也終於有軟化的趨勢，不再強硬地想要控制兒子，不過，裴承飛父女與他們分居後，何篤行向何母請求幫忙的次數變多了，何母暗自竊喜兒子與孫女終究是要回家的。

由於會議得提早到辦公室準備，何篤行不得不帶著繆繆住老家，請母親隔天接送繆繆上下學。

「明天早上爸爸要早點出門，阿嬤會帶妳上學喔，放學她也會去接妳喔。」被冷落一個禮拜的繆繆心生不滿，抱怨道：「爸爸你還要忙多久——」

「就到明天，明天之後爸爸就不會那麼忙了，妳再忍耐一下下喔。」

她不甘地噘嘴，「說好了喔。」

「嗯，爸爸跟妳說好了，妳要聽阿嬤的話喔。」

■

翌日，何篤行一大早到辦公室做準備，梅娟是第二個到的。

「股長，你好早喔！」

「想說早點來練習一下簡報。」他不得不承認，膝蓋正微微發著抖，「我有點緊張。」

第一次看到這樣的股長，梅娟忍俊不住，「希望這個案子能成。」他同意地頷首，大家都辛苦地準備了這麼多，無非就是希望能得到長官的認同。

隨後，同事們陸續進辦公室，眾人一起到大會議室開會，這次其他科室也一同與會，包含於美君所在的隔壁科，場面之浩大，顯現出長官的重視程度。待高階長官都到場後，何篤行便開始簡報。

剛開始，他的聲音還有點飄，講到第三頁就穩了，之後便是行雲流水地簡報，甚至比他私下演練的那幾次都還要好。只是，因為現場燈光的關係，他沒有看到長官越聽越不對勁的表情。

「簡報到此結束，請長官及各位同仁指教。」

局長一馬當先按下眼前麥克風按鈕，「何股長，你……是不是不太了解臺灣人？」

這天外飛來的問題讓何篤行愣怔呆滯，完全不懂對方是什麼意思。

「我們所在的這個社會，是很講究血緣家庭關係的，你說要讓互相不認識的人住在一起，相互照料進而成為家庭？光你剛剛提到的例子，什麼青年可以照顧長者，這太奇怪了吧，那長者的兒女呢？青年的父母呢？」

「不好意思，局長，所以我說是某些情況下，長輩也許沒有小孩，或是住不同地方，青年的父母也是。這只是其中一個例子，也有平輩互相照顧、成為一種家庭組識——」

「所以才說你不懂臺灣人。」局長打斷他的話道。

「我覺得，是局長您不懂人性吧。」

何篤行此話一出，全場譁然。

他刻意忽略現場的狀況，堅定地繼續說：「陌生的人住在一起，互相照顧、成為家庭很奇怪嗎？這不正是我們現在靠婚姻組成家庭的方式嗎？當然，你可能會說結婚是兩個相愛的人在一起決定組成家庭，可是在結婚之前，又有誰可以完全了解另一個人？光看離婚率就知道，靠婚姻組成的家庭並不是百分百穩固的。

「再說血緣好了，血緣其實也不比一紙婚約穩固得多，從社會上各種家庭糾紛都看得出來。我們的這個提案並非要改變目前現有的家庭組成方式，只是因應現代社會的變遷，提出新的家庭組成樣貌。他們可能互不認識，也有可能本來就是合得來的朋友，住在一起，彼此認識、照顧進而產生家人般的情感，這是有可能會發生的事，因為我——」

何篤行像被噎住似地急踩煞車，全場的目光全集中在他身上。

「我是說……我的朋友就是這樣。」

■

何篤行在早上的會議中豁出去似地在各個高階長官前大放厥詞、反駁對方的說法。然而，現實總不若電影故事般完美，他不是個能辯倒眾人的正義英雄，只是一名平凡的父親。最後，這個計畫還是被否決了。散會時，同科的眾人都有些沮喪，何篤行還打起精神開玩笑安慰大家，說局長叫他們一週內提出備案，但他們早就做好了完全不用擔心。

中午時刻，他無意識地走出市府大樓，打算去那間不太好吃的餐廳用餐，想避開任何認識的人，好好靜一靜，讓硬撐住的情緒得以放鬆。

此刻他才發現，這次計畫與他個人的價值觀重疊太多，被贊同或被否定，都牽一髮而動全身。

「股長。」

走進餐廳前被叫住，回頭看見是於美君，他因為被打擾而不太高興，沒有餘力遮掩，露出厭惡。

「不好意思，打擾你了吧？」於美君面帶歉意，「其實，我追過來只是想跟你說，我很喜歡你們的提案，沒被採用真的很可惜。」

「謝謝……」何篤行推了推眼鏡，心情股價回漲了點，低聲說：「不會打擾。」

「那我們可以一起吃個飯嗎？」

這是他們第三次在這間餐廳裡吃飯，每次的心境都不一樣，這次，兩人似乎終於能坦然以對，有話直說。他們一邊吃著這家店還算能吃的咖哩，一邊聊計畫的事，不知是否換了廚師，原本淡如水的咖哩越吃越有味道，他們也越聊越起勁。

「要那些老古板長官接受這個提案太難了，不過，你們的努力不是沒有用喔，長官還是需要一點刺激的。」於美君啜了口附餐紅茶後，瞇起眼道：「再說──你也太帥了吧，對長官直接開罵。」

第一次被女性當面稱讚帥氣，何篤行臉頰瞬間漲紅，那是連前妻都沒說過的溢美，她以前頂多就說他斯文有禮、溫柔體貼。

「呃，不，就……不小心……。」

「不過啊──你就承認你就是你朋友吧。」她掩嘴輕笑，「本來很帥的，但你最後說那是你朋友，就後繼無力了。」

「他真的是我朋友啊……。」

「你是說那位裴先生嗎？」

「是啊，不過他最近搬走了。」他拿湯匙攪動餐盤裡的咖哩飯，這次一起吃飯才注意到，於美君會把咖哩與白飯分開，不像他總攪拌在一起。

「搬走了？為什麼？你們吵架了嗎？怎麼回事，快說說。」

在於美君探問八卦的強勢逼問下，何篤行吞吞吐吐地把這段時間發生的事大概說了一遍。

「原來是這樣啊……裴先生為了女兒搬家也是可以理解，那股長你最近這麼忙，繆繆都是誰照顧的？」

「帶回老家請我媽幫忙。」

「你懂我那時候的心情了吧。」她打趣地說。
兩人相視而笑，不知道為什麼，那件壓在何篤行心中的事，忽然找到了可以告解的對象。
「美君，還有一件事情，妳能聽我說嗎？」
她歪頭，「可以啊。」
「就是……剛剛我說淇淇懼高症發作，我趕快送她去醫院時，其實，繆繆也在旁邊，」他放在膝上的雙手緊握，「我那時候只顧著淇淇，就把繆繆丟在頂樓……還好後來有鄰居照顧她，但是這件事情——」
「你一直無法釋懷？因為你覺得你竟然為了照顧別人的女兒，而不顧自己女兒？」
何篤行微微頷首，他低頭看著桌面，卻看到餐盤輕輕震動著，抬頭才發現是於美君按著桌子，雙肩抖動，好像……忍笑忍得很痛苦？
「這很好笑嗎？」
「不……對不起，股長你實在太有趣了，你明明在早上的會議中講得那麼堅決，卻在意著這件事。」美君雙手交疊在頷下，目光飄遠地回想，「上次在這家店吃完飯後，我也想了很多，怎麼我都被你說服了，你自己卻還不懂呢？」
「但是……一定會有選擇啊。」
「我們從來就做不出選擇，因為一樣重要啊。」於美君深吸口氣止住笑，「如果主角換成我、豆豆跟我媽，我一定也會因為丟下其中一個而難受自責啊，就算兩邊對換也一樣，為什麼？因為他們都是我的家人、最重要的人啊。就跟你說的一樣，家人不是用血緣或證書綁住的，是關心與在乎。」

午休結束回到辦公室後，何篤行像換了個人似地精神抖擻，託於美君的福，心中的疑慮一掃而空。先前的煩惱回頭看來都像庸人自擾，不過，他也可以理解長官們對計畫有很多疑問。包含他在內的許多人，從小受的教育、接觸的社會與價值觀並非一朝一夕可變，像是領養小孩或是同性婚姻，都還會受到歧視與偏見影響。

繼續努力吧，慢慢地提倡、堅持，或許會有好結果。

何篤行下午忙著處理之前因簡報而擱置的公文，還好已經請何母幫忙接繆繆了，所以並不趕著下班。然而，就在他埋首於各色公文資料夾的時候，手機驟然作響，他花了點時間才從紙張下方挖出手機，對方似有急事很堅持地不掛斷。

結果是母親打來的，他快速接起。

「阿行！繆繆不見了！」

■

繆繆討厭阿嬤。

早上出門前，她明明從家裡帶來上學的衣服要換穿，結果阿嬤卻把衣服收走了，說那件太小件了，早就買了新的要給她穿。繆繆抗辯無效，鬧脾氣不想穿，阿嬤就開始罵爸爸沒把她教好。

為什麼大家都要罵爸爸，幼稚園的老師罵爸爸、陳俊禾的媽媽也罵爸爸，阿嬤更常常罵爸爸，明明她的爸爸是全世界最好的爸爸……雖然有時候她也討厭爸爸，但只有一下下喔——對了，一下下！繆繆想起爸爸說的「只要再忍耐一下下」就好了，即使她討厭綠色，討厭點點花樣，也按捺著美感換上阿嬤買的醜衣服。

「穿起來多好看啊。」何母笑道。

繆繆低頭看著自己的衣褲臭著臉說：「才不好看，我喜歡我的花花裙子。」

「上學穿什麼裙子，會被男生掀裙子啦，妳爸爸沒跟妳說嗎？」

「沒有人會掀我的裙子啊。」

「妳怎麼知道？」

「那叫他們不要掀就好了啊。」

「妳別穿不就不會被掀了？」

「沒有人會掀我的裙子啊！」

繆繆一時氣結，不想跟阿嬤講話了。

離出門前還有點時間，何母東看看西看看，覺得孫女瀏海有點長，叫她坐下來要幫她剪頭髮。繆繆還顧著生氣呢，沒聽清楚阿嬤說什麼，抱著書包坐著沒多久，就聽見幾聲快刀唰唰聲，眼前幾綹頭髮紛紛掉落。

「啊！頭……頭髮……。」

被剪了個超短瀏海的繆繆幾乎整天都在哭，老師跟同學怎麼勸、怎麼讚美她都無效。她一路抽抽噎噎到了下午的課輔班，陳俊禾看到的是雙眼腫得像卡通青蛙一樣的繆繆，但在他心中還是很可愛。

「妳不要難過了，頭髮很快就長出來了，我上次也被我媽剃了一個大光頭。」

繆繆趴在桌上悶悶地說：「你是男生。」

「這哪有分男生女生的，我也不想要光頭啊，好冷。」

她抬起頭看著陳俊禾，想像了一下他光頭的樣子。

「好吧……男生也一樣。」

「我那時候就這樣——」他使力用手掌磨擦自己的頭皮，「每天磨我的頭，看頭髮會不會長快一點。」

繆繆也有樣學樣地用手磨自己的額頭，邊磨邊道：「陳俊禾，你有阿嬤嗎？」

「有啊，過年阿嬤給我的紅包最大，我最喜歡她了。」

她鼓起臉頰，「我討厭我阿嬤，我不想要回阿嬤家……。」

「妳可以跟妳爸爸說啊。」

「我爸爸叫我再等一下下……可是我已經等很久了啊！」

「那就……再等一下下？」

陳俊禾除此之外沒有辦法可以幫助繆繆，但為了逗她開心，他說起他們家昨天看的動作片電影，主角的女兒被綁架了，主角各種帥氣各種飛天遁地打壞人去找女兒。他自顧自地說得生動，中途還忘了在意繆繆的情緒。

「綁架——」

她低聲喃喃自語，對這個日常用不到的名詞似有印象。

「對啊，他的女兒被綁架所以他就——」

——對了，就是「綁架」！那是個可以實現願望的魔法咒語！

繆繆突然拉住陳俊禾的手臂，雙眼亮晶晶地看著他。

「陳俊禾，你可以幫我嗎？」

■

放學時刻，繆繆與陳俊禾兩人鬼鬼祟祟地走出校門，右前方三點鐘處有一群家長等待，何母也在其中，不過她正低頭滑手機，正是大好時機。陳俊禾牽著繆繆的手，小心翼翼地繞過家長群，繆繆亦拱起背躲在比她還要矮小的男生身後，卻莫名地有安全感。

「繆繆，我們已經走很遠了。」

她這才敢抬起頭，兩人接著走到住處附近的小公園，陳俊禾請她在那邊等一下，便飛快地跑走。過了不到十分鐘，陳俊禾回到公園把一支手機交給繆繆，但他身後不遠處跟著一名身穿國中制服的女生。

「繆繆，我姐姐說手機可以借妳打電話。」

「謝謝！」

方才繆繆求他幫忙，說只要借她手機就可以了，但他也沒有手機，不過他的姐姐有，他可以回家跟姐姐借，便帶著繆繆躲過她阿嬤來到這裡。

繆繆暗自慶幸她之前就把淇淇的手機號碼抄了下來，開心地撥通了電話。

就在她打電話的時候，陳家姐姐走過來問弟弟。

「那是你女朋友嗎？」

他紅著臉說：「還不是啦！」

「姐！不要啦！」

「還不是喔？以後是囉？她就是那個繆繆吧，我要跟她說！」她提高音量戲弄弟弟。

當他們兩人笑鬧到一半，繆繆撥打的電話接通了，聽見淇淇喂了一聲。

繆繆深深吸了一大口氣，胸腔挺起吸得飽滿，然後，雙眉一皺，表情一憋。

「姐姐——我被綁架了！」

她此話一出，就像念了定身咒，讓陳家姐弟僵在原地，互看傻眼。

誰被綁架？誰綁架誰？他們綁架繆繆嗎？相較於現場三個情緒激動的人，淇淇在手機裡的聲音異常地冷靜。

「是繆繆嗎？」

「姐姐——快來救我。」

她使勁地哭喊，眼淚都逼了出來，陳家姐弟剎時還真以為繆繆被怎麼了。不過，是真哭還是假哭，家人一聽就知道了。

「繆繆，不要鬧了。」

繆繆人生中第一次登臺演戲就此失敗，然而她聽到淇淇這麼說，卻真心地想哭了。

「姐姐……妳是不是討厭繆繆了？」

「我沒有討厭妳啊，我有說過討厭妳嗎？」

「沒有……。」

「而且，反而是繆繆說討厭我啊。」

淇淇的話引出了繆繆心中的後悔與虧欠，她想要辯解，卻被高漲的情緒堵塞住口，嘴裡只能發出嗚噎哭聲。

「繆繆，姐姐會去找妳。不過，妳應該還有一句話要跟姐姐說吧？妳還討厭姐姐嗎？」

「姐姐對不起……都是我跑到屋頂害姐姐差一點死掉……」繆繆緊握手機，終於放聲大哭。陳姐姐推了推弟弟，陳俊禾才趕緊拿衛生紙給她。

「姐姐沒有不理妳，我一直在等妳跟我講話。」淇淇放軟了聲調，「繆繆，姐姐原諒妳喔。」

「那姐姐妳可以回來跟繆繆一起住嗎？」

「在這之前——先告訴姐姐妳在哪裡好不好？姐姐去找妳。」

■

何篤行接到何母的電話後，急得像熱鍋上的螞蟻，工作全丟下就往學校跑，途中除了聯絡學校老師，還聯絡了裴承飛。

「不見了？她會不會自己跑回家了？你先不要緊張，我去幫你找。」以防萬一，裴承飛也打電話給裴母通知此事，如果繆繆跑到她們那邊，要趕快聯絡何篤行。

裴承飛與何篤行在家裡碰頭，屋內沒有人，抱著一絲希望跑去陳俊禾家，按電鈴亦無人回覆。他們從家裡沿路尋找，一路找到學校跟何母、老師會合，都沒有找到繆繆。當眾人打算要聯絡警方時，裴承飛的手機收到一則淇淇傳來的訊息。

「爸爸、叔叔，不用擔心，繆繆、我還有奶奶在小公園，你們過來的時候不要被她發現，繆繆會再打電話給叔叔。」

收到這個訊息，兩人既安心又疑惑，一時搞不懂淇淇的意思。

「淇淇這是什麼意思？繆繆怎麼跟她碰面的？」

裴承飛搖頭，「我不知道，不過看淇淇跟我媽的手機定位是在小公園沒錯。」

「那我們趕快先過去吧！」何篤行通知老師跟驚嚇過度的母親已經找到繆繆，讓他們安心，並要何母先回家休息。

兩人並肩快步跑回小公園，遠遠就看到繆繆、淇淇跟裴母三人，何篤行的緊張與壓力倏地消除，連帶腎上腺素的效果也不見了，瞬間雙腿發軟，在差點就要跌倒前及時穩住身體。

「小心啊！」後方的裴承飛跑上前關心。

「還好還好……還好……繆繆……沒事。」何篤行像個在水中載浮載沉的溺水者，拚命大口吸氣。

他苦笑，「是啊，還好沒事，你看起來還比較有事。」

何篤行雙手壓著膝蓋，緩過呼吸，這時想起淇淇的交代。

「淇淇……叫我們不能被繆繆發現？那要怎麼辦？」

「我也不知道，」他抓了抓頭，看向旁邊的小步道，「不然從那邊繞過去？有樹擋著繆繆應該看不到我們。」兩人在步道裡盡量放慢腳步接近她們，何篤行的目光沒有從繆繆跟淇淇身上移開過。她們兩人不知道在講什麼，笑得開懷。

「沒想到，我們真的一起把她們養得這麼大了呢。」何篤行無意識地脫口：「這麼久以來……謝謝你，」裴承飛停下腳步一愣，低頭輕笑。

「你怎麼講得好像我們之後就毫無關係一樣？你以為一句道謝就可以切斷我們的關係嗎？我們是一家人啊。」他嘴角揚得更高，笑容更燦爛，「當然，也不能因為是家人就省掉道謝，所以，我也謝謝你。」

這下換何篤行愣怔，能讓裴承飛說出這種話，還向他道謝什麼的，可真不容易啊。這時候，何篤行的手機鈴聲響起，來電號碼是淇淇的手機，他即刻接起，終於聽到女兒的聲音。

「爸爸——」

「繆繆！妳在哪裡？」何篤行遠遠看著繆繆，卻得假裝自己什麼都不知道。

「爸爸，我被綁架了。」

「什麼？」

「爸爸你要答應我的願望，我才會回家喔，叔叔也要喔。」

何篤行終於明白淇淇的用意，可能要配合繆繆演這齣戲，才會知道她這麼做的原因是什麼。他答應了「綁匪兼人質」的要求，並打開擴音讓裴承飛也能聽見繆繆的聲音。

「繆繆，我們會想辦法答應妳的願望，但世界上也有很多事情是爸爸跟叔叔都辦不到的。」

「不會，這件事爸爸跟叔叔一定做得到！」

「是什麼事呢？」

「我想要全家住在一起！」

何篤行跟裴承飛互看一眼，異口同聲地道：「繆繆……。」

「繆繆，爸爸跟妳說過了，姐姐的學校——」

他試圖跟「綁匪」講理，但「綁匪」哪是能講理的呢？

「我不要、我不要啦！我就是要全家住在一起，不然我就被『綁架』不回家了！」繆繆力竭聲嘶的聲音，同時雙聲道從話筒及不遠處傳來。

何篤行聽得難過，很想衝上前抱抱她。這是她人生中第一個無可奈何，第一個求而不可得，可能也是最難忘的。

「繆繆，就算不住在一起，我們也是一家人，」裴承飛靠在手機旁道：「這一點是永遠不會改變的。」

他這番話與何篤行早上開會時的宣言竟互相呼應，雖然知道對方可能也是這麼想，但聽到裴承飛親口說出來，感受還是不一樣。

「繆繆，我們只是暫時分開住，還是可以常常去姐姐家，或是姐姐來我們家啊。」何篤行與裴承飛你一言我一語地丟出各種五花八門的備案，把繆繆搞得頭暈了，想向一旁的姐姐求救，淇淇卻只顧著笑。

「好吧，」繆繆噘著嘴說：「那我還有一個願望！」此時，兩人已經走近，離她們剩不到五十公尺的距離。

「那是我的生日願望，可是生日那天我都沒有許願。」明明是繆繆那天自己說不要許願的，現在卻任性地過了生日還是想當壽星。

「那妳的生日願望是什麼？」何篤行就站在繆繆身後說話，她回過身就抱住爸爸的腳。

「爸爸對不起，我不應該丟下阿嬤自己亂跑！」他覺得好氣又好笑，看向一旁拚命眨眼的淇淇，應該是淇淇教她看到爸爸就要立刻道歉吧，這招對他總是最有用。

「下次不可以這樣了，知道——咦？妳頭髮怎麼了？」

「阿嬤把我剪壞的啊！所以我就很生氣，想要找姐姐……但她又不在家裡……。」何篤行板起臉，「不管發生什麼事，妳都不可以亂跑啊，答應爸爸以後不可以再這麼做。」

「我以後不會這樣了。」

「妳讓大家都很擔心喔。」他用力抱緊女兒，「爸爸擔心得都……唉。」

「爸爸對不起，」繆繆的下巴靠在爸爸的肩頸，小小聲地補充：「可是生日願望……。」

竟然還惦記著願望，何篤行快被女兒打敗，裴承飛也有點哭笑不得。

「繆繆妳說吧，我們會一起幫妳實現它的。」

繆繆開心地歡呼，她仍靠在何篤行的懷裡，但左右兩手各牽著淇淇和裴承飛的手，滿足地說出願望。

「我的生日願望是——」

■

在迪士尼樂園裡，四人手牽著手同遊。

淇淇拿相機請路人幫忙拍合照，拍完照後，聽見對方與同伴旁若無人地討論猜測他們四人的關係。

淇淇大方地用英文回答，「我們是一家人。」

家人不是靠一紙證書黏住兩個人，也不是依靠切不斷的血緣彼此磨擦生痛。

家人是用相處的日常、吵架、和好、關懷，像拼布一樣把性別、年齡不同，甚至膚色、人種也不同的個體接合，每一小塊布都有縫線，都得付出，最終形成溫柔的布匹，在你高興時把你拋得更高，在你需要時永遠接住你。

他們是一家人，這就是一家人。

（全文完）

番外篇——質數與謎題

教微積分暑修課是份苦差事。

來上課的學生不是恨透數學，就是只想混個及格學分，而學生態度難免影響老師上課的心情，老師也是人，第一堂課便逃避似地丟給研究生助教處理。下課鐘聲響起，眾人皆被助教精實的授課內容嚇著，閃得比什麼都快，她把講臺收好再抬起頭時，座位已空無一人。

除了最後一排那個還趴在桌上呼呼大睡的男生以外。助教嘆了口氣，走到他身旁。

「下課了喔。」

「什麼……聯誼還缺一個喔……我去找……。」他喃喃說了幾句夢話，尚未清醒。

她無奈地提高音量，「同學，已經下課了。」

對方這才幽幽轉醒，伸手揉眼，右臉頰還留有淡紅色的睡印。

「下……下課了喔？」

她推了推眼鏡說：「對，沒事就快回去吧，這間教室待會在職班要用。」

他的雙眼這才終於聚焦，仰頭看清助教的臉，卻一下子愣住了。但助教並未留意，轉身走到門口時，聽見他喚了一句。

「裴沛淇！」

「妳好厲害喔，跳級考數學系研究所？太強了吧？所以妳是研一？是研二啊，那還要讀博士班嗎？」

看到蘇時宇活潑說話的模樣，裴沛淇這才將眼前的男大學生與七年前的小學同學樣貌疊合，剛剛對方叫住她的時候，她是真的想不起這個人來。

七年說長不長，說短不短，可以發生很多事，亦可以遺忘很多事。

「妳轉學搬家後，我還是常在公園遇到繆繆，後來上國中我就比較少過去玩滑板了。她也上國中了吧？」

「她今年九年級了。」

提到妹妹的事，裴沛淇的表情便緩和了下來，還主動說了繆繆上七年級後他們又住在一起，以及繆繆常常被星探看上的趣事。

「那不就要當明星了？她長得很可愛，也許很適合喔。」

「她不喜歡，幾乎全都拒絕掉了。一直到最近有個經紀人鍥而不捨，她才願意去韓國看看。」

當然，那次出國何篤行請假全程陪伴，但他最近想到繆繆若點頭答應，就得跟女兒分離千里，便就萬分憂鬱，一勁地說韓國壞話。

裴沛淇想到家裡的大小事，不禁面露微笑。

蘇時宇見狀鼓起勇氣說：「剛剛上課對不起，我昨天打工太累太晚睡，所以睡著了……。」

「沒關係，有簽到就好了，而且今天也不是老師來上課。」

「那個……我的數學真的不好，」他緊張地用手磨擦著鼻側，「如果有問題的話，可以問妳嗎？」

「可以啊，我是這堂課的助教。」

■

在數學系系館前話別蘇時宇，裴沛淇回到研究室，打開筆電就看到來自指導教授的催稿信，整個人忽地被憂鬱籠罩。

方才蘇時宇說她很厲害，還能跳級唸研究所，但她覺得自己一點也不厲害，只是在逃避而已。高中過得還算開心，但上了大學後，卻無法融入新環境、開展新的人際關係。也不是沒嘗試過，但幾次失敗收尾後，她告訴爸爸自己想取得同等學力考研究所。

本以為上了研究所就可以一頭栽進她鍾愛的數學之中，結果仍是事與願違。

「2、3、5、7、11、13……」她仍習慣性地默背質數，讓自己的心情平靜，唸到第一百個後，總算能平心靜氣，繼續做教授指派的工作。

■

「那這邊再微分，所以……這樣就對了嗎？」

蘇時宇寫完後心驚膽顫地看向裴沛淇，直到她點頭才鬆了口氣。那日相認之後，蘇時宇便常請教裴沛淇問題，因裴沛淇常幫老師上暑修課，下課後，兩人還會到學校附近的速食店，繼續上數學課。

「那你這部分還有問題嗎？」

「沒有了，謝謝！」

「那我也差不多該……」裴沛淇話說到一半，瞥見手機傳來訊息，頓時沉下臉。

「抱歉，時間拖太晚了嗎？妳趕快回家吧。」蘇時宇以為是裴沛淇爸爸的關切訊息，連忙道歉。

她搖搖頭，「教授說我的Paper有問題，要我明早改好給他，我要回系館一下。」

「現在？也太晚了吧！」

「資料都放在研究室，不去拿的話沒辦法改。」

隨後，在蘇時宇的堅持下，他陪著裴沛淇走回數學系館。

「所以妳沒聽過那些流傳的鬼故事？迎新的時候學長姐不是會講嗎？」

「數學系研究所沒有迎新，而且，真的要說的話，」她認真道：「我不怕鬼，人比鬼恐怖多了。」

「這倒是……都這麼晚了還叫妳回來的教授比鬼還恐怖。」

蘇時宇見對方久未回應，才驚覺自己說錯話了。

他與裴沛淇相處時發現，只要一提到教授，她便悶悶不樂。他的表姐也曾是研究生，只要說到相關詞，像是「論文」或「畢業」，就會反射性地罵人。研究生的壓力真的很大，他講話得小心點才是。

兩人無言地走到系館前，蘇時宇說要在外面等她拿資料，裴沛淇卻說不用了。

「我還要在研究室待一下，等下教授也會過來，你先回家吧。」
他看著裴沛淇隻身走進老舊漆黑的系館裡，聽聞她的教授也會過來時，擔心卻莫名地有增無減。
「淇、淇淇！」
他沒經過大腦就喊出了聲音，而且還是他從未叫過的她的小名，裴沛淇一臉疑惑回望。
「有事的話就打電話給我，什麼事都可以！」

■

「妳知道我可以讓妳畢不了業嗎？」
那個人的話在她耳邊徘徊不散，而且以她對他的了解，他說到做到。難道這次也要逃避嗎？還能逃去哪裡呢？都已經成年了，應該要可以自己解決事情，不，這件事也只能自己解決。
「妳還好嗎？」
蘇時宇的話倏地插入，讓裴沛淇從迷茫回到現實，她勉強撐起笑容。
「最近在趕Paper，有點累。」
他聞言慌忙地說：「那妳趕快回去休息吧！」
「教你數學不會累啊，這都是基礎問題。」
蘇時宇暗暗感嘆自己的爛數學，竟也有派得上用場的一天。
這天結束教完數學後，裴沛淇還是得回去系館忙教授指派的工作，由於還是白天，他便沒說要送她，以免對方覺得太煩太黏。

然而，兩人分開後一小時，蘇時宇卻接到了她的電話。

■

裴沛淇方才忘在麥當勞的計算紙，上面寫滿密密麻麻猶如天書般的數學符號，蘇時宇理所當然看不懂，甚至連哪邊是開頭哪邊是結尾都不知道。

但他用資料夾好好收著計算紙，不讓它有一絲皺摺，使命必達地來到數學系系館。按照編號，終於找到三樓的三〇二號研究室時，聽見未關緊的門扉傳出聲音。

「妳知道只要我不點頭妳就畢不了業嗎？

「知道的話就乖乖聽話，照老師說的做。

「沛淇，妳只要聽我的話就對了。」

蘇時宇還沒回過神來，就有個男人從研究室走出，走向走廊另一頭離開，並未看到如石雕呆立在原地的他。他一激靈清醒，快步走進研究室裡，看到裴沛淇手摀著半張臉，眼眶泛紅，泫然欲泣。

蘇時宇當下只有憤怒，隨即轉身跑去追那個男人。

■

這一切彷若那次小學作弊事件重演。

蘇時宇看到片段資訊，替她補上了故事。但跟那次不同的是，這次她能預測未來的發展，卻自私自利地不去阻止，讓自己能安穩地當個被害者。

連她自己都不知道，現在流下的眼淚是真誠的情感，亦或是知道蘇時宇會在此時出現，而安排好的假哭。當她靜靜地抽出面紙，擦乾眼淚等待接下來的進展時，他卻掉頭走了回來。

他仍喘著氣走到她面前。

「淇淇，我想先聽妳說。」

裴沛淇那時才知道，真正源自心中難過、自卑與委屈的淚水，是止也止不住的。

她邊哭邊道：「你……你願意聽我說嗎？」

■

「我老闆一開始不是這樣的……我看了好幾篇他的論文，才找他當指導教授。

「可能是那次接了中研院的密碼研究案，我很快就算完了，老闆開心之餘還對我說，能者多勞，以後妳要多幫忙了……我後來才知道，研究生不是這樣當的。」

裴沛淇坐在校園一隅的長椅上，手裡握著蘇時宇剛剛跑去便利商店買的保特瓶飲料，冰涼的瓶身讓她冷靜了點，斷斷續續說著自己的事。她不是個善於傾訴的人，但蘇時宇靜靜地坐在旁邊，也沒看著她，就一動也不動地盯著地面，這竟帶給她難以言喻的安心感。

故事像沒關牢的水龍頭滴滴答答，隨著時間積累，築成了能把人拉入深淵的湖泊。她在湖中沉默許久後，蘇時宇才緩緩開口。

「所以，他剛剛沒有對妳……」

「老闆他不會碰我一根頭髮的。」裴沛淇暗忖，也許他打從心裡恨我也不一定。

他吐了一口大氣，彷彿從剛剛一直憋氣到現在似地，全身繃緊的肌肉也放鬆開來。

「太、太好了，啊！我不是說老師對妳做的事太好了，而是他沒對妳做什麼事真是太好了……啊不對他也對妳做了很過分的事，等等，我到底在說什麼——」

看著一時語言混亂的蘇時宇，裴沛淇重重地低下頭。

「對不起，剛剛是我故意想讓你誤會老闆對我做了什麼……我只想著如果我老闆因此被懲處的話，我就輕鬆了，說不定也能順利畢業了……」她咬著下唇痛苦地說：「但我真是太自私了。」

「淇淇妳到底在說什麼啊！」他回頭反駁說：「人就是自私的生物啊！」

「我做了很過分的事……想要利用你的正義感，去誣告教授。」

「可是教授有錯在先啊？」

「也不能因為對方有錯就私下懲罰對方，那就是把法律當空氣了。」她苦笑，「況且，他總站得住腳的，教授叫研究生做事，有什麼錯？」

「但如果不是他把妳逼成這樣——」

「為什麼你總是要替我說話？你知道小學那次作弊的真相嗎？」

裴沛淇破罐破摔地想說出陳年往事，撕毀美好的幻想。蘇時宇以為自己從小真手中救了她，但實際上那些作弊都是她與小真合謀，她不是受害者。

沒想到，蘇時宇此刻卻淡然開口。

「我知道。小真沒有欺負妳，妳們是合作作弊的。」

■

蘇時宇別在自己身上的那顆英雄救美徽章，是在高中時裂掉的。

高二時，他跟黃若真分到同一班，起先對她充滿敵意，仍認為後來裴沛淇會轉學都是她害的，而且對方似乎隱約知道這點，所以兩人從來沒有說過話。

下學期兩人各被選為班長與副班長，不得已開始有了些交流。蘇時宇才發現黃若真人也沒多差，有時候還會細心地注意到他漏掉的小事，或是在女生小圈圈裡幫身為班長的他說些好話。

「那次，是你告的密吧？」

那天兩人從教務處回來，黃若真沒頭沒尾地冒出這句話，見他愣怔，笑著續道：「光看你的表情就知道我猜對了。」

「妳、妳怎麼會知道？」

「我當然知道啊，我是淇淇最好的朋友，當然知道誰常偷瞄她。」

「那……妳還有跟她聯絡嗎？」

黃若真搖頭，蘇時宇點頭，「也對，妳逼她作弊，她怎麼會想看到妳。」

「你果然是這麼認為的。」

「不是嗎？」

「是不是都沒差了，反正她大概一輩子都不想再看到我吧，」她慘慘一笑，「可是我……每次想到她我都還是很難過，小時候的我真是太蠢了，怎麼會因為考試成績就……就把她丟下了。」

■

「不，不對，不是的，丟下小真的人是我。」裴沛淇哭著說。

她明明答應過小真，作弊被發現會說是她做的，結果卻在最後選擇逃避。其實，人總不會改變的吧，小時候這樣，如今長大也一樣。

「妳明明解數學那麼厲害，為什麼沒發現剛剛我說的重點呢？」蘇時宇拿出剛剛順手買的溼紙巾與面紙，全都塞到裴沛淇手裡。

「重、重點？」

「小真很想妳，想跟妳道歉，還當妳是她的好朋友。」

她哭得更用力了，幾乎要把這些年來累積的淚水全用在今晚，若是被繆繆看見了，一定會笑她「原來姐姐也是愛哭鬼」吧。

「我是想說，人就是自私的啊，會做出對自己有利的選擇是理所當然的。不過，人也是會反省的，就像妳跟小真一樣。」

「反省就能彌補過錯嗎？」她用哭腔問道。

「那也比沒反省好吧？」他笑道，「可是，妳不要總覺得只有自己有錯，把錯全攬在身上。我要是剛剛誤會跑去告教授，那也是我自私想當英雄啊。」

「是我製造的情境讓你誤會的。」

「但那也是教授把妳逼得無路可走啊，」他抓了抓鼻子，「總之，這件事能停在這邊，我覺得是最好的結局。啊，我不是說妳要繼續被教授壓迫啦……這個我們可以想別的方法，我表姐念了四年研究所也畢得了業，我們可以去問她有什麼對付教授的方法。」

「會有什麼方法？我老闆掌握了整個數學系的資源，就算換老闆，只要我還在數學這個領域就會碰面……。」

「淇淇，妳不要這麼悲觀啦，妳都還沒試過別的方法呢，」蘇時宇咧嘴一笑，「而且還有我在啊，這次換我幫妳了。」

「你為什麼要幫我？」

「呃，報答妳教我微積分啊。」

「我是助教，本來就要教會你。」

「咦？我還以為──」一般助教哪會花這麼多時間教啊……。

「怎麼了？」

「不，沒事……。」

「對了，如果你早早就知道我跟小真的事，為什麼剛剛還會站在我這邊，應該會先懷疑我啊？」

蘇時宇霍然用掌心拍額，原來自己以為大有進展，結果全是幻想。他根本還停留在座標原點，X軸與Y軸交會處。

「所以，你為什麼——」

「淇淇，妳喜歡解題的話，這就是我給妳的題目。」

拜託快點解開吧！

後記

正在看這本書的朋友們可能有些人已先在其他類別的書裡認識我，也有可能您是第一次看到我的名字。

寫作很長一段時間了，但這是我第一次跨界出版。彷彿回到初次創作故事般，過程充滿興奮、挑戰與緊張，是個很懷念卻也戰戰兢兢的體驗，與他們一家共同走過的這段旅程也讓我很開心。

雖然跟以往的類別不同，但對我的書寫上來說並無太大差異，可能因為小說的主體脫離不了「人」的關係吧。

感謝鏡文學給我機會與園地發表這次的作品，感謝編輯老王無條件相信我做得到，感謝鏡文學的行銷與業務幫忙推廣，感謝聲音無限團隊做了很棒的廣播劇，感謝編輯芳如在出版時多費心思。更要感謝在連載期間就支持本作的朋友，你們使我創作路上不孤單。還有我的朋友們與家人，謝謝你們的體貼與包容讓我能持續創作。

謝謝正在閱讀本書的您，並期待與您能相會於下一個故事。

最後，是我對這個故事的註腳。

這是個日常生活的故事，沒有厲害的設定與高潮迭起生離死別的情節，發生在他們身上的都是小事。這是個想要講家庭何以成為家庭，家人怎麼成為家人的故事。

【參考書目】

《太聰明所以不幸福？》，讓娜・西奧-法金，二〇一七，遠流。
《行為：暴力、競爭、利他，人類行為背後的生物學》，羅伯・薩波斯基，二〇一九，八旗文化。
《人本取向沙盤治療》，Stephen A. Armstrong，二〇一二，心理出版。
《兒童故事治療》，傑洛德・布蘭岱爾，二〇〇二，張老師文化。
《心靈的傷，身體會記住》，貝塞爾・范德寇，二〇一七，大家出版。
《揹小孩的男人：一位父親育嬰的真實故事》，I. D. Balbus，一九九九，麥田出版。

鏡小說 039

拼裝家庭

作　　者：Ami 亞海
主　　編：劉璞
責任編輯：柯惠于、林芳如
責任企劃：劉凱瑛
封面插圖：藍聖傑 BLUE
裝幀設計：Ancy PI
總 編 輯：董成瑜
發 行 人：裴偉

出　　版：鏡文學股份有限公司
114066 台北市內湖區堤頂大道一段 365 號 7 樓
電　　話：02-6633-3500
傳　　真：02-6633-3544
讀者服務信箱：MF.Publication@mirrorfiction.com

總 經 銷：大和書報圖書股份有限公司
242 新北市新莊區五工五路 2 號
電　　話：02-8990-2588
傳　　真：02-2299-7900

內頁排版：宸遠彩藝
印　　刷：漾格科技股份有限公司
出版日期：2020 年 10 月 初版一刷
I S B N：978-986-98868-8-8
定　　價：380 元

國家圖書館出版品預行編目 (CIP) 資料

拼裝家庭 / Ami亞海著. -- 初版. -- 臺北市
: 鏡文學, 2020.10
面；　公分 . -- (鏡小說 ; 39)
ISBN 978-986-98868-8-8(平裝)

863.57　　　109013378